U0902228

朱自清散文集

朱自清 著

天津出版传媒集团
天津人民出版社

图书在版编目(CIP)数据

朱自清散文集 / 朱自清著. -- 天津 : 天津人民出版社, 2019.1

ISBN 978-7-201-12707-1

Ⅰ. ①朱… Ⅱ. ①朱… Ⅲ. ①散文集-中国-现代 Ⅳ. ①I266

中国版本图书馆 CIP 数据核字(2017)第 291383 号

朱自清散文集

ZHUZIQINGSANWENJI

出　　版　天津人民出版社
出 版 人　黄　沛
地　　址　天津市和平区西康路 35 号康岳大厦
邮政编码　300051
邮购电话　(022)23332469
网　　址　http://www.tjrmcbs.com
电子信箱　tjrmcbs@126.com
责任编辑　刘子伯
印　　刷　三河市华东印刷有限公司
经　　销　新华书店
开　　本　880×1230 毫米　1/32
印　　张　10
字　　数　198 千字
版次印次　2019 年 1 月第 1 版　2019 年 1 月第 1 次印刷
定　　价　26.80 元

目 录
contents

歌　声

昨晚中西音乐歌舞大会里“中西丝竹和唱”的三曲清歌，真令我神迷心醉了。

仿佛一个暮春的早晨，霏霏的毛雨默然洒在我脸上，引起润泽，轻松的感觉。新鲜的微风吹动我的衣袂，像爱人的鼻息吹着我的手一样。我立的一条白矾石的甬道上，经了那细雨，正如涂了一层薄薄的乳油；踏着只觉越发滑腻可爱了。

细雨如牛毛，扬州称为“毛雨”。

这是在花园里。群花都还做她们的清梦。那微雨偷偷洗去她们的尘垢，她们的甜软的光泽便自焕发了。在那被洗去的浮艳下，我能看到她们在有日光时所深藏着的恬静的红，冷落的紫，和苦笑的白与绿。以前锦绣般在我眼前的，现有都带了黯淡的颜色。——是愁着芳春的销歇么？是感着芳春的困倦么？

大约也因那蒙蒙的雨，园里没了秾郁的香气。涓涓的东风只吹来一缕缕饿了似的花香；夹带着些潮湿的草丛的气息和泥土的滋味。园外田亩和沼泽里，又时时送过些新插的秧，少壮的麦，和成荫的柳树的清新的蒸气。这些虽非甜美，却能强烈地刺激我的鼻观，使我有愉快的倦怠之感。

看啊，那都是歌中所有的：我用耳，也用眼，鼻，舌，身，听着；也用心唱着。我终于被一种健康的麻痹袭取了。于是为歌所有。此后只由歌独自唱着，听着；世界上便只有歌声了。

匆　匆

燕子去了，有再来的时候；杨柳枯了，有再青的时候；桃花谢了，有再开的时候。但是，聪明的，你告诉我，我们的日子为什么一去不复返呢？——是有人偷了他们罢：那是谁？又藏在何处呢？是他们自己逃走了罢：现在又到了哪里呢？

我不知道他们给了我多少日子；但我的手确乎是渐渐空虚了。在默默里算着，八千多日子已经从我手中溜去；像针尖上一滴水滴在大海里，我的日子滴在时间的流里，没有声音，也没有影子。我不禁头涔涔而泪潸潸了。

去的尽管去了，来的尽管来着；去来的中间，又怎样地匆匆呢？早上我起来的时候，小屋里射进两三方斜斜的太阳。太阳他有脚啊，轻轻悄悄地挪移了；我也茫茫然跟着旋转。于是——洗手的时候，日子从水盆里过去；吃饭的时候，日子从饭碗里过去；默默时，便从凝然的双眼前过去。我觉察他去的匆匆了，伸出手遮挽时，他又从遮挽着的手边过去，天黑时，我躺在床上，他便伶伶俐俐地从我身上跨过，从我脚边飞去了。等我睁开眼和太阳再见，这算又溜走了一日。我掩着面叹息。但是新来的日子的影儿又开始在叹息里闪过了。

在逃去如飞的日子里，在千门万户的世界里的我能做些什么呢？只有徘徊罢了，只有匆匆罢了；在八千多日的匆匆里，除徘徊外，又剩些什么呢？过去的日子如轻烟，被微风吹散了，如薄雾，被初阳蒸融了；我留着些什么痕迹呢？我何曾留着像游丝样的痕迹呢？我赤裸裸来到这世界，转眼间也将赤裸裸的回去罢？但不能平的，为什么偏要白白走这一遭啊？

你聪明的，告诉我，我们的日子为什么一去不复返呢？

桨声灯影里的秦淮河

一九二三年八月的一晚，我和平伯同游秦淮河；平伯是初泛，我是重来了。我们雇了一只“七板子”，在夕阳已去，皎月方来的时候，便下了船。于是桨声“汩——汩”，我们开始领略那晃荡着蔷薇色的历史的秦淮河的滋味了。

秦淮河里的船，比北京，颐和园的船好，比西湖的船好，比扬州瘦西湖的船也好。这几处的船不是觉着笨，就是觉着简陋、局促；都不能引起乘客们的情韵，如秦淮河的船一样。秦淮河的船约略可分为两种：一是大船；二是小船，就是所谓“七板子”。大船舱口阔大，可容二三十人。里面陈设着字画和光洁的红木家具，桌上一律嵌着冰凉的大理石面。窗格雕镂颇细，使人起柔腻之感。窗格里映着红色蓝色的玻璃；玻璃上有精致的花纹，也颇悦人目。“七板子”规模虽不及大船，但那淡蓝色的栏干，空敞的舱，也足系人情思。而最出色处却在它的舱前。舱前是甲板上的一部。上面有弧形的顶，两边用疏疏的栏干支着。里面通常放着两张藤的躺椅。躺下，可以谈天，可以望远，可以顾盼两岸的河房。大船上也有这个，便在小船上更觉清隽罢了。舱前的顶下，一律悬着灯彩；灯的多少，明暗，彩苏的精粗，艳晦，是不一的。但好歹总还你一个灯彩。这灯彩实在是最能钩人的东西。夜幕垂垂地下来时，大小船上都点起灯火。从两重玻璃里映出那辐射着的黄黄的散光，反晕出一片朦胧的烟霭；透过这烟霭，在黯黯的水波里，又逗起缕缕的明漪。在这薄霭和微漪里，听着那悠然的间歇的桨声，谁能不被引入他的美梦去呢？只愁梦太多了，这些大小船儿如何载得起呀？我们这时模模糊糊的谈着明末的秦淮河的艳迹，如《桃花扇》及《板桥杂记》里所载的。我们真神往了。我们仿佛亲眼见那时华灯映水，画舫凌波的光景了。于是我们的船便成了历史的重载了。我们终于恍然秦淮河的船所以雅丽过于他处，而又有奇异的吸引力的，实在是许多历史的影象使然了。

秦淮河的水是碧阴阴的；看起来厚而不腻，或者是六朝金粉所凝么？我们初上船的时候，天色还未断黑，那漾漾的柔波是这样的恬静，委婉，使我们一面有水阔天空之想，一面又憧憬着纸醉金迷之境了。等到灯火明时，阴阴的变为沉沉了：黯淡的水光，像梦一般；那偶然闪烁着的光芒，就是梦的眼睛了。我们坐在舱前，因了那隆起的顶棚，仿佛总是昂着首向前走着似的；于是飘飘然如御风而行的我们，看着那些自在的湾泊着的船，船里走马灯般的人物，便像是下界一般，迢迢的远了，又像在雾里看花，尽朦朦胧胧的。这时我们已过了利涉桥，望见东关头了。沿路听见断续的歌声：有从沿河的妓楼飘来的，有从河上船里度来的。我们明知那些歌声，只是些因袭的言词，从生涩的歌喉里机械的发出来的；但它们经了夏夜的微风的吹漾和水波的摇拂，袅娜着到我们耳边的时候，已经不单是她们的歌声，而混着微风和河水的密语了。于是我们不得不被牵惹着，震撼着，相与浮沉于这歌声里了。从东关头转弯，不久就到大中桥。大中桥共有三个桥拱，都很阔大，俨然是三座门儿；使我们觉得我们的船和船里的我们，在桥下过去时，真是太无颜色了。桥砖是深褐色，表明它的历史的长久；但都完好无缺，令人太息于古昔工程的坚美。桥上两旁都是木壁的房子，中间应该有街路？这些房子都破旧了，多年烟熏的迹，遮没了当年的美丽。我想象秦淮河的极盛时，在这样宏阔的桥上，特地盖了房子，必然是髹漆得富富丽丽的；晚间必然是灯火通明的。现在却只剩下一片黑沉沉！但是桥上造着房子，毕竟使我们多少可以想见往日的繁华；这也慰情聊胜无了。过了大中桥，便到了灯月交辉，笙歌彻夜的秦淮河；这才是秦淮河的真面目哩。

大中桥外，顿然空阔，和桥内两岸排着密密的人家的大异了。一眼望去，疏疏的林，淡淡的月，衬着蓝蔚的天，颇像荒江野渡光景；那边呢，郁丛丛的，阴森森的，又似乎藏着无边的黑暗：令人几乎不信那是繁华的秦淮河了。但是河中眩晕着的灯光，纵横着的画舫，悠扬着的笛韵，夹着那吱吱的胡琴声，终于使我们认识绿如茵陈酒的秦淮水了。此地天裸露着的多些，故觉夜来的独迟些；从清清的水影里，我们感到的只是薄薄的夜——这正是秦淮河的夜。大中桥外，本来还有一座复成桥，是船夫口中的我们的游踪尽处，或也是秦淮河繁华的尽处了。我的脚曾踏过复成桥的脊，在十三四岁的时候。但是两次游秦淮河，却都不曾见着复成桥的面；明知总在前途的，却常觉得有些虚无缥缈似的。我想，不见倒也好。这时正是盛夏。我们下船后，借着新生的晚凉和河上的微风，暑气已渐渐销散；到了此地，豁然开朗，身子顿然轻了——习习的清风荏苒在面上，手上，衣上，这便又感到了一缕新凉了。南京的日光，大概没有杭州猛烈；西湖的夏夜老是热蓬蓬的，水像沸着一般，秦淮河的水却尽是这样冷冷地绿着。任你人影的憧憧，歌声的扰扰，总像隔着一层薄薄的绿纱面幂似的；它尽是这样静静的，冷冷的绿着。我们出了大中桥，走不上半里路，船夫便将船划到一旁，停了桨由它宕着。他以为那里正是繁华的极点，再过去就是荒凉了；所以让我们多多赏鉴一会儿。他自己却静静的蹲着。他是看惯这光景的了，大约只是一个无可无不可。这无可无不可，无论是升的沉的，总之，都比我们高了。

那时河里闹热极了；船大半泊着，小半在水上穿梭似的来往。停泊着的都在近市的那一边，我们的船自然也夹在其中。因为这边略略的挤，便觉得那边十分的疏了。在每一只船从那边过去时，我们能画出它的轻轻的影和曲曲的波，在我们的心上；这显着是空，且显着是静了。那时处处都是歌声和凄厉的胡琴声，圆润的喉咙，确乎是很少的。但那生涩的，尖脆的调子能使人有少年的，粗率不拘的感觉，也正可快我们的意。况且多少隔开些儿听着，因为想象与渴慕的做美，总觉更有滋味；而竞发的喧嚣，抑扬的不齐，远近的杂沓，和乐器的嘈嘈切切，合成另一意味的谐音，也使我们无所适从，如随着大风而走。这实在因为我们的心枯涩久了，变为脆弱；故偶然润泽一下，便疯狂似的不能自主了。但秦淮河确也腻人。即如船里的人面，无论是和我们一堆儿泊着的，无论是从我们眼前过去的，总是模模糊糊的，甚至渺渺茫茫的；任你张圆了眼睛，揩净了眦垢，也是枉然。这真够人想呢。在我们停泊的地方，灯光原是纷然的；不过这些灯光都是黄而有晕的。黄已经不能明了，再加上了晕，便更不成了。灯愈多，晕就愈甚；在繁星般的黄的交错里，秦淮河仿佛笼上了一团光雾。光芒与雾气腾腾的晕着，什么都只剩了轮廓了；所以人面的详细的曲线，便消失于我们的眼底了。但灯光究竟夺不了那边的月色；灯光是浑的，月色是清的，在浑沌的灯光里，渗入了一派清辉，却真是奇迹！那晚月儿已瘦削了两三分。她晚妆才罢，盈盈的上了柳梢头。天是蓝得可爱，仿佛一汪水似的；月儿便更出落得精神了。岸上原有三株两株的垂杨树，淡淡的影在水里摇曳着。它们那柔细的枝条浴着月光，就像一支支美人的臂膊，交互的缠着，挽着；又像是月儿披着的发。而月儿偶然也从它们的交叉处偷偷窥看我们，大有小姑娘怕羞的样子。岸上另有几株不知名的老树，光光的立着；在月光里照起来，却又俨然是精神矍铄的老人。远处——快到天际线了，才有一两片白云，亮得现出异彩，像美丽的贝壳一般。白云下便是黑黑的一带轮廓；是一条随意画的不规则的曲线。这一段光景，和河中的风味大异了。但灯与月竟能并存着，交融着，使月成了缠绵的月，灯射着渺渺的灵辉；这正是天之所以厚秦淮河，也正是天之所以厚我们了。

这时却遇着了难解的纠纷。秦淮河上原有一种歌妓，是以歌为业的。从前都在茶舫上，唱些大曲之类。每日午后一时起；什么时候止，却忘记了。晚上照样也有一回。也在黄晕的灯光里。我从前过南京时，曾随着朋友去听过两次。因为茶舫里的人脸太多了，觉得不大适意，终于听不出所以然。前年听说歌妓被取缔了，不知怎的，颇涉想了几次——却想不出什么。这次到南京，先到茶舫上去看看，觉得颇是寂寥，令我无端的怅怅了。不料她们却仍在秦淮河里挣扎着，不料她们竟会纠缠到我们，我于是很张皇了。她们也乘着“七板子”，她们总是坐在舱前的。舱前点着石油汽灯，光亮眩人眼目：坐在下面的，自然是纤毫毕见了——引诱客人们的力量，也便在此了。舱里躲着乐工等人，映着汽灯的余辉蠕动着；他们是永远不被注意的。每船的歌妓大约都是二人；天色一黑。她们的船就在大中桥外往来不息的兜生意。无论行着的船，泊着的船，都要来兜揽的。这都是我后来推想出来的。那晚不知怎样，忽然轮着我们的船了。我们的船好好的停着，一只歌舫划向我们来的；渐渐和我们的船并着了。铄铄的灯光逼得我们皱起了眉头；我们的风尘色全给它托出来了，这使我踧踖不安了。那时一个伙计跨过船来，拿着摊开的歌折，就近塞向我的手里，说，“点几出吧”！他跨过来的时候，我们船上似乎有许多眼光跟着。同时相近的别的船上也似乎有许多眼睛炯炯的向我们船上看着。我真窘了！我也装出大方的样子，向歌妓们瞥了一眼，但究竟是不成的！我勉强将那歌折翻了一翻，却不曾看清了几个字；便赶紧递还那伙计，一面不好意思地说，“不要，我们……不要。”他便塞给平伯。平伯掉转头去，摇手说，

“不要！”那人还腻着不走。平伯又回过脸来，摇着头道，“不要！”于是那人重到我处。我窘着再拒绝了他。他这才有所不屑似的走了。我的心立刻放下，如释了重负一般。我们就开始自白了。

我说我受了道德律的压迫，拒绝了她们；心里似乎很抱歉的。这所谓抱歉，一面对于她们，一面对于我自己。她们于我们虽然没有很奢的希望；但总有些希望的。我们拒绝了她们，无论理由如何充足，却使她们的希望受了伤；这总有几分不做美了。这是我觉得很怅怅的。至于我自己，更有一种不足之感。我这时被四面的歌声诱惑了，降服了；但是远远的，远远的歌声总仿佛隔着重衣搔痒似的，越搔越搔不着痒处。我于是憧憬着贴耳的妙音了。在歌舫划来时，我的憧憬，变为盼望；我固执的盼望着，有如饥渴。虽然从浅薄的经验里，也能够推知，那贴耳的歌声，将剥去了一切的美妙；但一个平常的人像我的，谁愿凭了理性之力去丑化未来呢？我宁愿自己骗着了。不过我的社会感性是很敏锐的；我的思力能拆穿道德律的西洋镜，而我的感情却终于被它压服着，我于是有所顾忌了，尤其是在众目昭彰的时候。道德律的力，本来是民众赋予的；在民众的面前，自然更显出它的威严了。我这时一面盼望，一面却感到了两重的禁制：一，在通俗的意义上，接近妓者总算一种不正当的行为；二，妓是一种不健全的职业，我们对于她们，应有哀矜勿喜之心，不应赏玩的去听她们的歌。在众目睽睽之下，这两种思想在我心里最为旺盛。她们暂时压倒了我的听歌的盼望，这便成就了我的灰色的拒绝。那时的心实在异常状态中，觉得颇是昏乱。歌舫去了，暂时宁靖之后，我的思绪又如潮涌了。两个相反的意思在我心头往复：卖歌和卖淫不同，听歌和狎妓不同，又干道德甚事？——但是，但是，她们既被逼的以歌为业，她们的歌必无艺术味的；况她们的身世，我们究竟该同情的。所以拒绝倒也是正办。但这些意思终于不曾撇开我的听歌的盼望。它力量异常坚强；它总想将别的思绪踏在脚下。从这重重的争斗里，我感到了浓厚的不足之感。这不足之感使我的心盘旋不安，起坐都不安宁了。唉！我承认我是一个自私的人！平伯呢，却与我不同。他引周启明先生的诗，“因为我有妻子，所以我爱一切的女人，因为我有子女，所以我爱一切的孩子。”他的意思可以见了。他因为推及的同情，爱着那些歌妓，并且尊重着她们，所以拒绝了她们。在这种情形下，他自然以为听歌是对于她们的一种侮辱。但他也是想听歌的，虽然不和我一样，所以在他的心中，当然也有一番小小的争斗；争斗的结果，是同情胜了。至于道德律，在他是没有什么的；因为他很有蔑视一切的倾向，民众的力量在他是不大觉着的。这时他的心意的活动比较简单，又比较松弱，故事后还怡然自若；我却不能了。这里平伯又比我高了。

在我们谈话中间，又来了两只歌舫。伙计照前一样的请我们点戏，我们照前一样的拒绝了。我受了三次窘，心里的不安更甚了。清艳的夜景也为之减色。船夫大约因为要赶第二趟生意，催着我们回去；我们无可无不可的答应了。我们渐渐和那些晕黄的灯光远了，只有些月色冷清清的随着我们的归舟。我们的船竟没个伴儿，秦淮河的夜正长哩！到大中桥近处，才遇着一只来船。这是一只载妓的板船，黑漆漆的没有一点光。船头上坐着一个妓女；暗里看出，白地小花的衫子，黑的下衣。她手里拉着胡琴，口里唱着青衫的调子。她唱得响亮而圆转；当她的船箭一般驶过去时，余音还袅袅的在我们耳际，使我们倾听而向往。想不到在弩末的游踪里，还能领略到这样的清歌！这时船过大中桥了，森森的水影，如黑暗张着巨口，要将我们的船吞了下去，我们回顾那渺渺的黄光，不胜依恋之情；我们感到了寂寞了！这一段地方夜色甚浓，又有两头的灯火招邀着；桥外的灯火不用说了，过了桥另有东关头疏疏的灯火。我们忽然仰头看见依人的素月，不觉深悔归来之早了！走过东关头，有一两只大船湾泊着，又有几只船向我们来着。嚣嚣的一阵歌声人语，仿佛笑我们无伴的孤舟哩。东关头转湾，河上的夜色更浓了；临水的妓楼上，时时从帘缝里射出一线一线的灯光；仿佛黑暗从酣睡里眨了一眨眼。我们默然的对着，静听那汩——汩的桨声，几乎要入睡了；朦胧里却温寻着适才的繁华的余味。我那不安的心在静里愈显活跃了！这时我们都有了不足之感，而我的更其浓厚。我们却只不愿回去，于是只能由懊悔而怅惘了。船里便满载着怅惘了。直到利涉桥下，微微嘈杂的人声，才使我豁然一惊；那光景却又不同。右岸的河房里，都大开了窗户，里面亮着晃晃的电灯，电灯的光射到水上，蜿蜒曲折，闪闪不息，正如跳舞着的仙女的臂膊。我们的船已在她的臂膊里了；如睡在摇篮里一样，倦了的我们便又入梦了。那电灯下的人物，只觉像蚂蚁一般，更不去萦念。这是最后的梦;可惜是最短的梦!黑暗重复落在我们面前,我们看见傍岸的空船上一星两星的,枯燥无力又摇摇不定的灯光。我们的梦醒了,我们知道就要上岸了;我们心里充满了幻灭的情思。

温州的踪迹

一 “月朦胧，鸟朦胧，帘卷海棠红”[①]

这是一张尺多宽的小小的横幅，马孟容君画的。上方的左角，斜着一卷绿色的帘子，稀疏而长；当纸的直处三分之一，横处三分之二。帘子中央，着一黄色的，茶壶嘴似的钩儿——就是所谓软金钩么？“钩弯”垂着双穗，石青色；丝缕微乱，若小曳于轻风中。纸右一圆月，淡淡的青光遍满纸上；月的纯净，柔软与平和，如一张睡美人的脸。从帘的上端向右斜伸而下，是一枝交缠的海棠花。花叶扶疏，上下错落着，共有五丛；或散或密，都玲珑有致。叶嫩绿色，仿佛掐得出水似的；在月光中掩映着，微微有浅深之别。花正盛开，红艳欲流；黄色的雄蕊历历的，闪闪的。衬托在丛绿之间，格外觉着妖娆了。枝欹斜而腾挪，如少女的一只臂膊。枝上歇着一对黑色的八哥，背着月光，向着帘里。一只歇得高些，小小的眼儿半睁半闭的，似乎在入梦之前，还有所留恋似的。那低些的一只别过脸来对着这一只，已缩着颈儿睡了。帘下是空空的，不着一

---

① 画题，系旧句。

些痕迹。

试想在圆月朦胧之夜，海棠是这样的妩媚而嫣润；枝头的好鸟为什么却双栖而各梦呢？在这夜深人静的当儿，那高踞着的一只八哥儿，又为何尽撑着眼皮儿不肯睡去呢？他到底等什么来着？舍不得那淡淡的月儿么？舍不得那疏疏的帘儿么？不，不，不，您得到帘下去找，您得向帘中去找——您该找着那卷帘人了？他的情韵风怀，原是这样这样的哟！朦胧的岂独月呢；岂独鸟呢？但是，咫尺天涯，教我如何耐得？

我拚着千呼万唤；你能够出来么？

这页画布局那样经济，设色那样柔活，故精彩足以动人。虽是区区尺幅，而情韵之厚，已足沦肌浃髓而有余。我看了这画。瞿然而惊：留恋之怀，不能自已。故将所感受的印象细细写出，以志这一段因缘。但我于中西的画都是门外汉，所说的话不免为内行所笑。——那也只好由他了。

1924年2月1日，温州作。

二 绿

我第二次到仙岩[①]的时候，我惊诧于梅雨潭的绿了。

梅雨潭是一个瀑布潭。仙岩有三个瀑布，梅雨瀑最低。走到山边，便听见花花花花的声音；抬起头，镶在两条湿湿的黑边儿里的，一带白而发亮的水便呈现于眼前了。我们先到梅

① 山名，瑞安的胜迹。

雨亭。梅雨亭正对着那条瀑布；坐在亭边，不必仰头，便可见它的全体了。亭下深深的便是梅雨潭。这个亭踞在突出的一角的岩石上，上下都空空儿的；仿佛一只苍鹰展着翼翅浮在天宇中一般。三面都是山，像半个环儿拥着；人如在井底了。这是一个秋季的薄阴的天气。微微的云在我们顶上流着；岩面与草丛都从润湿中透出几分油油的绿意。而瀑布也似乎分外的响了。那瀑布从上面冲下，仿佛已被扯成大小的几绺；不复是一幅整齐而平滑的布。岩上有许多棱角；瀑流经过时，作急剧的撞击，便飞花碎玉般乱溅着了。那溅着的水花。晶莹而多芒；远望去，像一朵朵小小的白梅。微雨似的纷纷落着。据说，这就是梅雨潭之所以得名了。但我觉得像杨花，格外确切些。轻风起来时，点点随风飘散，那更是杨花了。——这时偶然有几点送入我们温暖的怀里，便倏的钻了进去，再也寻它不着。

梅雨潭闪闪的绿色招引着我们；我们开始追捉她那离合的神光了。揪着草，攀着乱石，小心探身下去，又鞠躬过了一个石穹门，便到了汪汪一碧的潭边了。瀑布在襟袖之间；但我的心中已没有瀑布了。我的心随潭水的绿而摇荡。那醉人的绿呀！仿佛一张极大极大的荷叶铺着，满是奇异的绿呀。我想张开两臂抱住她；但这是怎样一个妄想呀。——站在水边，望到那面，居然觉着有些远呢！这平铺着，厚积着的绿，着实可爱。她松松的皱缬着，像少妇拖着的裙幅；她轻轻的摆弄着，像跳动的初恋的处女的心；她滑滑的明亮着，像涂了“明油”一般，有鸡蛋清那样软，那样嫩，令人想着所曾触过的最嫩的皮肤；她又不杂些儿尘滓，宛然一块温润的碧玉，只清清的一色——但你却看不透她！我曾见过北京什刹海拂地的绿杨，脱不了鹅黄的底子，似乎太淡了。我又曾见过杭州虎跑寺近旁高峻而深密的"绿壁"，丛叠着无穷的碧草与绿叶的，那又似乎太浓了。其余呢，西湖的波太明了，秦淮河的也太暗了。可爱的，我将什么来比拟你呢？我怎么比拟得出呢？大约潭是很深的，故能蕴蓄着这样奇异的绿；仿佛蔚蓝的天融了一块在里面似的，这才这般的鲜润呀。——那醉人的绿呀！我若能裁你以为带，我将赠给那轻盈的舞女；她必能临风飘举了。我若能挹你以为眼，我将赠给那善歌的盲妹；她必明眸善睐了。我舍不得你；我怎舍得你呢？我用手拍着你，抚摩着你，如同一个十二三岁的小姑娘。我又掬你入口，便是吻着她了。我送你一个名字，我从此叫你"女儿绿"，好么？

我第二次到仙岩的时候，我不禁惊诧于梅雨潭的绿了。

2月8日，温州作。

三　白水漈

几个朋友伴我游白水漈。

这也是个瀑布；但是太薄了，又太细了。有时闪着些须的白光；等你定睛看去，却又没有——只剩一片飞烟而已。从前有所谓"雾縠"，大概就是这样了。所以如此，全由于岩石中间突然空了一段；水到那里，无可凭依，凌虚飞下，便扯得又薄又细了。当那空处，最是奇迹。白光嬗为飞烟，已是影子，有时却连影子也不见。有时微风过来，用纤手挽着那影子，它便袅袅的成了一个软弧；但她的手才松，它又像橡皮带儿似的，立刻伏伏帖帖的缩回来了。我所以猜疑，或者另有双不可知的巧手，要将这些影子织成一个幻网。——微风想夺了她的，她怎么肯呢?

幻网里也许织着诱惑；我的依恋便是个老大的证据。

3月16日，宁波作。

四　生命的价格——七毛钱

生命本来不应该有价格的；而竟有了价格！人贩子，老鸨，以至近来的绑票土匪，都就他们的所有物，标上参差的价格，出卖于人；我想将来许还有公开的人市场呢！在种种"人货"里，价格最高的，自然是土匪们的票了，少则成千，多则成万；大约是有历史以来，"人货"的最高的行情了。其次是老鸨们所有的妓女，由数百元到数千元，是常常听到的。最贱的要算是人贩子的货色！他们所有的，只是些男女小孩，只是些"生货"，所以便卖不起价钱了。

人贩子只是"仲买人"，他们还得取给于"厂家"，便是出卖孩子们的人家。"厂家"的价格才真是道地呢！《青光》里曾有一段记载，说三块钱买了一个丫头；那是移让过来的，但价格之低，也就够令人惊诧了！"厂家"的价格，却还有更低的！三百钱，五百钱买一个孩子，在灾荒时不算难事！但我不曾见过。我亲眼看见的一条最贱的生命，是七毛钱买来的！这是一个五岁的女孩子。一个五岁的“女孩子”卖七毛钱，也许不能算是最贱；但请您细看：将一条生命的自由和七枚小银元各放在天平的一个盘里，您将发现，正如九头牛与一根牛毛一样，两个盘儿的重量相差实在太远了！

我见这个女孩，是在房东家里。那时我正和孩子们吃饭；妻走来叫我看一件奇事，七毛钱买来的孩子！孩子端端正正的坐在条凳上；面孔黄黑色，但还丰润；衣帽也还整洁可看。我看了几眼，觉得和我们的孩子也没有什么差异；我看不出她的低贱的生命的符记——如我们看低贱的货色时所容易发见的符记。我回到自己的饭桌上，看看阿九和阿菜，始终觉得和那个女孩没有什么不同！但是，我毕竟发见真理了！我们的孩子所以高贵，正因为我们不曾出卖他们，而那个女孩所以低贱，正因为她是被出卖的；这就是她只值七毛钱的缘故了！呀，聪明的真理！

妻告诉我这孩子没有父母，她哥嫂将她卖给房东家姑爷开的银匠店里的伙计，便是带着她吃饭的那个人。他似乎没有老婆，手头很窘的，而且喜欢喝酒，是一个糊涂的人！我想这孩子父母若还在世，或者还舍不得卖她，至少也要迟几年卖她；因为她究竟是可怜可怜的小羔羊。到了哥嫂的手里，情形便不同了！家里总不宽裕，多一张嘴吃饭，多费些布做衣，是显而易见的。将来人大了，由哥嫂卖出，究竟是为难的；说不定还得找补些儿，才能送出去。这可多么冤呀！不如趁小的时候，谁也不注意，做个人情，送了干净！您想，温州不算十分穷苦的地方，也没碰着大荒年，干什么得了七个小毛钱，就心甘情愿的将自己的小妹子捧给人家呢?说等钱用?谁也不信!七毛钱了得什么急事!温州又不是没人买的!大约买卖两方本来相知;那边恰要个孩子顽儿,这边也乐得出脱,便半送半卖的含糊定了交易。我猜想那时伙计向袋里一摸一股脑儿掏了出来,只有七手钱!哥哥原也不指望着这笔钱用,也就大大方方收了完事。于是财货两交,那女孩便归伙计管业了!

这一笔交易的将来,自然是在运命手里;女儿本姓"碰",由她去碰罢了!但可知的,运命决不加惠于她!第一幕的戏已启示于我们了!照妻所说,那伙计必无这样耐心,抚养她成人长大!他将像豢养小猪一样,等到相当的肥壮的时候,便卖给屠户,任他宰割去;这其间他得了赚头,是理所当然的!但屠户是谁呢?在她卖做丫头的时候,便是主人!"仁慈的"主人只宰割她相当的劳力,如养羊而剪它的毛一样。到了相当的年纪,便将她配人。能够这样,她虽然被撳在丫头坯里,却还算不幸中之幸哩。但在目下这钱世界里,如此大方的人究竟是少的;我们所见的,十有六七是刻薄人!她若卖到这种人手里,他们必搒榨她过量的劳力。供不应求时,便骂也来了,打也来了!等她成熟时,却又好转卖给人家作妾;平常搒榨的不够,这儿又找补一个尾子!偏生这孩子模样儿又不好;入门不能得丈夫的欢心,容易遭大妇的凌虐,又是显然的!她的一生,将消磨于眼泪中了!也有些主人自己收婢作妾的;但红颜白发,也只空断送了她的一生!和前例相较,只是五十步与百步而已。——更可危的,她若被那伙计卖在妓院里,老鸨才真是个令人肉颤的屠户呢!我们可以想到:她怎样逼她学弹学唱，怎样驱遣她去做粗活！怎样用藤筋打她，用针刺她！怎样督责她承欢卖笑！她怎样吃残羹冷饭！怎样打熬着不得睡觉！怎样终于生了一身毒疮！她的相貌使她只能做下等妓女；她的沦落风尘是终生的！她的悲剧也是终生的！——唉！七毛钱竟买了你的全生命——你的血肉之躯竟抵不上区区七个小银元么！生命真太贱了！生命真太贱了！

因此想到自己的孩子的运命，真有些胆寒！钱世界里的生命市场存在一日，都是我们孩子的危险！都是我们孩子的侮辱！您有孩子的人呀，想想看，这是谁之罪呢？这是谁之责呢？

4月9日，宁波作

春晖的一月

去年在温州,常常看到本刊,觉得很是欢喜。本刊印刷的形式,也颇别致,更使我有一种美感。今年到宁波时,听许多朋友说,白马湖的风景怎样怎样好,更加向往。虽然于什么艺术都是门外汉,我却怀抱着爱“美”的热诚,三月二日,我到这儿上课来了。在车上看见,“春晖中学校”的路牌,白地黑字的,小秋千架似的路牌,我便高兴。出了车站,山光水色,扑面而来,若许我抄前人的话,我真是“应接不暇”了。于是我便开始了春晖的第一日。

走向春晖,有一条狭狭的煤屑路。那黑黑的细小的颗粒,脚踏上去,便发出一种摩擦的噪音,给我多少清新的趣味。而最系我心的,是那小小的木桥。桥黑色,由这边慢慢地隆起,到那边又慢慢地低下去,故看去似乎很长。我最爱桥上的栏杆,那变形的栏杆;我在车站门口早就看见了,我爱它的玲珑!桥之所以可爱,或者便因为这栏杆哩。我在桥上逗留了好些时。这是一个阴天。山的容光,被云雾遮了一半,仿佛淡妆的姑娘。但三面映照起来,也就青得可以了,映在湖里,白马湖里,接着水光,却另有一番妙景。我右手是个小湖,左手是个大湖。湖有这样大,使我自己觉得小了。湖水有这样满,仿佛要漫到我的脚下。湖在山的趾边，山在湖的唇边；他俩这样亲密，湖将山全吞下去了。吞的是青的，吐的是绿的，那软软的绿呀，绿的是一片，绿的却不安于一片；它无端的皱起来了。如絮的微痕，界出无数片的绿；闪闪闪闪的，像好看的眼睛。湖边系着一只小船，四面却没有一个人，我听见自己的呼吸。想起“野渡无人舟自横”的诗，真觉物我双忘了。

好了，我也该下桥去了；春晖中学校还没有看见呢。弯了两个弯儿，又过了一重桥。当面有山挡住去路；山旁只留着极狭极狭的小径。挨着小径，抹过山角，豁然开朗；春晖的校舍和历落的几处人家，都已在望了。远远看去，房屋的布置颇疏散有致，决无拥挤、局促之感。我缓缓走到校前，白马湖的水也跟我缓缓的流着。我碰着丏尊先生。他引我过了一座水门汀的桥，便到了校里。校里最多的是湖，三面潺潺的流着；其次是草地，看过去芊芊的一片。我是常住城市的人，到了这种空旷的地方，有莫名的喜悦！乡下人初进城，往往有许多的惊异，供给笑话的材料；我这城里人下乡，却也有许多的惊异——我的可笑，或者竟不下于初进城的乡下人。闲言少叙，且说校里的房屋、格式、布置固然疏落有味，便是里面的用具，也无一不显出巧妙的匠意；决无笨伯的手泽。晚上我到几位同事家去看，壁上有书有画，布置井井，令人耐坐。这种情形正与学校的布置，自然界的布置是一致的。美的一致，一致的美，是春晖给我的第一件礼物。

有话即长，无话即短，我到春晖教书，不觉已一个月了。在这一个月里，我虽然只在春晖呆了十五日（我在宁波四中兼课),但觉甚是亲密。因为在这里,真能够无町畦。我看不出什么界线,因而也用不着什么防备,什么顾忌;我只照我喜欢的做就是了。这就是自由了。从前我到别处教书时,总要做几个月的"生客",然后才能坦然。对于"生客"的猜疑,本是原始社会的遗形物,其故在于不相知。这在现社会,也不能免的。但在这里,因为没有层叠的历史,又结合比较的单纯,故没有这种习染。这是我所深愿的!这里的教师与学生,也没有什么界线。在一般学校里,师生之间往往隔开一无形界线,这是最足减少教育效力的事!学生对于教师"敬鬼神而远之";教师对于学生,尔为尔,我为我,休戚不关,理乱不闻!这样两橛的形势,如何说得到人格感化?如何说得到"造成健全人格"?这里的师生却没有这样情形。无论何时,都可自由说话;一切事务,常常通力合作。校里只有协治会而没有自治会。感情既无隔阂,事务自然都开诚布公,无所用其躲闪。学生因无须矫情饰伪,故甚活泼有意思。又因能顺全天性,不遭压抑;加以自然界的陶冶:故趣味比较纯正。——也有太随便的地方,如有几个人上课时喜欢谈闲天,有几个人喜欢吐痰在地板上,但这些总容易矫正的。——春晖给我的第二件礼物是真诚,一致的真诚。

春晖是在极幽静的乡村地方,往往终日看不见一个外人!寂寞是小事;在学生的修养上却有了问题。现在的生活中心,是城市而非乡村。乡村生活的修养能否适应城市的生活,这是一个问题。此地所说适应,只指两种意思:一是抵抗诱惑,二是应付环境——明白说些,就是应付人,应付物。乡村诱惑少，不能养成定力；在乡村是好人的，将来一入城市做事，或者竟抵挡不住。从前某禅师在山中修道，道行甚高；一旦入闹市，“看见粉白黛绿，心便动了”。这话看来有理，但我以为其实无妨。就一般人而论，抵抗诱惑的力量大抵和性格、年龄、学识、经济力等有“相当”的关系。除经济力与年龄外，性格、学识，都可用教育的力量提高它，这样增加抵抗诱惑的力量。提高的意思，说得明白些，便是以高等的趣味替代低等的趣味；养成优良的习惯，使不良的动机不容易有效。用了这种方法，学生达到高中毕业的年龄，也总该有相当的抵抗力了；入城市生活又何妨？（不及初中毕业时者，因初中毕业，仍须续入高中，不必自己挣扎，故不成问题。）有了这种抵抗力，虽还有经济力可以作祟，但也不能有大效。前面那禅师所以不行，一因他过的是孤独的生活，故反动力甚大，一因他只知道克制，不知替代；故外力一强，便“虎兕出于神”了！这岂可与现在这里学生的乡村生活相提并论呢？至于应付环境，我以为应付物是小问题，可以随时指导；而且这与乡村，城市无大关系。我是城市的人，但初到上海，也曾因不会乘电车而跌了一跤，跌得头破血流；这与乡下诸公又差得几何呢？若说应付人，无非是机心！什么“逢人只说三分话，未可全抛一片心”，便是代表的教训。教育有改善人心的使命；这种机心，有无养成的必要，是一个问题。姑不论这个，要养成这种机心，也非到上海这种地方去不成；普通城市正和乡村一样，是没有什么帮助的。凡以上所说，无非要使大家相信，这里的乡村生活的修养，并不一定不能适应将来城市的生活。况且我们还可以举行旅行，以资调剂呢。况且城市生活的修养，虽自有宏观世界的好处；但也有流弊。如诱惑太多，年龄太小或性格未佳的学生，或者转易陷溺——那就不但不能磨练定力，反早早的将定力丧失了！所以城市生活的修养不一定比乡村生活的修养有效。——只有一层，乡村生活足以减少少年人的进取心，这却是真的！

说到我自己，却甚喜欢乡村的生活。更喜欢这里的乡村的生活。我是在狭的笼的城市里生长的人，我要补救这个单调的生活，我现在住在繁嚣的都市里，我要以闲适的境界调和它。我爱春晖的闲适！闲适的生活可说是春晖给我的第三件礼物！

我已说了我的“春晖的一月”；我说的都是我要说的话。或者有人说，赞美多而劝勉少，近乎“戏台里喝彩”！假使这句话是真的，我要切实声明：我的多赞美，必是情不自禁之故，我的少劝勉，或是观察时期太短之故。

航船中的文明

第一次乘夜航船，从绍兴府桥到西兴渡口。

绍兴到西兴本有汽油船。我因急于来杭，又因年来逐逐于火车轮船之中，也想“回到”航船里，领略先代生活的异样的趣味；所以不顾亲戚们的坚留和劝说（他们说航船里是很苦的），毅然决然的于下午六时左右下了船。有了“物质文明”的汽油船，却又有“精神文明”的航船，使我们徘徊其间，左右顾而乐之，真是二十世纪中国人的幸福了！

航船中的乘客大都是小商人；两个军弁是例外。满船没有一个士大夫；我区区或者可充个数儿，——因为我曾读过几年书，又忝为大夫之后——但也是例外之例外！真的，那班士大夫到哪里去了呢？这不消说得，都到了轮船里去了！士大夫虽也擎着大旗拥护精神文明，但千虑不免一失，竟为那物质文明的孙儿，满身洋油气的小顽意儿骗得定定的，忍心害理的撇了那老相好。于是航船虽然照常行驶，而光彩已减少许多！这确是一件可以慨叹的事；而“国粹将亡”的呼声，似也不是徒然的了。呜呼，是谁之咎欤？

既然来到这“精神文明”的航船里，正可将船里的精神文明考察一番，才不虚此一行。但从那里下手呢？这可有些为难,踌躇之间,恰好来了一个女人。——我说“来了”,仿佛亲眼看见,而孰知不然;我知道她“来了”,是在听见她尖锐的语音的时候。至于她的面貌,我至今还没有看见呢。这第一要怪我的近视眼,第二要怪那袭人的暮色,第三要怪——哼——要怪那“男女分坐”的精神文明了。女人坐在前面,男人坐在后面;那女人离我至少有两丈远,所以便不可见其脸了。且慢,这样左怪右怪,“其词若有憾焉”,你们或者猜想那女人怎样美呢。而孰知又大大的不然!我也曾“约略的”看来,都是乡下的黄面婆而已。至于尖锐的语音,那是少年的妇女所常有的,倒也不足为奇。然而这一次,那来了的女人的尖锐的语音竟致劳动区区的执笔者,却又另有缘故。在那语音里,表示出对于航船里精神文明的抗议;她说,“男人女人都是人!”她要坐到后面来,(因前面太挤,实无他故,合并声明,)而航船里的“规矩”是不许的。船家拦住她,她仗着她不是姑娘了,便老了脸皮,大着胆子,慢慢的说了那句话。她随即坐在原处,而“批评家”的议论繁然了。一个船家在船沿上走着,随便的说,“男人女人都是人,是的,不错。做秤钩的也是铁,做秤锤的也是铁,做铁锚的也是铁,都是铁呀!”这一段批评大约十分巧妙,说出诸位“批评家”所要说的,于是众喙都息,这便成了定论。至于那女人,事实上早已坐下了;“孤掌难鸣”,或者她饱饫了诸位“批评家”的宏论,也不要鸣了罢。“是非之心”,虽然“人皆有之”,而撑船经商者流,对于名教之大防,竟能剖辨得这样“详明”,也着实亏他们了。中国毕竟是礼义之邦,文明之古国呀!——我悔不该乱怪那“男女分坐”的精神文明了!

"祸不单行",凑巧又来了一个女人。她是带着男人来的。——呀,带着男人!正是;所以才"祸不单行"呀!——说得满口好绍兴的杭州话,在黑暗里隐隐露着一张白脸;带着五六分城市气。

船家照他们的"规矩",要将这一对儿生刺刺的分开;男人不好意思做声,女的却抢着说,"我们是'一堆生'[①]的!"太亲热的字眼,竟在"规规矩矩的"航船里说了!于是船家命令的嚷道:"我们有我们的规矩,不管你'一堆生'不'一堆生'的!"大家都微笑了。

有的沉吟的说:"一堆生的?"有的惊奇的说:"一'堆'生的!"有的嘲讽的说:"哼,一堆生的!"在这四面楚歌里,凭你怎样伶牙俐齿,也只得服从了!"妇者,服也",这原是她的本行呀。只看她毫不置辩,毫不懊恼,还是若无其事的和人攀谈,便知她确乎是"服也"了。这不能不感谢船家和乘客诸公"卫道"之功;而论功行赏,船家尤当首屈一指。呜呼,可以风矣!

在黑暗里征服了两个女人,这正是我们的光荣;而航船中的精神文明,也粲然可见了——于是乎书。

---

① 注:"一块儿"也。

旅行杂记

这次中华教育改进社在南京开第三届年会，我也想观观光；故“不远千里”的从浙江赶到上海，决于七月二日附赴会诸公的车尾而行。

一　殷勤的招待

七月二日正是浙江与上海的社员乘车赴会的日子。在上海这样大车站里，多了几十个改进社社员，原也不一定能够显出甚么异样；但我却觉得确乎是不同了，“一时之盛”的光景，在车站的一角上，是显然可见的。这是在茶点室的左边；那里丛着一群人，正在向两位特派的招待员接洽。壁上贴着一张黄色的磅纸，写着龙蛇飞舞的字：“二等四元，三等二元。”两位招待员开始执行职务了；这时已是六点四十分，离开车还有二十分钟了。招待员所应做的第一大事，自然是买车票。买车票是大家都会的，买半票却非由他们二位来“优待”一下不可。“优待”可真不是容易的事！他们实行“优待”的时候，要向每个人取名片，票价，——还得找钱。他们往还于茶点室和售票处之间，少说些，足有二十次！他们手里是拿着一叠名片和钞票洋钱；眼睛总是张望着前面，仿佛遗失了什么,急急寻觅一样;面部筋肉平板地紧张着;手和足的运动都像不是他们自己的。好容易费了二虎之力,居然买了几张票,凭着名片分发了。每次分发时,各位候补人都一拥而上。等到得不着票子,便不免有了三三两两的怨声了。那两位招待员买票事大,却也顾不得这些。可是钟走得真快,不觉七点还欠五分了。这时票子还有许多人没买着,大家都着急;而招待员竟不出来!有的人急忙寻着他们,情愿取回了钱,自买全票;有的向他们顿足舞手的责备着。他们却只是忙着照名片退钱,一言不发。——真好性儿!于是大家三步并作两步,自己去买票子;这一挤非同小可!我除照付票价外,还出了一身大汗,才弄到一张三等车票。这时候对两位招待员的怨声真载道了:“这样的饭桶!”“真饭桶!”“早做什么事的?”“六点钟就来了,还是自己买票,冤不冤!”我猜想这时候两位招待员的耳朵该有些儿热了。其实我倒能原谅他们,无论招待的成绩如何,他们的眼睛和腿总算忙得可以了,这也总算是殷勤了;他们也可以对得起改进社了,改进社也可以对得起他们的社员了。——上车后,车就开了;有人问,“两个饭桶来了没有?”“没有吧!”车是开了。

二 “躬逢其盛”

七月二日的晚上,花了约莫一点钟的时间,才在大会注册组买了一张旁听的标识。这个标识很不漂亮,但颇有实用。七月三日早晨的年会开幕大典,我得躬逢其盛,全靠着它呢。

七月三日的早晨，大雨倾盆而下。这次大典在中正街公共讲演厅举行。该厅离我所住的地方有六七里路远；但我终于冒了狂风暴雨，乘了黄包车赴会。在这一点上，我的热心决不下于社员诸君的。到了会场门首，早已停着许多汽车，马车；我知道这确乎是大典了。走进会场，坐定细看，一切都很从容，似乎离开会的时间还远得很呢！——虽然规定的时间已经到了。楼上正中是女宾席，似乎很是寥寥；两旁都是军警席——正和楼下的两旁一样。一个黑色的警察，间着一个灰色的兵士，静默的立着。他们大概不是来听讲的，因为既没有赛瓷的社员徽章，又没有和我一样的旁听标识，而且也没有真正的“席”——坐位。(我所谓“军警席”，是就实际而言，当时场中并无此项名义，合行声明。)听说督军省长都要“驾临”该场；他们原是保卫“两长”来的，他们原是监视我们来的，好一个武装的会场！

那时“两长”未到，盛会还未开场；我们忽然要做学生了！一位教员风的女士走上台来，像一道光闪在听众的眼前；她请大家练习《尽力中华》歌。大家茫然的立起，跟着她唱。但“出其不意，攻其不备，”有些人不敢高唱，有些人竟唱不出。所以唱完的时候，她温和地笑着向大家说：“这回太低了，等等再唱一回。”她轻轻的鞠了躬，走了。等了一等，她果然又来了。说完“一——二——三——四”之后，《尽力中华》的歌声果然很响地起来了。她将左手插在腰间，右手上下的挥着，表示节拍；挥手的时候，腰部以上也随着微微的向左右倾侧，显出极为柔软的曲线；她的头略略偏右仰着，嘴唇轻轻的动着，嘴唇以上，尽是微笑。唱完时，她仍笑着说，“好些了，等等再唱。”再唱的时候，她拍着两手，发出清脆的响，其余和前回一样。唱完，她立刻又“一——二——三——四”的要大家唱。大家似乎很惊愣，似乎她真看得大家和学生一样了；但是半秒钟的惊愣与不耐以后，终于又唱起来了——自然有一部分人，因疲倦而休息。于是大家的临时的学生时代告终。不一会，场中忽然纷扰，大家的视线都集中在东北角上；这是齐督军，韩省长来了，开会的时间真到了！

空空的讲坛上，这时竟济济一台了。正中有三张椅子，两旁各有一排椅子。正中的三人是齐燮元，韩国钧，另有一个西装少年；后来他演说，才知是“高督办”——就是讳“恩洪”的了——的代表。这三人端坐在台的正中，使我联想到大雄宝殿上的三尊佛像；他们虽坦然的坐着，我却无端的为他们“惶恐”着。——于是开会了，照着秩序单进行。详细的情形，有各报记述可看，毋庸在下再来饶舌。现在单表齐燮元，韩国钧和东南大学校长郭秉文博士的高论。齐燮元究竟是督军兼巡阅使，他的声音是加倍的洪亮；那时场中也特别肃静——齐燮元究竟与众不同呀！他咬字眼儿真咬得清白；他的话是“字本位”，是一个字一个字吐出来的。字与字间的时距，我不能指明，只觉比普通人说话延长罢了；最令我惊异而且焦躁的，是有几句说完之后。那时我总以为第二句应该开始了，岂知一等不来，二等不至，三等不到；他是在唱歌呢，这儿碰着全休止符了！等到三等等完，四拍拍毕，第二句的第一个字才姗姗的来了。这其间至少有一分钟；要用主观的计时法，简直可说足有五分钟!说来说去,究竟他说的是什么呢?我恭恭敬敬的答道:半篇八股!他用拆字法将“中华教育改进社”一题拆为四段:先做“教育”二字,是为第一股;次做“教育改进”,是为第二股;“中华教育改进”是第三股;加上“社”字,是第四股。层层递进,如他由督军而升巡阅使一样。齐燮元本是廪贡生,这类文章本是他的拿手戏;只因时代维新,不免也要改良一番,才好应世;八股只剩了四股,大约便是为此了。最教我不忘记的,是他说完后的那一鞠躬。那一鞠躬真是与众不同,鞠下去时,上半身全与讲桌平行,我们只看见他一头的黑发;他然后慢慢的立起退下。这其间费了普通人三个一鞠躬的时间,是的的确确的。接着便是韩国钧了。他有一篇改进社开会词,是开会前已分发了的。里面曾有一节,论及现在学风的不良,颇有痛心疾首之概。我很想听听他的高见。但他却不曾照本宣扬,他这时另有一番说话。他也经过了许多时间;但不知是我的精神不济,还是另有原因,我毫没有领会他的意思。只有煞尾的时候,他提高了喉咙,我也竖起了耳朵,这才听见他的警句了。他说:“现在政治上南北是不统一的。今天到会诸君,却南北都有,同以研究教育为职志,毫无畛域之见。可见统一是要靠文化的,不能靠武力!”这最后一句话确是漂亮,赢得如雷的掌声和许多轻微的赞叹。他便在掌声里退下。这时我们所注意的,是在他肘腋之旁的齐燮元;可惜我眼睛不佳,不能看到他面部的变化,因而他的心情也不能详说:这是很遗憾的。于是——是我行文的“于是”,不是事实的“于是”,请注意——来了郭秉文博士。他说,我只记得他说,“青年的思想应稳健,正确。”旁边有一位告诉我说:“这是齐燮元的话。”但我却发见了,这也是韩国钧的话,便是开会辞里所说的。究竟是谁的话呢?或者是“英雄所见,大略相同”么?这却要请问郭博士自己了。但我不能明白:什么思想才算正确和稳健呢?郭博士的演说里不曾下注脚,我也只好终于莫测高深了。

还有一事,不可不记。在那些点缀会场的警察中,有一个瘦长的,始终笔直的站着,几乎不曾移过一步,真像石像一般,有着可怕的静默。我最佩服他那昂着的头和垂着的手;那天真苦了他们三位了!另有一个警官,也颇可观。他那肥硬的身体,凸出的肚皮,老是背着的双手,和那微微仰起的下巴,高高翘着的仁丹胡子,以及胸前累累挂着的徽章——那天场中,这后两件是他所独有的——都显出他的身份和骄傲。他在楼下左旁往来的徘徊着,似乎在督率着他的部下。我不能忘记他。

三　第三人称

七月四日,正式开会。社员全体大会外,便是许多分组会议。我们知道全体大会不过是那么回事,值得注意的是后者。我因为也忝然的做了国文教师,便决然无疑地投到国语教学组旁听。不幸听了一次,便生了病,不能再去。那一次所议的是“采用他,她,牠案”(大意如此,原文忘记了);足足议了两个半钟头,才算不解决地解决了。这次讨论,总算详细已极,无微不至;在讨论时,很有几位英雄,舌本翻澜,妙绪环涌,使得我茅塞顿开，摇头佩服。这不可以不记。其实我第一先应该佩服提案的人！在现在大家已经“采用”“他，她，牠”的时候，他才从容不迫地提出了这件议案，真可算得老成持重，“不敢为天下先”，确遵老子遗训的了。在我们礼义之邦，无论何处，时间先生总是要先请一步的；所以这件议案不因为他的从容而被忽视，反因为他的从容而被尊崇，这就是所谓“让德”。且看当日之情形，谁不兴高而采烈？便可见该议案的号召之力了。本来呢，“新文学”里的第三人称代名词也太纷歧了！既“她”“伊”之互用，又“她”“它”之不同，更有“佢”“彼”之流，窜跳其间；于是乎乌烟瘴气，一塌糊涂！提案人虽只为辨“性”起见，但指定的三字，皆属于也字系统，俨然有正名之意。将来“也”字系统若竟成为正统，那开创之功一定要归于提案人的。提案人有如彼的力量，如此的见解，怎不教人佩服？

讨论的中心点是在女人，就是在“她”字。“人”让他站着，“牛”也让它站着；所饶不过的是“女”人，就是“她”字旁边立着的那“女”人！于是辩论开始了。一位教师说，“据我的“经验”，女学生总不喜欢“她”字——男人的“他”，只标一个“人”字旁，女子的“她”，却特别标一个“女”字旁，表明是个女人；这是她们所不平的！我发出的讲义，上面的“他”字，她们常常要将“人”字旁改成“男”字旁，可以见她们报复的意思了。”大家听了，都微微笑着，像很有味似的。另一位却起来驳道，“我也在女学堂教书，却没有这种情形！”海格尔的定律不错，调和派来了，他说，“这本来有两派：用文言的欢喜用“伊”字，如周作人先生便是；用白话的欢喜用“她”字，“伊”

字用的少些；其实两个字都是一样的。”“用文言的欢喜用“伊”字，”这句话却有意思！文言里间或有“伊”字看见，这是真理；但若说那些“伊”都是女人，那却不免委屈了许多男人！周作人先生提倡用“伊”字也是实，但只是用在白话里；我可保证，他决不曾有什么“用文言”的话！而且若是主张“伊”字用于文言，那和主张人有两只手一样，何必周先生来提倡呢？于是又冤枉了周先生！——调和终于无效，一位女教师立起来了。大家都倾耳以待，因为这是她们的切身问题，必有一番精当之论！她说话快极了，我听到的警句只是，“历来加“女”字旁的字都是不好的字；“她”字是用不得的！”一位“他”立刻驳道，“好”字岂不是“女”字旁么？”大家都大笑了，在这大笑之中。忽有苍老的声音：“我看“他”字譬如我们普通人坐三等车；“她”字加了“女”字旁，是请她们坐二等车，有什么不好呢？”这回真哄堂了，有几个人笑得眼睛亮晶晶的，眼泪几乎要出来；真是所谓“笑中有泪”了。后来的情形可有些模糊，大约便在谈笑中收了场；于是乎一幕喜剧告成。“二等车”，“三等车”这一个比喻，真是新鲜，足为修辞学开一崭新的局面，使我有永远的趣味。从前贾宝玉说男人的骨头是泥做的，女人的骨头是水做的，至今传为佳话；现在我们的辩士又发明了这个“二三等车”的比喻，真是媲美前修，启迪来学了。但这个“二三等之别”究竟也有例外；我离开南京那一晚，明明在三等车上看见三个“她”！我想：“她”“她”“她”何以不坐二等车呢？难道客气不成？——那位辩士的话应该是不错的！

1924 年 7 月 14 日，温州。

女　人

白水是个老实人，又是个有趣的人。他能在谈天的时候，滔滔不绝地发出长篇大论。这回听勉子说，日本某杂志上有《女？》一文，是几个文人以女为题的桌话的记录。他说，这倒有趣，我们何不也来一下？我们说，你先来！他搔了搔头发道：好！就是我先来；你们可别临阵脱逃才好。我们知道他照例是开口不能自休的。果然，一番话费了这多时候，以致别人只有补充的工夫，没有自叙的余裕。那时我被指定为临时书记，曾将桌上所说，拉杂写下。现在整理出来，便是以下一文。因为十之八是白水的意见，便用了第一人称，作为他自述的模样；我想，白水大概不至于不承认吧？

老实说，我是个欢喜女人的人；从国民学校时代直到现在，我总一贯地欢喜着女人。虽然不曾受着什么女难，而女人的力量，我确是常常领略到的。女人就是磁石，我就是一块软铁；为了一个虚构的或实际的女人，呆呆的想了一两点钟，乃至想了一两个星期，真有不知肉味光景——这种事是屡屡有的。在路上走，远远的有女人来了，我的眼睛便像蜜蜂们嗅着花香一般，直攫过去。但是我很知足，普通的女人，大概看一两眼也就够了，至多再掉一回头。像我的一位同学那样，遇见了异性，就立正——向左或向右转，仔细用他那两只近视眼，从眼镜下面紧紧追出去半日半日，然后看不见，然后开步走——我是用不着的。我们地方有句土话说：乖子望一眼，呆子望到晚；我大约总在乖子一边了。我到无论什么地方，第一总是用我的眼睛去寻找女人。在火车里，我必走遍几辆车去发见女人；在轮船里，我必走遍全船去发见女人。我若找不到女人时，我便逛游戏场去，赶庙会去，——我大胆地加一句——参观女学校去；这些都是女人多的地方。于是我的眼睛更忙了！我拖着两只脚跟着她们走，往往直到疲倦为止。

我所追寻的女人是什么呢？我所发见的女人是什么呢？这是艺术的女人。从前人将女人比做花，比做鸟，比做羔羊；他们只是说，女人是自然手里创造出来的艺术，使人们欢喜赞叹——正如艺术的儿童是自然的创作，使人们欢喜赞叹一样。不独男人欢喜赞叹，女人也欢喜赞叹；而妒便是欢喜赞叹的另一面，正如爱是欢喜赞叹的一面一样。受欢喜赞叹的，又不独是女人，男人也有。此柳风流可爱，似张绪当年，便是好例；而美丰仪一语，尤为史不绝书。但男人的艺术气分，似乎总要少些；贾宝玉说得好：男人的骨头是泥做的，女人的骨头是水做的。这是天命呢？还是人事呢？我现在还不得而知；只觉得事实是如此罢了。——你看，目下学绘画的人体习作的时候，谁不用了女人做他的模特儿呢？这不是因为女人的曲线更为可爱么？我们说，自有历史以来，女人是比男人更其艺术的；这句话总该不会错吧？所以我说，艺术的女人。所谓艺术的女人，有三种意思：是女人中最为艺术的，是女人的艺术的一面，是我们以艺术的眼去看女人。我说女人比男人更其艺术的，是一般的说法；说女人中最为艺术的，是个别的说法。而艺术一词，我用它的狭义，专指眼睛的艺术而言，与绘画，雕刻，跳舞同其范类。艺术的女人便是有着美好的颜色和轮廓和动作的女人，便是她的容貌，身材，姿态，使我们看了感到自己圆满的女人。这里有一块天然的界碑，我所说的只是处女，少妇，中年妇人，那些老太太们，为她们的年岁所侵蚀，已上了凋零与枯萎的路途，在这一件上，已是落伍者了。女人的圆满相，只是她的人的诸相之一；她可以有大才能，大智慧，大仁慈，大勇毅，大贞洁等等，但都无碍于这一相。诸相可以帮助这一相，使其更臻于充实；这一相也可帮助诸相，分其圆满于它们，有时更能遮盖它们的缺处。我们之看女人，若被她的圆满相所吸引，便会不顾自己，不顾她的一切，而只陶醉于其中；这个陶醉是刹那的，无关心的，而且在沉默之中的。

我们之看女人，是欢喜而决不是恋爱。恋爱是全般的，欢喜是部分的。恋爱是整个自我与整个自我的融合，故坚深而久长；欢喜是自我间断片的融合，故轻浅而飘忽。这两者都是生命的趣味，生命的姿态。但恋爱是对人的，欢喜却兼人与物而言。——此外本还有仁爱，便是民胞物与之怀；再进一步，天地与我并生，万物与我为一，便是神爱，大爱了。这种无分物我的爱，非我所要论；但在此又须立一界碑，凡伟大庄严之像，无论属人属物，足以吸引人心者，必为这种爱；而优美艳丽的光景则始在欢喜的阈中。至于恋爱，以人格的吸引为骨子，有极强的占有性，又与二者不同。Y君以人与物平分恋爱与欢喜,以为喜仅属物,爱乃属人;若对人言喜,便是蔑视他的人格了。现在有许多人也以为将女人比花,比鸟,比羔羊,便是侮辱女人;赞颂女人的体态,也是侮辱女人。所以者何?便是蔑视她们的人格了!但我觉得我们若不能将体态的美排斥于人格之外,我们便要慢慢的说这句话!而美若是一种价值,人格若是建筑于价值的基石上,我们又何能排斥那体态的美呢?所以我以为只须将女人的艺术的一面作为艺术而鉴赏它,与鉴赏其他优美的自然一样;艺术与自然是非人格的,当然便说不上蔑视与否。在这样的立场上,将人比物,欢喜赞叹,自与因袭的玩弄的态度相差十万八千里,当可告无罪于天下。——只有将女人看作玩物,才真是蔑视呢;即使是在所谓的恋爱之中。艺术的女人,是的,艺术的女人!我们要用惊异的眼去看她,那是一种奇迹!

我之看女人,十六年于兹了,我发见了一件事,就是将女人作为艺术而鉴赏时,切不可使她知道;无论是生疏的,是较熟悉的。因为这要引起她性的自卫的羞耻心或他种嫌恶心,她的艺术味便要变稀薄了;而我们因她的羞耻或嫌恶而关心,也就不能静观自得了。所以我们只好秘密地鉴赏;艺术原来是秘密的呀,自然的创作原来是秘密的呀。但是我所欢喜的艺术的女人,究竟是怎样的呢?您得问了。让我告诉您:我见过西洋女人,日本女人,江南江北两个女人,城内的女人,名闻浙东西的女人;但我的眼光究竟太狭了,我只见过不到半打的艺术的女人!而且其中只有一个西洋人,没有一个日本人!那西洋的处女是在Y城里一条僻巷的拐角上遇着的,惊鸿一瞥似地便过去了。其余有两个是在两次火车里遇着的，一个看了半天，一个看了两天；还有一个是在乡村里遇着的，足足看了三个月。——我以为艺术的女人第一是有她的温柔的空气；使人如听着箫管的悠扬，如嗅着玫瑰花的芬芳，如躺着在天鹅绒的厚毯上。她是如水的密，如烟的轻，笼罩着我们；我们怎能不欢喜赞叹呢？这是由她的动作而来的；她的一举步，一伸腰，一掠鬓，一转眼，一低头，乃至衣袂的微扬，裙幅的轻舞，都如蜜的流，风的微漾；我们怎能不欢喜赞叹呢？最可爱的是那软软的腰儿；从前人说临风的垂柳，《红楼梦》里说晴雯的水蛇腰儿，都是说腰肢的细软的；但我所欢喜的腰呀，简直和苏州的牛皮糖一样，使我满舌头的甜，满牙齿的软呀。腰是这般软了，手足自也有飘逸不凡之概。你瞧她的足胫多么丰满呢！从膝关节以下，渐渐的隆起，像新蒸的面包一样；后来又渐渐渐渐地缓下去了。这足胫上正罩着丝袜，淡青的？或者白的？拉得紧紧的，一些儿绉纹没有，更将那丰满的曲线显得丰满了；而那闪闪的鲜嫩的光，简直可以照出人的影子。你再往上瞧，她的两肩又多么亭匀呢！像双生的小羊似的，又像两座玉峰似的；正是秋山那般瘦，秋水那般平呀。肩以上，便到了一般人讴歌颂赞所集的面目了。我最不能忘记的，是她那双鸽子般的眼睛，伶俐到像要立刻和人说话。在惺忪微倦的时候，尤其可喜，因为正像一对睡了的褐色小鸽子。和那润泽而微红的双颊，苹果般照耀着的，恰如曙色之与夕阳，巧妙的相映衬着。再加上那覆额的，稠密而蓬松的发，像天空的乱云一般，点缀得更有情趣了。而她那甜蜜的微笑也是可爱的东西；微笑是半开的花朵，里面流溢着诗与画与无声的音乐。是的，我说的已多了；我不必将我所见的，一个人一个人分别说给你，我只将她们融合成一个 sketch 给你看——这就是我的惊异的型，就是我所谓艺术的女子的型。但我的眼光究竟太狭了！我的眼光究竟太狭了！

在女人的聚会里，有时也有一种温柔的空气；但只是笼统的空气，没有详细的节目。所以这是要由远观而鉴赏的，与个别的看法不同；若近观时，那笼统的空气也许会消失了的。说起这艺术的女人的聚会，我却想着数年前的事了，云烟一般，好惹人怅惘的。在 P 城一个礼拜日的早晨，我到一所宏大的教堂里去做礼拜；听说那边女人多，我是礼拜女人去的。那教堂是男女分坐的。我去的时候，女坐还空着，似乎颇遥遥的；我的遐想便去充满了每个空坐里。忽然眼睛有些花了，在薄薄的香泽当中，一群白上衣，黑背心，黑裙子的女人，默默的，远远的走进来了。我现在不曾看见上帝，却看见了带着翼子的这些安琪儿了！另一回在傍晚的湖上，暮霭四合的时候，一只插着小红花的游艇里，坐着八九个雪白雪白的白衣的姑娘；湖风舞弄着她们的衣裳，便成一片浑然的白。我想她们是湖之女神，以游戏三昧，暂现色相于人间的呢！第三回在湖中的一座桥上，淡月微云之下，倚着十来个，也是姑娘，朦朦胧胧的与月一齐白着。在抖荡的歌喉里，我又遇着月姊儿的化身了！——这些是我所发见的又一型。

是的，艺术的女人，那是一种奇迹！

1925 年 2 月 15 日，白马湖。

白种人——上帝的骄子

去年暑假到上海,在一路电车的头等里,见一个大西洋人带着一个小西洋人,相并地坐着。我不能确说他俩是英国人或美国人;我只猜他们是父与子。那小西洋人,那白种的孩子,不过十一二岁光景,看去是个可爱的小孩,引我久长的注意。他戴着平顶硬草帽,帽檐下端正地露着长圆的小脸。白中透红的面颊,眼睛上有着金黄的长睫毛,显出和平与秀美。我向来有种癖气:见了有趣的小孩,总想和他亲热,做好同伴;若不能亲热,便随时亲近亲近也好。在高等小学时,附设的初等里,有一个养着乌黑的西发的刘君,真是依人的小鸟一般;牵着他的手问他的话时,他只静静地微仰着头,小声儿回答——我不常看见他的笑容,他的脸老是那么幽静和真诚,皮下却烧着亲热的火把。我屡次让他到我家来,他总不肯;后来两年不见,他便死了。我不能忘记他!我牵过他的小手,又摸过他的圆下巴。但若遇着蓦生的小孩,我自然不能这么做,那可有些窘了;不过也不要紧,我可用我的眼睛看他——一回,两回,十回,几十回!孩子大概不很注意人的眼睛,所以尽可自由地看,和看女人要遮遮掩掩的不同。我凝视过许多初会面的孩子,他们都不曾向我抗议;至多拉着同在的母亲的手，或倚着她的膝头，将眼看她两看罢了。所以我胆子很大。这回在电车里又发了老癖气，我两次三番地看那白种的孩子，小西洋人！

初时他不注意或者不理会我，让我自由地看他。但看了不几回，那父亲站起来了，儿子也站起来了，他们将到站了。这时意外的事来了。那小西洋人本坐在我的对面；走近我时，突然将脸尽力地伸过来了，两只蓝眼睛大大地睁着，那好看的睫毛已看不见了；两颊的红也已褪了不少了。和平，秀美的脸一变而为粗俗，凶恶的脸了！他的眼睛里有话："咄！黄种人，黄种的支那人，你——你看吧！你配看我！"他已失了天真的稚气，脸上满布着横秋的老气了！我因此宁愿称他为"小西洋人"。他伸着脸向我足有两秒钟；电车停了，这才胜利地掉过头，牵着那大西洋人的手走了。大西洋人比儿子似乎要高出一半；这时正注目窗外，不曾看见下面的事。儿子也不去告诉他，只独断独行地伸他的脸；伸了脸之后，便又若无其事的，始终不发一言——在沉默中得着胜利，凯旋而去。不用说，这在我自然是一种袭击，"出其不意，攻其不备"的袭击！

这突然的袭击使我张皇失措；我的心空虚了，四面的压迫很严重，使我呼吸不能自由。我曾在N城的一座桥上，遇见一个女人；我偶然地看她时，她却垂下了长长的黑睫毛，露出老练和鄙夷的神色。那时我也感着压迫和空虚，但比起这一次，就稀薄多了：我在那小西洋人两颗枪弹似的眼光之下，茫然地觉着有被吞食的危险，于是身子不知不觉地缩小——大有在奇境中的阿丽思的劲儿！我木木然目送那父与子下了电车,在马路上开步走;那小西洋人竟未一回头,断然地去了。我这时有了迫切的国家之感!我做着黄种的中国人,而现在还是白种人的世界,他们的骄傲与践踏当然会来的;我所以张皇失措而觉着恐怖者,因为那骄傲我的,践踏我的,不是别人,只是一个十来岁的"白种的"孩子,竟是一个十来岁的白种的"孩子"!我向来总觉得孩子应该是世界的,不应该是一种,一国,一乡,一家的。我因此不能容忍中国的孩子叫西洋人为"洋鬼子"。但这个十来岁的白种的孩子,竟已被撳入人种与国家的两种定型里了。他已懂得凭着人种的优势和国家的强力,伸着脸袭击我了。这一次袭击实是许多次袭击的小影,他的脸上便缩印着一部中国的外交史。他之来上海,或无多日,或已长久,耳濡目染,他的父亲,亲长,先生,父执,乃至同国,同种,都以骄傲践踏对付中国人;而他的读物也推波助澜,将中国编排得一无是处,以长他自己的威风。所以他向我伸脸,决非偶然而已。

这是袭击,也是侮蔑,大大的侮蔑!我因了自尊,一面感着空虚,一面却又感着愤怒;于是有了迫切的国家之念。我要诅咒这小小的人!但我立刻恐怖起来了:这到底只是十来岁的孩子呢,却已被传统所埋葬;我们所日夜想望着的"赤子之心",世界之世界(非某种人的世界,更非某国人的世界!),眼见得在正来的一代,还是毫无信息的!这是你的损失,我的损失,他的损失,世界的损失;虽然是怎样渺小的一个孩子!但这孩子却也有可敬的地方:他的从容,他的沉默,他的独断独行,他的一去不回头,都是力的表现,都是强者适者的表现。决不婆婆妈妈的，决不粘粘搭搭的，一针见血，一刀两断，这正是白种人之所以为白种人。

我真是一个矛盾的人。无论如何，我们最要紧的还是看看自己，看看自己的孩子！谁也是上帝之骄子；这和昔日的王侯将相一样，是没有种的！

1925年6月19日夜

飘零

一个秋夜,我和 P 坐在他的小书房里,在晕黄的电灯光下,谈到 W 的小说。

“他还在河南吧? C 大学那边很好吧?”我随便问着。

“不,他上美国去了。”

“美国?做什么去?”

“你觉得很奇怪吧?——波定谟约翰郝勃金医院打电报约他做助手去。”

“哦!就是他研究心理学的地方!他在那边成绩总很好?——这回去他很愿意吧?”

“不见得愿意。他动身前到北京来过,我请他在启新吃饭;他很不高兴的样子。”

“这又为什么呢?”

“他觉得中国没有他做事的地方。”

“他回来才一年呢。C 大学那边没有钱吧?”

“不但没有钱,他们说他是疯子!”

“疯子!”

我们默然相对,暂时无话可说。

我想起第一回认识 W 的名字,是在《新生》杂志上。那时我在P大学读书,W也在那里。我在《新生》上看见的是他的小说;但一个朋友告诉我,他心理学的书读得真多;P大学图书馆里所有的,他都读了。文学书他也读得不少。他说他是无一刻不读书的。我第一次见他的面,是在P大学宿舍的走道上;他正和朋友走着。有人告诉我,这就是W了。微曲的背,小而黑的脸,长头发和近视眼,这就是W了。以后我常常看他的文字,记起他这样一个人。有一回我拿一篇心理学的译文,托一个朋友请他看看。他逐一给我改正了好几十条,不曾放松一个字。永远的惭愧和感谢留在我心里。

我又想到杭州那一晚上。他突然来看我了。他说和P游了三日,明早就要到上海去。他原是山东人;这回来上海,是要上美国去的。我问起哥仑比亚大学的《心理学,哲学,与科学方法》杂志,我知道那是有名的杂志。但他说里面往往一年没有一篇好文章,没有什么意思。他说近来各心理学家在英国开了一个会,有几个人的话有味。他又用铅笔随便的在桌上一本簿子的后面,写了《哲学的科学》一个书名与其出版处,说是新书,可以看看。他说要走了。我送他到旅馆里。见他床上摊着一本《人生与地理》,随便拿过来翻着。他说这本小书很著名,很好的。我们在晕黄的电灯光下,默然相对了一会,又问答了几句简单的话;我就走了。直到现在,还不曾见过他。

他到美国去后,初时还写了些文字,后来就没有了。他的名字,在一般人心里,已如远处的云烟了。我倒还记着他。两三年以后,才又在《文学日报》上见到他一篇诗,是写一种清趣的。我只念过他这一篇诗。他的小说我却念过不少;最使我不能忘记的是那篇《雨夜》,是写北京人力车夫的生活的。W是学科学的人,应该很冷静,但他的小说却又很热很热的。

这就是 W 了。

P也上美国去,但不久就回来了。他在波定谟住了些日子,W 是常常见着的。他回国后,有一个热天,和我在南京清凉山上谈起 W 的事。他说 W 在研究行为派的心理学。他几乎终日在实验室里;他解剖过许多老鼠,研究它们的行为。P说自己本来也愿意学心理学的; 但看了老鼠临终的颤动,他执刀的手便战战的放不下去了。因此只好改行。而 W 是“奏刀騞然”,“踌躇满志”,P 觉得那是不可及的。P又说 W 研究动物行为既久,看明它们所有的生活,只是那几种生理的欲望,如食欲,性欲,所玩的把戏,毫无什么大道理存乎其间。因而推想人的生活,也未必别有何种高贵的动机;我们第一要承认我们是动物,这便是真人。W 的确是如此做人的。P 说他也相信 W 的话; 真的,P 回国后的态度是大大的不同了。W只管做他自己的人,却得着 P 这样一个信徒,他自己也未必料得着的。

P 又告诉我 W 恋爱的故事。是的,恋爱的故事!P 说这是一个日本人,和 W 一同研究的,但后来走了,这件事也就完了。P 说得如此冷淡,毫不像我们所想的恋爱的故事!P 又曾指出《来日》上 W 的一篇《月光》给我看。这是一篇小说,叙述一对男女趁着月光在河边一只空船里密谈。那女的是个有夫之妇。这时四无人迹,他俩谈得亲热极了。但 P 说 W 的胆子太小了，所以这一回密谈之后，便撒了手。这篇文字是 W 自己写的，虽没有如火如荼的热闹，但却别有一种意思。科学与文学，科学与恋爱，这就是 W 了。

"'疯子'！"我这时忽然似乎彻悟了说，"也许是的吧？我想。一个人冷而又热，是会变疯子的。"

"唔，"P 点头。

"他其实大可以不必管什么中国不中国了；偏偏又恋恋不舍的！"

"是啰。W 这回真不高兴。K 在美国借了他的钱。这回他到北京，特地老远的跑去和 K 要钱。K 的没钱，他也知道；他也并不指望这笔钱用。只想借此去骂他一顿罢了，据说拍了桌子大骂呢！"

"这与他的写小说一样的道理呀！唉，这就是 W 了。"

P 无语，我却想起一件事："W 到美国后有信来么？"

"长远了，没有信。"

我们于是都又默然。

1926 年 7 月 20 日，白马湖。

背 影

我与父亲不相见已二年余了，我最不能忘记的是他的背影。那年冬天，祖母死了，父亲的差使也交卸了，正是祸不单行的日子，我从北京到徐州，打算跟着父亲奔丧回家。到徐州见着父亲，看见满院狼藉的东西，又想起祖母，不禁簌簌地流下眼泪。父亲说，“事已如此，不必难过，好在天无绝人之路！”

回家变卖典质，父亲还了亏空；又借钱办了丧事。这些日子，家中光景很是惨淡，一半为了丧事，一半为了父亲赋闲。丧事完毕，父亲要到南京谋事，我也要回北京念书，我们便同行。

到南京时，有朋友约去游逛，勾留了一日；第二日上午便须渡江到浦口，下午上车北去。父亲因为事忙，本已说定不送我，叫旅馆里一个熟识的茶房陪我同去。他再三嘱咐茶房，甚是仔细。但他终于不放心，怕茶房不妥帖；颇踌躇了一会。其实我那年已二十岁，北京已来往过两三次，是没有甚么要紧的了。他踌躇了一会，终于决定还是自己送我去。我两三回劝他不必去；他只说，“不要紧，他们去不好！”

我们过了江，进了车站。我买票，他忙着照看行李。行李太多了，得向脚夫行些小费，才可过去。他便又忙着和他们讲价钱。我那时真是聪明过分，总觉他说话不大漂亮，非自己插嘴不可。但他终于讲定了价钱；就送我上车。他给我拣定了靠车门的一张椅子；我将他给我做的紫毛大衣铺好坐位。他嘱我路上小心，夜里警醒些，不要受凉。又嘱托茶房好好照应我。我心里暗笑他的迂；他们只认得钱，托他们直是白托！而且我这样大年纪的人，难道还不能料理自己么？唉，我现在想想，那时真是太聪明了！

我说道，“爸爸，你走吧。”他望车外看了看，说，“我买几个橘子去。你就在此地，不要走动。”我看那边月台的栅栏外有几个卖东西的等着顾客。走到那边月台，须穿过铁道，须跳下去又爬上去。父亲是一个胖子，走过去自然要费事些。我本来要去的，他不肯，只好让他去。我看见他戴着黑布小帽，穿着黑布大马褂，深青布棉袍，蹒跚地走到铁道边，慢慢探身下去，尚不大难。可是他穿过铁道，要爬上那边月台，就不容易了。他用两手攀着上面，两脚再向上缩；他肥胖的身子向左微倾，显出努力的样子。这时我看见他的背影，我的泪很快地流下来了。我赶紧拭干了泪，怕他看见，也怕别人看见。我再向外看时，他已抱了朱红的橘子望回走了。过铁道时，他先将橘子散放在地上，自己慢慢爬下，再抱起橘子走。到这边时，我赶紧去搀他。他和我走到车上，将橘子一股脑儿放在我的皮大衣上。于是扑扑衣上的泥土，心里很轻松似的，过一会说，“我走了；到那边来信！”我望着他走出去。他走了几步，回过头看见我，说，“进去吧，里边没人。”等他的背影混入来来往往的人里，再找不着了，我便进来坐下，我的眼泪又来了。

近几年来，父亲和我都是东奔西走，家中光景是一日不如一日。他少年出外谋生，独力支持，做了许多大事。那知老境却如此颓唐！他触目伤怀，自然情不能自已。情郁于中，自然要发之于外；家庭琐屑便往往触他之怒。他待我渐渐不同往日。但最近两年的不见，他终于忘却我的不好，只是惦记着我，惦记着我的儿子。我北来后，他写了一信给我，信中说道，“我身体平安，惟膀子疼痛利害，举箸提笔，诸多不便，大约大去之期不远矣。”我读到此处，在晶莹的泪光中，又看见那肥胖的，青布棉袍，黑布马褂的背影。唉！我不知何时再能与他相见！

阿　河

我这一回寒假，因为养病，住到一家亲戚的别墅里去。那别墅是在乡下。前面偏左的地方，是一片淡蓝的湖水，对岸环拥着不尽的青山。山的影子倒映在水里，越显得清清朗朗的。水面常如镜子一般。风起时，微有皱痕；像少女们皱她们的眉头，过一会子就好了。湖的余势束成一条小港，缓缓地不声不响地流过别墅的门前。门前有一条小石桥，桥那边尽是田亩。这边沿岸一带，相间地栽着桃树和柳树，春来当有一番热闹的梦。别墅外面缭绕着短短的竹篱，篱外是小小的路。里边一座向南的楼，背后便倚着山。西边是三间平屋，我便住在这里。院子里有两块草地，上面随便放着两三块石头。另外的隙地上，或罗列着盆栽，或种莳着花草。篱边还有几株枝干蟠曲的大树，有一株几乎要伸到水里去了。

我的亲戚韦君只有夫妇二人和一个女儿。她在外边念书，这时也刚回到家里。她邀来三位同学，同到她家过这个寒假；两位是亲戚，一位是朋友。她们住着楼上的两间屋子。韦君夫妇也住在楼上。楼下正中是客厅，常是闲着，西间是吃饭的地方；东间便是韦君的书房，我们谈天，喝茶，看报，都在这里。我吃了饭，便是一个人，也要到这里来闲坐一回。我来的第二天，韦小姐告诉我，她母亲要给她们找一个好好的女用人；长工阿齐说有一个表妹，母亲叫他明天就带来做做看呢。她似乎很高兴的样子，我只是不经意地答应。

平屋与楼屋之间，是一个小小的厨房。我住的是东面的屋子，从窗子里可以看见厨房里人的来往。这一天午饭前，我偶然向外看看，见一个面生的女用人，两手提着两把白铁壶，正往厨房里走；韦家的李妈在她前面领着，不知在和她说甚么话。她的头发乱蓬蓬的，像冬天的枯草一样。身上穿着镶边的黑布棉袄和夹裤，黑里已泛出黄色；棉袄长与膝齐，夹裤也直拖到脚背上。脚倒是双天足，穿着尖头的黑布鞋，后跟还带着两片同色的叶拔儿。想这就是阿齐带来的女用人了；想完了就坐下看书。晚饭后，韦小姐告诉我，女用人来了，她的名字叫阿河。我说，名字很好，只是人土些；还能做么？她说，别看她土，很聪明呢。我说，哦。便接着看手中的报了。

以后每天早上，中上，晚上，我常常看见阿河挈着水壶来往；她的眼似乎总是望前看的。两个礼拜匆匆地过去了。韦小姐忽然和我说，你别看阿河土，她的志气很好，她是个可怜的人。我和娘说，把我前年在家穿的那身棉袄裤给了她吧。我嫌那两件衣服太花，给了她正好。娘先不肯，说她来了没有几天；后来也肯了。今天拿出来让她穿，正合式呢。我们教给她打绒绳鞋，她真聪明，一学就会了。她说拿到工钱，也要打一双穿呢。我等几天再和娘说去。

她这样爱好！怪不得头发光得多了，原来都是你们教她的。好！你们尽教她讲究，她将来怕不愿回家去呢。大家都笑了。

旧新年是过去了。因为江浙的兵事，我们的学校一时还不能开学。我们大家都乐得在别墅里多住些日子。这时阿河如换了一个人。她穿着宝蓝色挑着小花儿的布棉袄裤；脚下是嫩蓝色毛绳鞋，鞋口还缀着两个半蓝半白的小绒球儿。我想这一定是她的小姐们给帮忙的。古语说得好，人要衣裳马要鞍，阿河这一打扮，真有些楚楚可怜了。她的头发早已是刷得光光的，覆额的留海也梳得十分伏帖。一张小小的圆脸，如正开的桃李花；脸上并没有笑，却隐隐地含着春日的光辉，像花房里充了蜜一般。这在我几乎是一个奇迹；我现在是常站在窗前看她了。我觉得在深山里发见了一粒猫儿眼；这样精纯的猫儿眼，是我生平所仅见！我觉得我们相识已太长久，极愿和她说一句话——极平淡的话，一句也好。但我怎好平白地和她攀谈呢？这样郁郁了一礼拜。

这是元宵节的前一晚上。我吃了饭，在屋里坐了一会，觉得有些无聊，便信步走到那书房里。拿起报来，想再细看一回。忽然门钮一响，阿河进来了。她手里拿着三四支颜色铅笔；出乎意料地走近了我。她站在我面前了，静静地微笑着说：白先生，你知道铅笔刨在哪里？一面将拿着的铅笔给我看。我不自主地立起来，匆忙地应道，在这里；我用手指着南边柱子。但我立刻觉得这是不够的。我领她走近了柱子。这时我像闪电似地踌躇了一下，便说，我……我……她一声不响地已将一支铅笔交给我。我放进刨子里刨给她看。刨了两下，便想交给她；但终于刨完了一支，交还了她。她接了笔略看一看，仍仰着脸向我。我窘极了。刹那间念头转了好几个圈子；到底硬着头皮搭讪着说，就这样刨好了。我赶紧向门外一瞥，就走回原处看报去。但我的头刚低下，我的眼已抬起来了。于是远远地从容地问道，你会么？她不曾掉过头来，只嘤了一声，也不说话。我看了她背影一会。觉得应该低下头了。等我再抬起头来时，她已默默地向外走了。她似乎总是望前看的；我想再问她一句话，但终于不曾出口。我撇下了报，站起来走了一会，便回到自己屋里。

我一直想着些什么，但什么也没有想出。

第二天早上看见她往厨房里走时，我发愿我的眼将老跟着她的影子！她的影子真好。她那几步路走得又敏捷，又匀称，又苗条，正如一只可爱的小猫。她两手各提着一只水壶，又令我想到在一条细细的索儿上抖擞精神走着的女子。这全由于她的腰；她的腰真太软了，用白水的话说，真是软到使我如吃苏州的牛皮糖一样。不止她的腰，我的日记里说得好：她有一套和云霞比美，水月争灵的曲线，织成大大的一张迷惑的网！而那两颊的曲线，尤其甜蜜可人。她两颊是白中透着微红，润泽如玉。她的皮肤，嫩得可以掐出水来；我的日记里说，我很想去掐她一下呀！她的眼像一双小燕子，老是在滟滟的春水上打着圈儿。她的笑最使我记住，像一朵花漂浮在我的脑海里。我不是说过，她的小圆脸像正开的桃花么？那么，她微笑的时候，便是盛开的时候了：花房里充满了蜜，真如要流出来的样子。她的发不甚厚，但黑而有光，柔软而滑，如纯丝一般。只可惜我不曾闻着一些儿香。唉！从前我在窗前看她好多次，所得的真太少了；若不是昨晚一见，——虽只几分钟——我真太对不起这样一个人儿了。

午饭后，韦君照例地睡午觉去了，只有我，韦小姐和其他三位小姐在书房里。我有意无意地谈起阿河的事。我说：

你们怎知道她的志气好呢？

那天我们教给她打绒绳鞋；一位蔡小姐便答道，看她很聪明，就问她为甚么不念书？她被我们一问，就伤心起来了。……

是的，韦小姐笑着抢了说，后来还哭了呢；还有一位傻子陪她淌眼泪呢。

那边黄小姐可急了，走过来推了她一下。蔡小姐忙拦住道，人家说正经话，你们尽闹着玩儿！让我说完了呀——我代你说啵，韦小姐仍抢着说，——她说她只有一个爹，没有娘。嫁了一个男人，倒有三十多岁，土头土脑的，脸上满是疱！他是李妈的邻舍，我还看见过呢。……好了，底下我说吧。蔡小姐接着道，她男人又不要好，尽爱赌钱；她一气，就住到娘家来，有一年多不回去了。

她今年几岁？我问。

十七不知十八？前年出嫁的，几个月就回家了，蔡小姐说。

不，十八，我知道，韦小姐改正道。

哦。你们可曾劝她离婚？

怎么不劝；韦小姐应道，她说十八回去吃她表哥的喜酒，要和她的爹去说呢。

你们教她的好事，该当何罪！我笑了。

她们也都笑了。

十九的早上，我正在屋里看书，听见外面有嚷嚷的声音；这是从来没有的。我立刻走出来看；只见门外有两个乡下人要走进来，却给阿齐拦住。他们只是央告，阿齐只是不肯。这时韦君已走出院中，向他们道，

你们回去吧。人在我这里，不要紧的。快回去，不要瞎吵！

两个人面面相觑，说不出一句话；俄延了一会，只好走了。我问韦君什么事？他说，

阿河啰！还不是瞎吵一回子。

我想他于男女的事向来是懒得说的，还是回头问他小姐的好；我们便谈到别的事情上去。

吃了饭，我赶紧问韦小姐，她说，

她是告诉娘的，你问娘去。

我想这件事有些尴尬，便到西间里问韦太太；她正看着李妈收拾碗碟呢。她见我问，便笑着说，

你要问这些事做什么？她昨天回去，原是借了阿桂的衣裳穿了去的，打扮得娇滴滴的，也难怪，被她男人看见了，便约了些不相干的人，将她抢回去过了一夜。今天早上，她骗她男人，说要到此地来拿行李。她男人就会信她，派了两个人跟着。那知她到了这里，便叫阿齐拦着那跟来的人；她自己便跪在我面前哭诉，说死也不愿回她男人家去。你说我有什么法子。只好让那跟来的人先回去再说。好在没有几天，她们要上学了，我将来交给她的爹吧。唉，现在的人，心眼儿真是越过

越大了;一个乡下女人,也会闹出这样惊天动地的事了!

可不是,李妈在旁插嘴道,太太你不知道;我家三叔前儿来,我还听他说呢。我本不该说的,阿弥陀佛!太太,你想她不愿意回婆家,老愿意住在娘家,是什么道理?家里只有一个单身的老子;你想那该死的老畜生!他舍不得放她回去呀!

低些,真的么?韦太太惊诧地问。

他们说得千真万确的。我早就想告诉太太了,总有些疑心;今天看她的样子,真有几分对呢。太太,你想现在还成什么世界!

这该不至于吧。我淡淡地插了一句。

少爷,你那里知道!韦太太叹了一口气,——好在没有几天了,让她快些走吧;别将我们的运气带坏了。她的事,我们以后也别谈吧。

开学的通告来了,我定在二十八走。二十六的晚上,阿河忽然不到厨房里挈水了。韦小姐跑来低低地告诉我,娘叫阿齐将阿河送回去了;我在楼上,都不知道呢。我应了一声,一句话也没有说。正如每日有三顿饱饭吃的人,忽然绝了粮;却又不能告诉一个人!而且我觉得她的前面是黑洞洞的,此去不定有什么好歹!那一夜我是没有好好地睡,只翻来覆去地做梦,醒来却又一例茫然。这样昏昏沉沉地到了二十八早上,懒懒地向韦君夫妇和韦小姐告别而行,韦君夫妇坚约春假再来住,我只得含糊答应着。出门时,我很想回望厨房几眼;但许多人都站在门口送我,我怎好回头呢?

到校一打听,老友陆已来了。我不及料理行李,便找着他，将阿河的事一五一十告诉他。他本是个好事的人；听我说时，时而皱眉，时而叹气，时而擦掌。听到她只十八岁时，他突然将舌头一伸，跳起来道，

可惜我早有了我那太太！要不然，我准得想法子娶她！

你娶她就好了；现在不知鹿死谁手呢？

我俩默默相对了一会，陆忽然拍着桌子道，

有了，老汪不是去年失了恋么？他现在还没有主儿，何不给他俩撮合一下。

我正要答说，他已出去了。过了一会子，他和汪来了，进门就嚷着说，

我和他说，他不信；要问你呢！

事是有的，人呢，也真不错。只是人家的事，我们凭什么去管！我说。

想法子呀！陆嚷着。

什么法子？你说！

好，你们尽和我开玩笑，我才不理会你们呢！汪笑了。

我们几乎每天都要谈到阿河，但谁也不曾认真去想法子。

一转眼已到了春假。我再到韦君别墅的时候，水是绿绿的，桃腮柳眼，着意引人。我却只惦着阿河，不知她怎么样了。那时韦小姐已回来两天。我背地里问她，她说，奇得很！阿齐告诉我，说她二月间来求娘来了。她说她男人已死了心，不想她回去；只不肯白白地放掉她。他教她的爹拿出八十块钱来，人就是她的爹的了；他自己也好另娶一房人。可是阿河说她

的爹那有这些钱？她求娘可怜可怜她！娘的脾气你知道。她是个古板的人；她数说了阿河一顿，一个钱也不给！我现在和阿齐说，让他上镇去时，带个信儿给她，我可以给她五块钱。我想你也可以帮她些，我教阿齐一块儿告诉她吧。只可惜她未必肯再上我们这儿来啰！

我拿十块钱吧，你告诉阿齐就是。

我看阿齐空闲了，便又去问阿河的事。他说，

她的爹正给她东找西找地找主儿呢。只怕难吧，八十块大洋呢！

我忽然觉得不自在起来，不愿再问下去。

过了两天，阿齐从镇上回来，说，

今天见着阿河了。娘的，齐整起来了。穿起了裙子，做老板娘娘了！据说是自己拣中的；这种年头！

我立刻觉得，这一来全完了！只怔怔地看着阿齐，似乎想在他脸上找出阿河的影子。咳，我说什么好呢？愿命运之神长远庇护着她吧！

第二天我便托故离开了那别墅；我不愿再见那湖光山色，更不愿再见那间小小的厨房！

执政府大屠杀记

三·一八惨案

1926年3月12日，冯玉祥的国民军与奉系军阀作战期间，日本军舰掩护奉军军舰驶进天津大沽口，炮击国民军，守军死伤十余名。国民军坚决还击，将日舰驱逐出大沽口。日本竟联合英美等八国于16日向段祺瑞政府发出最后通牒，要求撤除大沽口国防设施的无理要求。3月18日，北京群众五千余人，由李大钊主持，在天安门集会抗议，要求拒绝八国通牒。段祺瑞政府下令开枪，当场打死四十七人，伤二百余人，死者中有学生领袖刘和珍、杨德群、范士融、魏士毅等，李大钊和陈乔年也负伤。

三月十八是一个怎样可怕的日子！我们永远不应该忘记这个日子！

这一日，执政府的卫队，大举屠杀北京市民——十分之九是学生！死者四十余人，伤者约二百人！这在北京是第一回大屠杀；在民国史上，只有从前赵尔丰的屠杀和去年五卅的屠杀，沙基的屠杀，可以与之相比，而赵尔丰的事，尤与这一回相合，因为都是“同胞的枪弹”，更令人切齿呀！赵尔丰的屠杀引起了辛亥的革命，这一回段祺瑞的屠杀将引起什么呢?这要看我们的努力如何。总之,只有两条路,一条是让他接下去二次三次的屠杀,一条便是革命,没有平稳的中道可行!况且我们得知道,段祺瑞更与赵尔丰不同;赵尔丰只是屠杀以快己意，段祺瑞却是屠杀同胞以取媚于他的主子日本人的!我们更应早自为地；我们即使甘心被段祺瑞二次三次的屠杀,我们也决不甘心拿我们活鲜鲜的生命,换取日本人的满心高兴呀!

这一次的屠杀,我也在场,幸而直到出场时不曾遭着一颗子弹;请我的远房的朋友们安心!第二天看报,觉得除一两家报纸外,各报记载多有与事实不符之处。究竟是访闻失时,还是安着别的心眼儿,我可不得而知,也不愿细论。我只说我当场眼见和后来耳闻的情形,请大家看看这阴惨惨的二十世纪二十六年三月十八日的中国!——十九日"京报"所载几位当场逃出的人的报告,颇是翔实,可以参看。

我先说游行队。我自天安门出发后,曾将游行队从头至尾看了一回。全数约二千人;工人有两队,至多五十人,广东外交代表团一队,约十余人;国民党北京特别市党部一队,约二三十人;留日归国学生团一队,约二十人,其余便多是北京的学生了,内有女学生三队。拿木棍的并不多,而且都是学生,不过十余人;工人拿木棍的,我不曾见。木棍约三尺长,一端削尖了,上贴书有口号的纸,做成旗帜的样子。至于"有铁钉的木棍"我却不曾见!

我后来和清华学校的队伍同行,在大队的最后。我们到执政府前空场时,大队已散开在满场了。这时府门前站着约莫两百个卫队,分两边排着;领章一律是红地,上面“府卫”两个黄铜字,确是执政府的卫队。他们都背着枪,悠然的站着:毫无紧张的颜色。而且枪上不曾上刺刀,更不显出什么威武。这时有一个人爬在石狮子头上照象,那边府里正面楼上,阑干上伏满了人,而且拥挤着,大约是看热闹的。在这一点上,执政府颇象寻常的人家,而不象堂堂的“执政府”了。照象的下了石狮子,南边有了报告的声音:“他们说是一个人没有,我们怎么样?”这大约已是五代表被拒以后了;我们因走进来晚,故未知前事——但在这时以前,群众的嚷声是绝没有的。到这时才有一两处的嚷声了:“回去是不行的!!!”“吉兆胡同!!!”“……!!!”忽然队势散动了,许多人纷纷往外退走;有人连声大呼:“大家不要走,没有什么事!”一面还扬起了手,我们清华队的指挥也扬起手叫道:“清华的同学不要走,没有事!”这其间,人众稍稍聚拢,但立刻即又散开;清华的指挥第二次叫声刚完,我看见众人纷纷逃避时,一个卫队已装完子弹了!我赶忙向前跑了几步,向一堆人旁睡下,但没等我睡下,我的上面和后面各来了一个人,紧紧地挨着我。我不能动了,只好蜷曲着。

这时已听到劈劈拍拍的枪声了;我生平是第一次听枪声,起初还以为是空枪呢(这时已忘记了看见装子弹的事)。但一两分钟后,有鲜红的热血从上面滴到我的手背上、马褂上了,我立刻明白屠杀已在进行!这时并不害怕,只静静的注意自己的命运,其余什么都忘记。全场除劈拍的枪声外,也是一片大静默，绝无一些人声，什么“哭声振天”，只是记者先生们的“想当然耳”罢了。我上面流血的那一位，虽滴滴地流着血，直到第一次枪声稍歇，我们爬起来逃走的时候，他也不则一声。这正是死的袭来，沉默便是死的消息。事后想起，实在有些悚然。在我上面的不知是谁？我因为不能动转，不能看见他；而且也想不到看他——我真是个自私的人！后来逃跑的时候，才又知道掉在地下的我的帽子和我的头上，也滴了许多血，全是他的！他足流了两分钟以上的血，都流在我身上，我想他总吃了大亏，愿神保佑他平安！第一次枪声约经过五分钟，共放了好几排枪；司令的是用警笛；警笛一鸣，便是一排枪，警笛一声接着一声，枪声就跟着密了，那警笛声甚是凄厉，但有几乎一定的节拍，足见司令者的从容！后来听别的目睹者说，司令者那时还有指挥刀指示方向，总是向人多的地方射击！又有目睹者说，那时执政府楼上还有人手舞足蹈的大乐呢！

我现在缓叙第一次枪声稍歇后的故事，且追述些开枪时的情形。我们进场距开枪时，至多四分钟；这其间有照象有报告，有一两处的嚷声，我都已说过了。我记得，我确实记得，最后的嚷声距开枪只有一分余钟；这时候，群众散而稍聚，稍聚而复纷散，枪声便开始了。这也是我说过的。但“稍聚”的时候，阵势已散，而且大家存了观望的心，颇多趔趄不前的，所谓“进攻”的事是决没有的！至于第一次纷散之故，我想是大家看见卫队从背上取下枪来装子弹而惊骇了；因为第二次纷散时，我已看见一个卫队（其余自然也是如此，他们是依命令动作的)装完子弹了。在第一次纷散之前,群众与卫队有何冲突,我没有看见,不得而知。但后来据一个受伤的说,他看见有一部分人——有些是拿木棍的——想要冲进府去。这事我想来也是有的;不过这决不是卫队开枪的缘由,至多只是他们的借口。他们的荷枪挟弹与不上刺刀(故示镇静)与放群众自由入辕门内(便与射击),都足表示他们"聚而歼旃"的决心,冲进去不冲进去是没有多大关系的。证以后来东门口的拦门射击,更是显明!原来先逃出的人,出东门时,以为总可得着生路;那知迎头还有一枝兵,——据某一种报上说,是从吉兆胡同来的手枪队,不用说,自然也是杀人不眨眼的府卫队了!——开枪痛击。那时前后都有枪弹,人多门狭,前面的枪又极近,死亡枕藉!这是事后一个学生告诉我的;他说他前后两个人都死了,他躲闪了一下,总算幸免。这种间不容发的生死之际也够人深长思了。

照这种种情形,就是不在场的诸君,大约也不至于相信群众先以手枪轰击卫队了吧。而且轰击必有声音,我站的地方,离开卫队不过二十余步,在第二次纷散之前,却绝未听到枪声。其实这只要看政府巧电的含糊其辞,也就够证明了。至于所谓当场夺获的手枪,虽然像煞有介事地举出号数使人相信,但我总奇怪:夺获的这些支手枪,竟没有一支曾经当场发过一响,以证明他们自己的存在。——难道拿手枪的人都是些傻子么?还有现在很有人从容的问:"开枪之前,有警告么?"我现在只能说,我看见的一个卫队,他的枪口正对着我们的,不过那是刚装完了子弹的时候。而在我上面的那位可怜的朋友,他流血是在开枪之后约一两分钟时。我不知卫队的第一排枪是不是朝天放的,但即使是朝天放的,也不算是警告;因为未开枪时,群众已经分散,放一排朝天枪(假定如此)后,第一次听枪声的群众,当然是不会回来的了(这不是一个人胆力的事,我们也无须假充硬汉),何用接二连三地放平枪呢!即使怕一排枪不够驱散众人,尽放朝天枪好了,何用放平枪呢! 所以即使卫队曾放了一排朝天枪,也决不足做他们丝毫的辩解;况且还有后来的拦门痛击呢,这难道还要问:"有无超过必要程度"?

第一次枪声稍歇后,我茫然地随着众人奔逃出去。我刚发脚的时候,便看见旁边有两个同伴已经躺下了! 我来不及看清他们的面貌,又见前面一个,右乳部有一大块殷红的伤痕,我想他是不能活了!那红色我永远不忘记!同时还听见一声低缓的呻吟,想是另一位的,那呻吟我也永远不忘记!我不忍从他们身上跨过去,只得绕了道弯着腰向前跑,觉得通身懈弛得很;后面来了一个人,立刻将我撞了一交。我爬了两步,站起来仍是弯着腰跑。这时当路有一副金丝圆眼镜,好好地直放着;又有两架自行车,颇挡我们的路,大家都很艰难地从上面踏过去。我不自主地跟着众人向北躲入马号里。我们偃卧在东墙角的马粪堆上。马粪堆很高,有人想爬墙过去;墙外就是通路。我看着一个人站着,一个人正向他肩上爬上去。我自己觉得决没有越墙的气力,便也不去看他们。而且里面枪声早又密了,我还得注意运命的转变。这时听见墙边有人问:"是学生不是?"下文不知如何,我猜是墙外的兵问的。那两个爬墙的人，我看见，似乎不是学生，我想他们或者得了兵的允许而下去了。若我猜的不大错，从这一句简单的问语里，我们可以看出卫队乃至政府对于学生海样深的仇恨！而且可以看出，这一次的屠杀确是有意这样“整顿学风”的！我后来知道，这时有几个清华学生和我同在马粪堆上。有一个告诉我，他旁边有一位女学生曾喊他救命，但是他没有法子，这真是可遗憾的事。她以后不知如何了！我们偃卧马粪堆上，不过两分钟，忽然看见对面马厩里有一个兵拿着枪，正好装子弹，似乎就要向我们放。我们立刻起来，仍弯着腰逃走；这时场里还有疏散的枪声，我们也顾不得了。走出马号，就到了东门口。

这时枪声未歇，东门口拥塞得几乎水泄不通。我隐约看见底下蜷缩地蹲着许多人，我们便推推搡搡，拥挤着，挣扎着，从他们身上踏上去。那时理性真失了作用，竟恬然不以为怪似的。我被挤得往后抑了几回，终于只好竭全身之力，向前而进。在我前面的一个人，脑后大约被枪弹擦伤，汩汩地流着血；他也同样地一歪一倒地挣扎着。但他一会儿便不见了，我想他是平安的下去了。我还在人堆上走。这个门是平安与危险的界限，是生死之门，故大家都不敢放松一步。这时希望充满在我心里。后面稀疏的弹子，倒觉不十分在意。前一次的奔逃，但求不即死而已，这回却求生了；在人堆上的众人，都积极地显出生之努力。但仍是一味的静，大家在这千钧一发的关头，那有闲心情和闲工夫来说话呢？我努力的结果，终于从人堆上滚了下来，我的运命这才算定了局。那时门口只剩两个卫队,在那儿闲谈,侥幸得很,手枪队已不见了!后来知道门口人堆里实在有些是死尸,就是被手枪队当门打死的!现在想着死尸上越过的事,真是不寒而栗呵!

我真不中用,出了门口,一面走,一面只是喘息!后面有两个女学生,有一个我真佩服她;她还能微笑着对她的同伴说:"他们也是中国人哪!"这令我惭愧了!我想人处这种境地,若能从怕的心情转为兴奋的心情,才真是能救人的人。若只一味的怕,"斯亦不足畏也已!"我呢,这回是由怕而归于木木然,实是很可耻的!但我希望我的经验能使我的胆力逐渐增大!这回在场中有两件事很值得纪念:一是清华同学韦杰三君(他现已离开我们了!)受伤倒地的时候,别的两位同学冒着弹将他抬了出来;一是一位女学生曾经帮助两个男学生脱险。这都是我后来知道的。这都是侠义的行为,值得我们永远敬佩的!

我和那两个女学生出门沿着墙往南而行。那时还有枪声,我极想躲入胡同里,以免危险;她们大约也如此的,走不上几步,便到了一个胡同口;我们便想拐弯进去。这时墙角上立着一个穿短衣的看闲的人,他向我们轻轻地说:"别进这个胡同!"我们莫明其妙地依从了他,走到第二个胡同进去;这才真脱险了!后来知道卫队有抢劫的事(不仅报载,有人亲见),又有用枪柄,木棍,大刀,打人,砍人的事,我想他们一定就在我们没走进的那条胡同里做那些事!感谢那位看闲的人!卫队既在场内和门外放枪,还觉杀的不痛快,更拦着路邀击;其泄愤之道,真是无所不用其极了!区区一条生命,在他们眼里，正和一根草，一堆马粪一般，是满不在乎的！所以有些人虽幸免于枪弹，仍是被木棍，枪柄打伤，大刀砍伤；而魏士毅女士竟死于木棍之下，这真是永久的战栗啊！据燕大的人说，魏女士是于逃出门时被一个卫兵从后面用有楞的粗木棍儿兜头一下，打得脑浆迸裂而死！我不知道她出的是那一个门，我想大约是西门吧。因为那天我在西直门的电车上，遇见一个高工的学生；他告诉我，他从西门出来，共经过三道门（就是海军部的西辕门和陆军部的东西辕门），每道门皆有卫队用枪柄，木棍和大刀向逃出的人猛烈地打击。他的左臂被打好几次，已不能动弹了。我的一位同事的儿子，后脑被打平了，现在已全然失了记忆；我猜也是木棍打的。受这种打击而致重伤或死的，报纸上自然有记载；致轻伤的就无可稽考，但必不少。所以我想这次受伤的还不止二百人！卫队不但打人，行劫，最可怕的是剥死人的衣服，无论男女，往往剥到只剩一条裤为止；这只要看看前几天《世界日报》的照象就知道了。就是不谈什么"人道"，难道连国家的体统，"临时执政"的面子都不顾了么；段祺瑞你自己想想吧！听说事后执政府乘人不知，已将死尸掩埋了些，以图遮掩耳目。这是我的一个朋友从执政府里听来的；若是的确，那一定将那打得最血肉模糊的先掩埋了。免得激动人心。但一手岂能尽掩天下耳目呢？我不知道现在，那天去执政府的人还有失踪的没有？若有，这个消息真是很可怕的！

这回的屠杀，死伤之多，过于五卅事件，而且是"同胞的枪弹"，我们将何以间执别人之口！而且在首都的堂堂执政府之前，光天化日之下，屠杀之不足，继之以抢劫，剥尸，这种种兽行，段祺瑞等固可行之而不衅，但我们国民有此无脸的政府，又何以自容于世界！——这正是世界的耻辱呀！我们也想想吧！此事发生后，警查总监李鸣钟匆匆来到执政府，说："死了这么多人，叫我怎么办？"他这是局外的说话，只觉得无善法以调停两间而已。我们现在局中，不能如他的从容，我们也得问一问：

"死了这么多人，我们该怎么办？"

屠杀后五日写完。

哀韦杰三君

韦杰三君是一个可爱的人；我第一回见他面时就这样想。这一天我正在家里，听到敲门的声音；进来的是一位温雅的少年。我问他“贵姓”的时候，他将他的姓名写在纸上给我看；说是苏甲荣先生介绍他来的。苏先生是我的同学，他的同乡，他说前一晚已来找过我了，我不在家；所以这回又特地来的。我们闲谈了一会，他说怕耽误我的时间，就告辞走了。是的，我们只谈了一会儿，而且并没有什么重要的话；——我现在已全忘记——但我觉得已懂得他了，我相信他是一个可爱的人。

第二回来访，是在几天之后。那时新生甄别试验刚完，他的国文课是被分在钱子泉先生的班上。他来和我说，要转到我的班上。我和他说，钱先生的学问，是我素来佩服的；在他班上比在我班上一定好。而且已定的局面，因一个人而变动，也不大方便。他应了几声，也没有什么，就走了。从此他就不曾到我这里来。有一回，在三院第一排屋的后门口遇见他，他微笑着向我点头；他本是捧了书及墨盒去上课的，这时却站住了向我说：“常想到先生那里，只是功课太忙了，总想去的。”我说：“你闲时可以到我这里谈谈。”我们就点首作别。

三院离我住的古月堂似乎很远，有时想起来，几乎和前门一样。所以半年以来，我只在上课前，下课后几分钟里，偶然遇着他三四次；除上述一次外，都只匆匆地点头走过，不曾说一句话。但我常是这样想：他是一个可爱的人。

他的同乡苏先生，我还是来京时见过一回，半年来不曾再见。我不曾能和他谈韦君；我也不曾和别人谈韦君，除了钱子泉先生。钱先生有一日告诉我，说韦君总想转到我班上；钱先生又说："他知道不能转时，也很安心的用功了，笔记做得很详细的。"我说，自然还是在钱先生班上好。以后这件事还谈起一两次。直到三月十九日早，有人误报了韦君的死信；钱先生站在我屋外的台阶上惋惜地说："他寒假中来和我谈。我因他常是忧郁的样子，便问他为何这样；是为了我么？他说：'不是，你先生很好的；我是因家境不宽，老是愁烦着。'他说他家里还有一个年老的父亲和未成年的弟弟；他说他弟弟因为家中无钱，已失学了。他又说他历年在外读书的钱，一小半是自己休了学去做教员弄来的，一大半是向人告贷来的。他又说，下半年的学费还没有着落呢。"但他却不愿平白地受人家的钱；我们只看他给大学部学生会起草的请改奖金制为借贷制与工读制的信，便知道他年纪虽轻，做人却有骨气的。

我最后见他，是在三月十八日早上，天安门下电车时。也照平常一样，微笑着向我点头。他的微笑显示他纯洁的心，告诉人，他愿意亲近一切；我是不会忘记的。还有他的静默，我也不会忘记。据陈云豹先生的《行述》，韦君很能说话；但这半年来，我们听见的，却只有他的静默而已。他的静默里含有忧郁，悲苦，坚忍，温雅等等，是最足以引人深长之思和切至之情的。他病中，据陈云豹君在本校追悼会里报告，虽也有一时期，很是躁急，但他终于在离开我们之前，写了那样平静的两句话给校长；他那两句话包蕴着无穷的悲哀，这是静默的悲哀！所以我现在又想，他毕竟是一个可爱的人。

三月十八日晚上，我知道他已危险；第二天早上，听见他死了，叹息而已！但走去看学生会的布告时，知他还在人世，觉得被鼓励似的，忙着将这消息告诉别人。有不信的，我立刻举出学生会布告为证。我二十日进城，到协和医院想去看看他；但不知道医院的规则，去迟了一点钟，不得进去。我很怅惘地在门外徘徊了一会，试问门役道："你知道清华学校有一个韦杰三，死了没有？"他的回答，我原也知道的，是"不知道"三字！那天傍晚回来；二十一日早上，便得着他死的信息——这回他真死了！他死在二十一日上午一时四十八分，就是二十日的夜里，我二十日若早去一点钟，还可见他一面呢。这真是十分遗憾的！二十三日同人及同学入城迎灵，我在城里十二点才见报，已赶不及了。下午回来，在校门外看见杠房里的人，知道柩已来了。我到古月堂一问，知道柩安放在旧礼堂里。我去的时候，正在重殓，韦君已穿好了殓衣在照相了。据说还光着身子照了一张相，是照伤口的。我没有看见他的伤口；但是这种情景，不看见也罢了。照相毕，入殓，我走到柩旁：韦君的脸已变了样子，我几乎不认识了！他的两颧突出，颊肉瘪下，掀唇露齿，那里还像我初见时的温雅呢？这必是他几日间的痛苦所致的。唉，我们可以想见了！我正在乱想,棺盖已经盖上;唉,韦君,这真是最后一面了!我们从此真无再见之期了!死生之理,我不能懂得,但不能再见是事实,韦君,我们失掉了你,更将从何处觅你呢?

韦君现在一个人睡在刚秉庙的一间破屋里,等着他迢迢千里的老父,天气又这样坏;韦君,你的魂也彷徨着吧!

海行杂记

这回从北京南归，在天津搭了通州轮船，便是去年曾被盗劫的。盗劫的事，似乎已很渺茫；所怕者船上的肮脏，实在令人不堪耳。这是英国公司的船；这样的肮脏似乎尽够玷污了英国国旗的颜色。但英国人说：这有什么呢？船原是给中国人乘的，肮脏是中国人的自由，英国人管得着！英国人要乘船，会去坐在大菜间里，那边看看是什么样子？那边，官舱以下的中国客人是不许上去的，所以就好了。是的，这不怪同船的几个朋友要骂这只船是帝国主义的船了。帝国主义的船！我们到底受了些什么压迫呢？有的，有的！

我现在且说茶房吧。

我若有常常恨着的人，那一定是宁波的茶房了。他们的地盘，一是轮船，二是旅馆。他们的团结，是宗法社会而兼梁山泊式的；所以未可轻侮，正和别的宁波帮一样。他们的职务本是照料旅客；但事实正好相反，旅客从他们得着的只是侮辱，恫吓，与欺骗罢了。中国原有行路难之叹，那是因交通不便的缘故；但在现在便利的交通之下，即老于行旅的人，也还时时发出这种叹声，这又为什么呢？茶房与码头工人之艰于应付，我想比仅仅的交通不便，有时更显其难吧！所以从前的行路难是唯物的;现在的却是唯心的。这固然与社会的一般秩序及道德观念有多少关系,不能全由当事人负责任;但当事人的性格恶实也占着一个重要的地位的。

我是乘船既多,受侮不少,所以姑说轮船里的茶房。你去定舱位的时候,若遇着乘客不多,茶房也许会冷脸相迎;若乘客拥挤,你可就倒楣了。他们或者别转脸,不来理你;或者用一两句比刀子还尖的话,打发你走路——譬如说:等下趟吧。他说得如此轻松,凭你急死了也不管。大约行旅的人总有些异常,脸上总有一副着急的神气。他们是以逸待劳的,乐得和你开开玩笑,所以一切反应总是懒懒的,冷冷的;你愈急,他们便愈乐了。他们于你也并无仇恨,只想玩弄玩弄,寻寻开心罢了,正和太太们玩弄叭儿狗一样。所以你记着:上船定舱位的时候,千万别先高声呼唤茶房。你不是急于要找他们说话么?但是他们先得训你一顿,虽然只是低低的自言自语:啥事体啦?哇啦哇啦的!接着才响声说,噢,来哉,啥事体啦?你还得记着:你的话说得愈慢愈好,愈低愈好;不要太客气,也不要太不客气。这样你便是门槛里的人,便是内行;他们固然不见得欢迎你,但也不会玩弄你了。——只冷脸和你简单说话;要知道这已算承蒙青眼,应该受宠若惊的了。

定好了舱位,你下船是愈迟愈好;自然,不能过了开船的时候。最好开船前两小时或一小时到船上,那便显得你是一个有涵养工夫的,非急莘莘的阿木林可比了。而且茶房也得上岸去办他自己的事,去早了倒绊住了他;他虽然可托同伴代为招呼,但总之麻烦了。为了客人而麻烦,在他们是不值得，在客人是不必要；所以客人便只好受阿木林的待遇了。有时船于明早十时开行，你今晚十点上去，以为晚上总该合式了；但也不然。晚上他们要打牌，你去了足以扰乱他们的清兴；他们必也恨恨不平的。这其间有一种分，一种默喻的规矩，有一种门槛经，你得先做若干次阿木林，才能应付得恰到好处呢。

开船以后，你以为茶房闲了，不妨多呼唤几回。你若真这样做时，又该受教训了。茶房日里要谈天，料理私货；晚上要抽大烟，打牌，那有闲工夫来伺候你！他们早上给你舀一盆脸水，日里给你开饭，饭后给你拧手巾；还有上船时给你摊开铺盖，下船时给你打起铺盖：好了，这已经多了，这已经够了。此外若有特别的事要他们做时，那只算是额外效劳。你得自己走出舱门，慢慢地叫着茶房，慢慢地和他说，他也会照你所说的做，而不加损害于你。最好是预先打听了两个茶房的名字，到这时候悠然叫着，那是更其有效的。但要叫得大方，仿佛很熟悉的样子，不可有一点讷讷。叫名字所以更其有效者，被叫者觉得你有意和他亲近（结果酒资不会少给），而别的茶房或竟以为你与这被叫者本是熟悉的，因而有了相当的敬意；所以你第二次第三次叫时，别人往往会帮着你叫的。但你也只能偶尔叫他们；若常常麻烦，他们将发见，你到底是阿木林而冒充内行，他们将立刻改变对你的态度了。至于有些人睡在铺上高声朗诵的叫着茶房的，那确似乎搭足了架子；在茶房眼中，其为阿字号无疑了。他们于是忿然的答应：啥事体啦？哇啦啦！但走来倒也会走来的。你若再多叫两声，他们又会说:啥事体啦?茶房当山歌唱!除非你真麻木,或真生了气,你大概总不愿再叫他们了吧。

子入太庙,每事间,至今传为美谈。但你入轮船,最好每事不必问。茶房之怕麻烦,之懒惰,是他们的特征;你问他们,他们或说不晓得,或故意和你开开玩笑,好在他们对客人们,除行李外,一切是不负责任的。大概客人们最普遍的问题,明天可以到吧?下午可以到吧?一类。他们或随便答复,或说,慢慢来好啰,总会到的。或简单的说,早呢!总是不得要领的居多。他们的话常常变化,使你不能确信;不确信自然不回了。他们所要的正是耳根清净呀。

茶房在轮船里,总是盘踞在所谓大菜间的吃饭间里。他们常常围着桌子闲谈,客人也可插进一两个去。但客人若是坐满了,使他们无处可坐,他们便恨恨了;若在晚上,他们老实不客气将电灯灭了,让你们暗中摸索去吧。所以这吃饭间里的桌子竟像他们专利的。当他们围桌而坐,有几个固然有话可谈;有几个却连话也没有,只默默坐着,或者在打牌。我似乎为他们觉着无聊,但他们也就这样过去了。他们的脸上充满了倦怠,嘲讽,麻木的气分,仿佛下工夫练就了似的。最可怕的就是这满脸:所谓施施然拒人于千里之外者,便是这种脸了。晚上映着电灯光,多少遮过了那灰滞的颜色;他们也开始有了些生气。他们搭了铺抽大烟,或者拖开桌子打牌。他们抽了大烟,渐有笑语;他们打牌,往往通宵达旦——牌声,争论声充满那小小的大菜间里。客人们,尤其是抱了病,可睡不着了;但于他们有甚么相干呢?活该你们洗耳恭听呀!他们也有不抽大烟，不打牌的，便搬出香烟画片来一张张细细赏玩：这却是雅人深致了。

我说过茶房的团结是宗法社会而兼梁山泊式的，但他们中间仍不免时有战氛。浓郁的战氛在船里是见不着的；船里所见，只是轻微淡远的罢了。唯口出好兴戎，茶房的口，似乎很值得注意。他们的口，一例是练得极其尖刻的；一面自然也是地方性使然。他们大约是宁可输在腿上，不肯输在嘴上。所以即使是同伴之间，往往因为一句有意的或无意的，不相干的话，动了真气，抡眉竖目的恨恨半天而不已。这时脸上全失了平时冷静的颜色，而换上热烈的狰狞了。但也终于只是口头恨恨而已，真个拔拳来打，举脚来踢的，倒也似乎没有。语云，君子动口，小人动手；茶房们虽有所争乎，殆仍不失为君子之道也。有人说，这正是南方人之所以为南方人，我想，这话也有理。茶房之于客人，虽也不肯输在嘴上，但全是玩弄的态度，动真气的似乎很少；而且你愈动真气，他倒愈可以玩弄你。这大约因为对于客人，是以他们的团体为靠山的；客人总是孤单的多，他们倚众欺起来，不怕你不就范的：所以用不着动真气。而且万一吃了客人的亏，那也必是许多同伴陪着他同吃的，不是一个人失了面子：又何必动真气呢？兑实说来，客人要他们动真气，还不够资格哪！至于他们同伴间的争执，那才是切身的利害，而且单枪匹马做去，毫无可恃的现成的力量；所以便是小题，也不得不大做了。

茶房若有向客人微笑的时候，那必是收酒资的几分钟了。酒资的数目照理虽无一定，但却有不成文的谱。你按着谱斟酌给与，虽也不能得着一声谢谢，但言语的压迫是不会来的了。你若给得太少，离谱太远，他们会始而嘲你，继而骂你，你还得加钱给他们；其实既受了骂，大可以不加的了，但事实上大多数受骂的客人，慑于他们的威势，总是加给他们的。加了以后，还得听许多唠叨才罢。有一回，和我同船的一个学生，本该给一元钱的酒资的，他只给了小洋四角。茶房狠狠力争，终不得要领，于是说：你好带回去做车钱吧！将钱向铺上一摺，忿然而去。那学生后来终于添了一些钱重交给他；他这才默然拿走，面孔仍是板板的，若有所不屑然。——付了酒资，便该打铺盖了；这时仍是要慢慢来的，一急还是要受教训，虽然你已给过酒资了。铺盖打好以后，茶房的压迫才算是完了，你再预备受码头工人和旅馆茶房的压迫吧。

我原是声明了叙述通州轮船中事的，但却做了一首诅茶房文；在这里，我似乎有些自己矛盾。不，天下老鸦一般黑，我们若很谨慎的将这句话只用在各轮船里的宁波茶房身上，我想是不会悖谬的。所以我虽就一般立说，通州轮船的茶房却已包括在内；特别指明与否，是无关重要的。

1926年7月，白马湖。

白　采

盛暑中写《白采的诗》一文,刚满一页,便因病搁下。这时候薰宇来了一封信,说白采死了,死在香港到上海的船中。他只有一个人;他的遗物暂存在立达学园里。有文稿,旧体诗词稿,笔记稿,有朋友和女人的通信,还有四包女人的头发!我将薰宇的信念了好几遍,茫然若失了一会;觉得白采虽于生死无所容心,但这样的死在将到吴淞口了的船中,也未免太惨酷了些——这是我们后死者所难堪的。

白采是一个不可捉摸的人。他的历史,他的性格,现在虽从遗物中略知梗概,但在他生前,是绝少人知道的;他也绝口不向人说,你问他他只支吾而已。他赋性既这样遗世绝俗,自然是落落寡合了;但我们却能够看出他是一个好朋友,他是一个有真心的人。

"不打不成相识,"我是这样的知道了白采的。这是为学生李芳诗集的事。李芳将他的诗集交我删改,并嘱我作序。那时我在温州,他在上海。我因事忙,一搁就是半年;而李芳已因不知名的急病死在上海。我很懊悔我的需缓,赶紧抽了空给他工作。正在这时,平伯转来白采的信,短短的两行,催我设法将李芳的诗出版;又附了登在《觉悟》上的小说《作诗的儿子》，让我看看——里面颇有讥讽我的话。我当时觉得不应得这种讥讽，便写了一封近两千字的长信，详述事件首尾，向他辩解。信去了便等回信；但是杳无消息。等到我已不希望了，他才来了一张明信片；在我看来，只是几句半冷半热的话而已。我只能以"岂能尽如人意？但求无愧我心！"

自解，听之而已。

但平伯因转信的关系，却和他常通函札。平伯来信，屡屡说起他，说是一个有趣的人。有一回平伯到白马湖看我。我和他同往宁波的时候，他在火车中将白采的诗稿《羸疾者的爱》给我看。我在车身不住的动摇中，读了一遍。觉得大有意思。我于是承认平伯的话，他是一个有趣的人。我又和平伯说，他这篇诗似乎是受了尼采的影响。后来平伯来信，说已将此语函告白采，他颇以为然。我当时还和平伯说，关于这篇诗，我想写一篇评论；平伯大约也告诉了他。有一回他突然来信说起此事；他盼望早些见着我的文字，让他知道在我眼中的他的诗究竟是怎样的。我回信答应他，就要做的。以后我们常常通信，他常常提及此事。但现在是三年以后了，我才算将此文完篇；他却已经死了，看不见了！他暑假前最后给我的信还说起他的盼望。天啊！我怎样对得起这样一个朋友，我怎样挽回我的过错呢？

平伯和我都不曾见过白采，大家觉得是一件缺憾。有一回我到上海，和平伯到西门林荫路新正兴里五号去访他：这是按着他给我们的通信地址去的。但不幸得很，他已经搬到附近什么地方去了；我们只好嗒然而归。新正兴里五号是朋友延陵君住过的：有一次谈起白采，他说他姓童，在美术专门学校念书；他的夫人和延陵夫人是朋友，延陵夫妇曾借住他们所赁的一间亭子间。那是我看延陵时去过的，床和桌椅都是白漆的；是一间虽小而极洁净的房子，几乎使我忘记了是在上海的西门地方。现在他存着的摄影里，据我看，有好几张是在那间房里照的。又从他的遗札里，推想他那时还未离婚；他离开新正兴里五号，或是正为离婚的缘故，也未可知。这却使我们事后追想，多少感着些悲剧味了。但平伯终于未见着白采，我竟得和他见了一面。那是在立达学园我预备上火车去上海前的五分钟。这一天，学园的朋友说白采要搬来了；我从早上等了好久，还没有音信。正预备上车站，白采从门口进来了。他说着江西话，似乎很老成了，是饱经世变的样子。我因上海还有约会，只匆匆一谈，便握手作别。他后来有信给平伯说我"短小精悍"，却是一句有趣的话。这是我们最初的一面，但谁知也就是最后的一面呢！

去年年底，我在北京时，他要去集美作教；他听说我有南归之意，因不能等我一面，便寄了一张小影给我。这是他立在露台上远望的背影，他说是聊寄仁盼之意。我得此小影，反复把玩而不忍释，觉得他真是一个好朋友。这回来到立达学园，偶然翻阅《白采的小说》,《作诗的儿子》一篇中讥讽我的话，已经删改；而薰宇告我，我最初给他的那封长信，他还留在箱子里。这使我惭愧从前的猜想，我真是小器的人哪！但是他现在死了，我又能怎样呢？我只相信，如爱墨生的话，他在许多朋友的心里是不死的！

荷塘月色

这几天心里颇不宁静。今晚在院子里坐着乘凉，忽然想起日日走过的荷塘，在这满月的光里，总该另有一番样子吧。月亮渐渐地升高了，墙外马路上孩子们的欢笑，已经听不见了；妻在屋里拍着闰儿，迷迷糊糊地哼着眠歌。我悄悄地披了大衫，带上门出去。

沿着荷塘，是一条曲折的小煤屑路。这是一条幽僻的路；白天也少人走，夜晚更加寂寞。荷塘四面，长着许多树，蓊蓊郁郁的。路的一旁，是些杨柳，和一些不知道名字的树。没有月光的晚上，这路上阴森森的，有些怕人。今晚却很好，虽然月光也还是淡淡的。

路上只我一个人，背着手踱着。这一片天地好像是我的；我也像超出了平常的自己，到了另一世界里。我爱热闹，也爱冷静；爱群居，也爱独处。像今晚上，一个人在这苍茫的月下，什么都可以想，什么都可以不想，便觉是个自由的人。白天里一定要做的事，一定要说的话，现在都可不理。这是独处的妙处，我且受用这无边的荷香月色好了。

曲曲折折的荷塘上面，弥望的是田田的叶子。叶子出水很高，像亭亭的舞女的裙。层层的叶子中间，零星地点缀着些白花，有袅娜地开着的，有羞涩地打着朵儿的；正如一粒粒的明珠，又如碧天里的星星，又如刚出浴的美人。微风过处，送来缕缕清香，仿佛远处高楼上渺茫的歌声似的。这时候叶子与花也有一丝的颤动，像闪电般，霎时传过荷塘的那边去了。叶子本是肩并肩密密地挨着，这便宛然有了一道凝碧的波痕。叶子底下是脉脉的流水，遮住了，不能见一些颜色；而叶子却更见风致了。

月光如流水一般，静静地泻在这一片叶子和花上。薄薄的青雾浮起在荷塘里。叶子和花仿佛在牛乳中洗过一样；又像笼着轻纱的梦。虽然是满月，天上却有一层淡淡的云，所以不能朗照；但我以为这恰是到了好处——酣眠固不可少，小睡也别有风味的。月光是隔了树照过来的，高处丛生的灌木，落下参差的斑驳的黑影，峭楞楞如鬼一般；弯弯的杨柳的稀疏的倩影，却又像是画在荷叶上。塘中的月色并不均匀；但光与影有着和谐的旋律，如梵婀玲上奏着的名曲。

荷塘的四面，远远近近，高高低低都是树，而杨柳最多。这些树将一片荷塘重重围住；只在小路一旁，漏着几段空隙，像是特为月光留下的。树色一例是阴阴的，乍看像一团烟雾；但杨柳的丰姿，便在烟雾里也辨得出。树梢上隐隐约约的是一带远山，只有些大意罢了。树缝里也漏着一两点路灯光，没精打采的，是渴睡人的眼。这时候最热闹的，要数树上的蝉声与水里的蛙声；但热闹是它们的，我什么也没有。

忽然想起采莲的事情来了。采莲是江南的旧俗，似乎很早就有，而六朝时为盛；从诗歌里可以约略知道。采莲的是少年的女子，她们是荡着小船，唱着艳歌去的。采莲人不用说很多，还有看采莲的人。那是一个热闹的季节，也是一个风流的季节。梁元帝《采莲赋》里说得好：

于是妖童媛女，荡舟心许；鷁首徐回，兼传羽杯；櫂将移而藻挂，船欲动而萍开。尔其纤腰束素，迁延顾步；夏始春余，叶嫩花初，恐沾裳而浅笑，畏倾船而敛裾。

可见当时嬉游的光景了。这真是有趣的事，可惜我们现在早已无福消受了。

于是又记起《西洲曲》里的句子：

采莲南塘秋，莲花过人头；低头弄莲子，莲子清如水。今晚若有采莲人，这儿的莲花也算得"过人头"了；只不见一些流水的影子，是不行的。这令我到底惦着江南了。——这样想着，猛一抬头，不觉已是自己的门前；轻轻地推门进去，什么声息也没有，妻已睡熟好久了。

1927 年 7 月，北京清华园。

一封信

在北京住了两年多了，一切平平常常地过去。要说福气，这也是福气了。因为平平常常，正像糊涂一样难得，特别是在这年头。但不知怎的，总不时想着在那儿过了五六年转徙无常的生活的南方。转徙无常，诚然算不得好日子；但要说到人生味，怕倒比平平常常时候容易深切地感着。现在终日看见一样的脸板板的天，灰蓬蓬的地；大柳高槐，只是大柳高槐而已。于是木木然，心上什么也没有；有的只是自己，自己的家。我想着我的渺小，有些战栗起来；清福究竟也不容易享的。这几天似乎有些异样。像一叶扁舟在无边的大海上，像一个猎人在无尽的森林里。走路，说话，都要费很大的力气；还不能如意。心里是一团乱麻，也可说是一团火。似乎在挣扎着，要明白些什么，但似乎什么也没有明白。一部《十七史》，从何处说起，正可借来作近日的我的注脚。昨天忽然有人提起《我的南方》的诗。这是两年前初到北京，在一个村店里，喝了两杯莲花白以后，信笔涂出来的。于今想起那情景，似乎有些渺茫；至于诗中所说的，那更是遥遥乎远哉了，但是事情是这样凑巧：今天吃了午饭，偶然抽一本旧杂志来消遣，却翻着了三年前给S的一封信。信里说着台州，在上海，杭州，宁波之南的台州。这真是我的南方了。我正苦于想不出，这却指引我一条路，虽然只是一条路而已。

怀魏握青君

两年前差不多也是这些日子吧，我邀了几个熟朋友，在雪香斋给握青送行。雪香斋以绍酒著名。这几个人多半是浙江人，握青也是的，而又有一两个是酒徒，所以便拣了这地方。说到酒，莲花白太腻，白干太烈；一是北方的佳人，一是关西的大汉，都不宜于浅斟低酌。只有黄酒，如温旧书，如对故友，真是醰醰有味。只可惜雪香斋的酒还上了色；若是“竹叶青”，那就更妙了。握青是到美国留学去，要住上三年；这么远的路，这么多的日子，大家确有些惜别，所以那晚酒都喝得不少。出门分手，握青又要我去中天看电影。我坐下直觉头晕。握青说电影如何如何，我只糊糊涂涂听着；几回想张眼看，却什么也看不出。终于支持不住，出其不意，哇地吐出来了。观众都吃一惊，附近的人全堵上了鼻子；这真有些惶恐。握青扶我回到旅馆，他也吐了。但我们心里都觉得这一晚很痛快。我想握青该还记得那种狼狈的光景吧？

我与握青相识，是在东南大学。那时正是暑假，中华教育改进社借那儿开会。我与方光焘君去旁听，偶然遇着握青；方君是他的同乡，一向认识，便给我们介绍了。那时我只知道他很活动，会交际而已。匆匆一面，便未再见。三年前，我北来作教，恰好与他同事。我初到，许多事都不知怎样做好；他给了我许多帮助。我们同住在一个院子里，吃饭也在一处。因此常和他谈论。我渐渐知道他不只是很活动，会交际；他有他的真心，他有他的锐眼，他也有他的傻样子。许多朋友都以为他是个傻小子，大家都叫他老魏，连听差背地里也是这样叫他；这个太亲昵的称呼，只有他有。

但他决不如我们所想的那么“傻”，他是个玩世不恭的人——至少我在北京见着他是如此。那时他已一度受过人生的戒，从前所有多或少的严肃气分，暂时都隐藏起来了；剩下的只是那冷然的玩弄一切的态度。我们知道这种剑锋般的态度，若赤裸裸地露出，便是自己矛盾，所以总得用了什么法子盖藏着。他用的是一副傻子的面具。我有时要揭开他这副面具，他便说我是《语丝》派。但他知道我，并不比我知道他少。他能由我一个短语，知道全篇的故事。他对于别人，也能知道；但只默喻着，不大肯说出。他的玩世，在有些事情上，也许太随便些。但以或种意义说，他要复仇；人总是人，又有什么办法呢？至少我是原谅他的。以上其实也只说得他的一面；他有时也能为人尽心竭力。他曾为我决定一件极为难的事。我们沿着墙根，走了不知多少趟；他源源本本，条分缕析地将形势剖解给我听。你想，这岂是傻子所能做的？幸亏有这一面，他还能高高兴兴过日子；不然，没有笑，没有泪，只有冷脸，只有“鬼脸”，岂不郁郁地闷煞人！

我最不能忘的，是他动身前不多时的一个月夜。电灯灭后，月光照了满院，柏树森森地竦立着。屋内人都睡了；我们站在月光里，柏树旁，看着自己的影子。他轻轻地诉说他生平冒险的故事。说一会，静默一会。这是一个幽奇的境界。他叙述时，脸上隐约浮着微笑，就是他心地平静时常浮在他脸上的微笑；一面偏着头，老像发问似的。这种月光，这种院子，这种柏树，这种谈话，都很可珍贵；就由握青自己再来一次，怕也不一样的。

他走之前，很愿我做些文字送他；但又用玩世的态度说，“怕不肯吧？我晓得，你不肯的。”我说，“一定做，而且一定写成一幅横披——只是字不行些。”但是我惭愧我的懒，那“一定”早已几乎变成“不肯”了！而且他来了两封信，我竟未覆只字。这叫我怎样说好呢？我实在有种坏脾气，觉得路太遥远，竟有些渺茫一般，什么便都因循下来了。好在他的成绩很好，我是知道的；只此就很够了。别的，反正他明年就回来，我们再好好地谈几次，这是要紧的。——我想，握青也许不那么玩世了吧。

1928年5月25日夜。

| 儿　女

我现在已是五个儿女的父亲了。想起圣陶喜欢用的蜗牛背了壳的比喻，便觉得不自在。新近一位亲戚嘲笑我说，要剥层皮呢！更有些悚然了。十年前刚结婚的时候，在胡适之先生的《藏晖室札记》里，见过一条，说世界上有许多伟大的人物是不结婚的；文中并引培根的话，有妻子者，其命定矣。当时确吃了一惊，仿佛梦醒一般；但是家里已是不由分说给娶了媳妇，又有甚么可说？现在是一个媳妇，跟着来了五个孩子；两个肩头上，加上这么重一副担子，真不知怎样走才好。命定是不用说了；从孩子们那一面说，他们该怎样长大，也正是可以忧虑的事。我是个彻头彻尾自私的人，做丈夫已是勉强，做父亲更是不成。自然，子孙崇拜，儿童本位的哲理或伦理，我也有些知道；既做着父亲，闭了眼抹杀孩子们的权利，知道是不行的。可惜这只是理论，实际上我是仍旧按照古老的传统，在野蛮地对付着，和普通的父亲一样。近来差不多是中年的人了，才渐渐觉得自己的残酷；想着孩子们受过的体罚和叱责，始终不能辩解——像抚摩着旧创痕那样，我的心酸溜溜的。有一回，读了有岛武郎《与幼小者》的译文，对了那种伟大的，沉挚的态度，我竟流下泪来了。去年父亲来信，问起阿九，那时阿九还在白马湖呢；信上说，我没有耽误你，你也不要耽误他才好。我为这句话哭了一场；我为什么不像父亲的仁慈？我不该忘记，父亲怎样待我们来着！人性许真是二元的，我是这样地矛盾；我的心像钟摆似的来去。

你读过鲁迅先生的《幸福的家庭》么？我的便是那一类的幸福的家庭！每天午饭和晚饭，就如两次潮水一般。先是孩子们你来他去地在厨房与饭间里查看，一面催我或妻发开饭的命令。急促繁碎的脚步，夹着笑和嚷，一阵阵袭来，直到命令发出为止。他们一递一个地跑着喊着，将命令传给厨房里佣人；便立刻抢着回来搬凳子。于是这个说，我坐这儿！那个说，大哥不让我！大哥却说，小妹打我！我给他们调解，说好话。但是他们有时候很固执，我有时候也不耐烦，这便用着叱责了；叱责还不行，不由自主地，我的沉重的手掌便到他们身上了。于是哭的哭，坐的坐，局面才算定了。接着可又你要大碗，他要小碗，你说红筷子好，他说黑筷子好；这个要干饭，那个要稀饭，要茶要汤，要鱼要肉，要豆腐，要萝卜；你说他菜多，他说你菜好。妻是照例安慰着他们，但这显然是太迂缓了。我是个暴躁的人，怎么等得及？不用说，用老法子将他们立刻征服了；虽然有哭的，不久也就抹着泪捧起碗了。吃完了，纷纷爬下凳子，桌上是饭粒呀，汤汁呀，骨头呀，渣滓呀，加上纵横的筷子，欹斜的匙子，就如一块花花绿绿的地图模型。吃饭而外，他们的大事便是游戏。游戏时，大的有大主意，小的有小主意，各自坚持不下，于是争执起来；或者大的欺负了小的，或者小的竟欺负了大的，被欺负的哭着嚷着，到我或妻的面前诉苦;我大抵仍旧要用老法子来判断的,但不理的时候也有。最为难的,是争夺玩具的时候:这一个的与那一个的是同样的东西,却偏要那一个的;而那一个便偏不答应。在这种情形之下,不论如何,终于是非哭了不可的。这些事件自然不至于天天全有,但大致总有好些起。我若坐在家里看书或写什么东西,管保一点钟里要分几回心,或站起来一两次的。若是雨天或礼拜日,孩子们在家的多,那么,摊开书竟看不下一行,提起笔也写不出一个字的事,也有过的。我常和妻说,我们家真是成日的千军万马呀!有时是不但成日,连夜里也有兵马在进行着,在有吃乳或生病的孩子的时候!

我结婚那一年,才十九岁。二十一岁,有了阿九;二十三岁,又有了阿菜。那时我正像一匹野马,那能容忍这些累赘的鞍鞯,辔头,和缰绳?摆脱也知是不行的,但不自觉地时时在摆脱着。现在回想起来,那些日子,真苦了这两个孩子;真是难以宽宥的种种暴行呢!阿九才两岁半的样子,我们住在杭州的学校里。不知怎地,这孩子特别爱哭,又特别怕生人。一不见了母亲,或来了客,就哇哇地哭起来了。学校里住着许多人,我不能让他扰着他们,而客人也总是常有的;我懊恼极了,有一回,特地骗出了妻,关了门,将他按在地下打了一顿。这件事,妻到现在说起来,还觉得有些不忍;她说我的手太辣了,到底还是两岁半的孩子!我近年常想着那时的光景,也觉黯然。阿菜在台州,那是更小了;才过了周岁,还不大会走路。也是为了缠着母亲的缘故吧,我将她紧紧地按在墙角里,直哭喊了三四分钟;因此生了好几天病。妻说,那时真寒心呢!

但我的苦痛也是真的。我曾给圣陶写信，说孩子们的折磨，实在无法奈何；有时竟觉着还是自杀的好。这虽是气愤的话，但这样的心情，确也有过的。后来孩子是多起来了，磨折也磨折得久了，少年的锋棱渐渐地钝起来了；加以增长的年岁增长了理性的裁制力，我能够忍耐了——觉得从前真是一个不成材的父亲，如我给另一个朋友信里所说。但我的孩子们在幼小时，确比别人的特别不安静，我至今还觉如此。我想这大约还是由于我们抚育不得法；从前只一味地责备孩子，让他们代我们负起责任，却未免是可耻的残酷了！

正面意义的幸福，其实也未尝没有。正如谁所说，小的总是可爱，孩子们的小模样，小心眼儿，确有些教人舍不得的。阿毛现在五个月了，你用手指去拨弄她的下巴，或向她做趣脸，她便会张开没牙的嘴格格地笑，笑得像一朵正开的花。她不愿在屋里待着；待久了，便大声儿嚷。妻常说，姑娘又要出去溜达了。她说她像鸟儿般，每天总得到外面溜一些时候。闰儿上个月刚过了三岁，笨得很，话还没有学好呢。他只能说三四个字的短语或句子，文法错误，发音模糊，又得费气力说出；我们老是要笑他的。他说好字，总变成小字；问他好不好？他便说小，或不小。我们常常逗着他说这个字玩儿；他似乎有些觉得，近来偶然也能说出正确的好字了——特别在我们故意说成小字的时候。他有一只搪瓷碗，是一毛来钱买的；买来时，老妈子教给他，这是一毛钱。他便记住一毛两个字，管那只碗叫一毛，有时竟省称为毛。这在新来的老妈子，是必需翻译了才懂的。他不好意思，或见着生客时，便咧着嘴痴笑；我们常用了土话,叫他做呆瓜。他是个小胖子,短短的腿,走起路来,蹒跚可笑;若快走或跑,便更好看了。他有时学我,将两手叠在背后,一摇一摆的;那是他自己和我们都要乐的。他的大姊便是阿菜,已是七岁多了,在小学校里念着书。在饭桌上,一定得啰啰唆唆地报告些同学或他们父母的事情;气喘喘地说着,不管你爱听不爱听。说完了总问我:爸爸认识么?爸爸知道么?妻常禁止她吃饭时说话,所以她总是问我。她的问题真多:看电影便问电影里的是不是人?是不是真人?怎么不说话?看照相也是一样。不知谁告诉她,兵是要打人的。她回来便问,兵是人么?为什么打人?近来大约听了先生的话,回来又问张作霖的兵是帮谁的?蒋介石的兵是不是帮我们的?诸如此类的问题,每天短不了,常常闹得我不知怎样答才行。她和闰儿在一处玩儿,一大一小,不很合式,老是吵着哭着。但合式的时候也有:譬如这个往床底下躲,那个便钻进去追着;这个钻出来,那个也跟着——从这个床到那个床,只听见笑着,嚷着,喘着,真如妻所说,像小狗似的。现在在京的,便只有这三个孩子;阿九和转儿是去年北来时,让母亲暂时带回扬州去了。阿九是欢喜书的孩子。他爱看《水浒》,《西游记》,《三侠五义》,《小朋友》等;没有事便捧着书坐着或躺着看。只不欢喜《红楼梦》,说是没有味儿。是的,《红楼梦》的味儿,一个十岁的孩子,哪里能领略呢?去年我们事实上只能带两个孩子来;因为他大些,而转儿是一直跟着祖母的,便在上海将他俩丢下。我清清楚楚记得那分别的一个早上。我领着阿九从二洋泾桥的旅馆出来,送他到母亲和转儿住着的亲戚家去。妻嘱咐说，买点吃的给他们吧。我们走过四马路，到一家茶食铺里。阿九说要熏鱼，我给买了；又买了饼干，是给转儿的。便乘电车到海宁路。下车时，看着他的害怕与累赘，很觉恻然。到亲戚家，因为就要回旅馆收拾上船，只说了一两句话便出来；转儿望望我，没说什么，阿九是和祖母说什么去了。我回头看了他们一眼，硬着头皮走了。后来妻告诉我，阿九背地里向她说：我知道爸爸欢喜小妹，不带我上北京去。其实这是冤枉的。他又曾和我们说，暑假时一定来接我啊！我们当时答应着；但现在已是第二个暑假了，他们还在迢迢的扬州待着。他们是恨着我们呢？还是惦着我们呢？妻是一年来老放不下这两个，常常独自暗中流泪；但我有什么法子呢！想到只为家贫成聚散一句无名的诗，不禁有些凄然。转儿与我较生疏些。但去年离开白马湖时，她也曾用了生硬的扬州话（那时她还没有到过扬州呢），和那特别尖的小嗓子向着我：我要到北京去。她晓得什么北京，只跟着大孩子们说罢了；但当时听着，现在想着的我，却真是抱歉呢。这兄妹俩离开我，原是常事，离开母亲，虽也有过一回，这回可是太长了；小小的心儿，知道是怎样忍耐那寂寞来着！

我的朋友大概都是爱孩子的。少谷有一回写信责备我，说儿女的吵闹，也是很有趣的，何至可厌到如我所说；他说他真不解。子恺为他家华瞻写的文章，真是蔼然仁者之言。圣陶也常常为孩子操心：小学毕业了，到什么中学好呢？——这样的话，他和我说过两三回了。我对他们只有惭愧！可是近来我也渐渐觉着自己的责任。我想，第一该将孩子们团聚起来，其次便该给他们些力量。我亲眼见过一个爱儿女的人,因为不曾好好地教育他们,便将他们荒废了。他并不是溺爱,只是没有耐心去料理他们,他们便不能成材了。我想我若照现在这样下去,孩子们也便危险了。我得计划着,让他们渐渐知道怎样去做人才行。但是要不要他们像我自己呢?这一层,我在白马湖教初中学生时,也曾从师生的立场上问过丏尊,他毫不踌躇地说,自然啰。近来与平伯谈起教子,他却答得妙,总不希望比自己坏啰。是的,只要不比自己坏就行,像不像倒是不在乎的。职业,人生观等,还是由他们自己去定的好;自己顶可贵,只要指导,帮助他们去发展自己,便是极贤明的办法。

予同说,我们得让子女在大学毕了业,才算尽了责任。SK 说,不然,要看我们的经济,他们的材质与志愿;若是中学毕了业,不能或不愿升学,便去做别的事,譬如做工人吧,那也并非不行的。自然,人的好坏与成败,也不尽靠学校教育;说是非大学毕业不可,也许只是我们的偏见。在这件事上,我现在毫不能有一定的主意;特别是这个变动不居的时代,知道将来怎样?好在孩子们还小,将来的事且等将来吧。目前所能做的,只是培养他们基本的力量——胸襟与眼光;孩子们还是孩子们,自然说不上高的远的,慢慢从近处小处下手便了。这自然也只能先按照我自己的样子:神而明之,存乎其人,光辉也罢,倒楣也罢,平凡也罢,让他们各尽各的力去。我只希望如我所想的,从此好好地做一回父亲,便自称心满意。——想到那狂人救救孩子的呼声,我怎敢不悚然自勉呢?

1928 年 6 月 24 日晚写毕,北京清华园。

白马湖

今天是个下雨的日子。这使我想起了白马湖;因为我第一回到白马湖,正是微风飘萧的春日。

白马湖在甬绍铁道的驿亭站，是个极小极小的乡下地方。在北方说起这个名字,管保一百个人一百个人不知道。但那却是一个不坏的地方。这名字先就是一个不坏的名字。据说从前(宋时?)有个姓周的骑白马入湖仙去,所以有这个名字。这个故事也是一个不坏的故事。假使你乐意搜集,或也可编成一本小书,交北新书局印去。

白马湖并非圆圆的或方方的一个湖，如你所想到的,这是曲曲折折大大小小许多湖的总名。湖水清极了,如你所能想到的,一点儿不含糊像镜子。沿铁路的水,再没有比这里清的,这是公论。遇到旱年的夏季,别处湖里都长了草,这里却还是一清如故。白马湖最大的,也是最好的一个,便是我们住过的屋的门前那一个。那个湖不算小,但湖口让两面的山包抄住了。外面只见微微的碧波而已,想不到有那么大的一片。湖的尽里头,有一个三四十户人家的村落,叫做西徐岙,因为姓徐的多。这村落与外面本是不相通的,村里人要出来得撑船。后来春晖中学在湖边造了房子,这才造了两座玲珑的小木桥，筑起一道煤屑路，直通到驿亭车站。那是窄窄的一条人行路，蜿蜒曲折的，路上虽常不见人，走起来却不见寂寞——。尤其在微雨的春天，一个初到的来客，他左顾右盼，是只有觉得热闹的。

春晖中学在湖的最胜处，我们住过的屋也相去不远，是半西式。湖光山色从门里从墙头进来，到我们窗前、桌上。我们几家接连着；丏翁的家最讲究。屋里有名人字画，有古瓷，有铜佛，院子里满种着花。屋子里的陈设又常常变换，给人新鲜的受用。他有这样好的屋子，又是好客如命，我们便不时地上他家里喝老酒。丏翁夫人的烹调也极好，每回总是满满的盘碗拿出来，空空的收回去。白马湖最好的时候是黄昏。湖上的山笼着一层青色的薄雾，在水里映着参差的模糊的影子。水光微微地暗淡，像是一面古铜镜。轻风吹来，有一两缕波纹，但随即平静了。天上偶见几只归鸟，我们看着它们越飞越远，直到不见为止。这个时候便是我们喝酒的时候。我们说话很少；上了灯话才多些，但大家都已微有醉意。是该回家的时候了。若有月光也许还得徘徊一会；若是黑夜，便在暗里摸索醉着回去。

白马湖的春日自然最好。山是青得要滴下来，水是满满的、软软的。小马路的两边，一株间一株地种着小桃与杨柳。小桃上各缀着几朵重瓣的红花，像夜空的疏星。杨柳在暖风里不住地摇曳。在这路上走着，时而听见锐而长的火车的笛声是别有风味的。在春天，不论是晴是雨，是月夜是黑夜，白马湖都好。——雨中田里菜花的颜色最早鲜艳；黑夜虽什么不见，但可静静地受用春天的力量。夏夜也有好处，有月时可以在湖里划小船，四面满是青霭。船上望别的村庄，像是蜃楼海市，浮在水上，迷离徜恍的；有时听见人声或犬吠，大有世外之感。若没有月呢，便在田野里看萤火。那萤火不是一星半点的，如你们在城中所见；那是成千成百的萤火。一片儿飞出来，像金线网似的，又像耍着许多火绳似的。只有一层使我愤恨。那里水田多，蚊子太多，而且几乎全闪闪烁烁是疟蚊子。我们一家都染了疟疾，至今三四年了，还有未断根的。蚊子多足以减少露坐夜谈或划船夜游的兴致，这未免是美中不足了。

离开白马湖是三年前的一个冬日。前一晚"别筵"上，有丏翁与云君，我不能忘记丏翁，那是一个真挚豪爽的朋友。但我也不能忘记云君，我应该这样说，那是一个可爱的——孩子。

扬州的夏日

扬州从隋炀帝以来，是诗人文士所称道的地方；称道的多了，称道得久了，一般人便也随声附和起来。直到现在，你若向人提起扬州这个名字，他会点头或摇头说：好地方！好地方！特别是没去过扬州而念过些唐诗的人，在他心里，扬州真像蜃楼海市一般美丽；他若念过《扬州画舫录》一类书，那更了不得了。但在一个久住扬州像我的人，他却没有那么多美丽的幻想，他的憎恶也许掩住了他的爱好；他也许离开了三四年并不去想它。若是想呢，——你说他想什么？女人；不错，这似乎也有名，但怕不是现在的女人吧？——他也只会想着扬州的夏日，虽然与女人仍然不无关系的。

北方和南方一个大不同，在我看，就是北方无水而南方有。诚然，北方今年大雨，永定河，大清河甚至决了堤防，但这并不能算是有水；北平的三海和颐和园虽然有点儿水，但太平衍了，一览而尽，船又那么笨头笨脑的。有水的仍然是南方。扬州的夏日，好处大半便在水上——有人称为瘦西湖，这个名字真是太瘦了，假西湖之名以行，雅得这样俗，老实说，我是不喜欢的。下船的地方便是护城河，曼衍开去，曲曲折折，直到平山堂，——这是你们熟悉的名字——有七八里河道,还有许多杈杈椏椏的支流。这条河其实也没有顶大的好处,只是曲折而有些幽静,和别处不同。

沿河最著名的风景是小金山,法海寺,五亭桥;最远的便是平山堂了。金山你们是知道的,小金山却在水中央。在那里望水最好,看月自然也不错——可是我还不曾有过那样福气。下河的人十之九是到这儿的,人不免太多些。法海寺有一个塔,和北海的一样,据说是乾隆皇帝下江南,盐商们连夜督促匠人造成的。法海寺著名的自然是这个塔;但还有一桩,你们猜不着,是红烧猪头。夏天吃红烧猪头,在理论上也许不甚相宜;可是在实际上,挥汗吃着,倒也不坏的。五亭桥如名字所示,是五个亭子的桥。桥是拱形,中一亭最高,两边四亭,参差相称;最宜远看,或看影子,也好。桥洞颇多,乘小船穿来穿去,另有风味。平山堂在蜀冈上。登堂可见江南诸山淡淡的轮廓;山色有无中一句话,我看是恰到好处,并不算错。这里游人较少,闲坐在堂上,可以永日。沿路光景,也以闲寂胜。从天宁门或北门下船。蜿蜒的城墙,在水里倒映着苍黝的影子,小船悠然地撑过去,岸上的喧扰像没有似的。

船有三种:大船专供宴游之用,可以挟妓或打牌。小时候常跟了父亲去,在船里听着谋得利洋行的唱片。现在这样乘船的大概少了吧?其次是小划子,真像一瓣西瓜,由一个男人或女人用竹篙撑着。乘的人多了,便可雇两只,前后用小凳子跨着:这也可算得方舟了。后来又有一种洋划,比大船小,比小划子大,上支布篷,可以遮日遮雨。洋划渐渐地多,大船渐渐地少,然而小划子总是有人要的。这不独因为价钱最贱,也因为它的伶俐。一个人坐在船中,让一个人站在船尾上用竹篙一下一下地撑着,简直是一首唐诗,或一幅山水画。而有些好事的少年,愿意自己撑船,也非小划子不行。小划子虽然便宜,却也有些分别。譬如说,你们也可想到的,女人撑船总要贵些;姑娘撑的自然更要贵啰。这些撑船的女子,便是有人说过的瘦西湖上的船娘。船娘们的故事大概不少,但我不很知道。据说以乱头粗服,风趣天然为胜;中年而有风趣,也仍然算好。可是起初原是逢场作戏,或尚不伤廉惠;以后居然有了价格,便觉意味索然了。

北门外一带,叫做下街,茶馆最多,往往一面临河。船行过时,茶客与乘客可以随便招呼说话。船上人若高兴时,也可以向茶馆中要一壶茶, 或一两种小笼点心, 在河中喝着,吃着,谈着。回来时再将茶壶和所谓小笼,连价款一并交给茶馆中人。撑船的都与茶馆相熟,他们不怕你白吃。扬州的小笼点心实在不错:我离开扬州,也走过七八处大大小小的地方,还没有吃过那样好的点心;这其实是值得惦记的。茶馆的地方大致总好,名字也颇有好的。如香影廊,绿杨村,红叶山庄,都是到现在还记得的。绿杨村的幌子,挂在绿杨树上,随风飘展,使人想起绿杨城郭是扬州的名句。里面还有小池,丛竹,茅亭,景物最幽。这一带的茶馆布置都历落有致,迥非上海,北平方方正正的茶楼可比。

下河总是下午。傍晚回来,在暮霭朦胧中上了岸,将大褂折好搭在腕上,一手微微摇着扇子;这样进了北门或天宁门走回家中。这时候可以念又得浮生半日闲那一句诗了。

看　花

生长在大江北岸一个城市里，那儿的园林本是著名的，但近来却很少；似乎自幼就不曾听见过我们今天看花去一类话，可见花事是不盛的。有些爱花的人，大都只是将花栽在盆里，一盆盆搁在架上；架子横放在院子里。院子照例是小小的，只够放下一个架子；架上至多搁二十多盆花罢了。有时院子里依墙筑起一座花台，台上种一株开花的树；也有在院子里地上种的。但这只是普通的点缀，不算是爱花。

家里人似乎都不甚爱花；父亲只在领我们上街时，偶然和我们到花房里去过一两回。但我们住过一所房子，有一座小花园，是房东家的。那里有树，有花架（大约是紫藤花架之类），但我当时还小，不知道那些花木的名字；只记得爬在墙上的是蔷薇而已。园中还有一座太湖石堆成的洞门；现在想来，似乎也还好的。在那时由一个顽皮的少年仆人领了我去，却只知道跑来跑去捉蝴蝶；有时掐下几朵花，也只是随意挼弄着，随意丢弃了。至于领略花的趣味，那是以后的事：夏天的早晨，我们那地方有乡下的姑娘在各处街巷，沿门叫着，卖栀子花来。栀子花不是什么高品，但我喜欢那白而晕黄的颜色和那肥肥的个儿，正和那些卖花的姑娘有着相似的韵味。

栀子花的香,浓而不烈,清而不淡,也是我乐意的。我这样便爱起花来了。也许有人会问,你爱的不是花吧?这个我自己其实也已不大弄得清楚,只好存而不论了。

在高小的一个春天，有人提议到城外F寺里吃桃子去，而且预备白吃;不让吃就闹一场,甚至打一架也不在乎。那时虽远在五四运动以前,但我们那里的中学生却常有打进戏园看白戏的事。中学生能白看戏,小学生为什么不能白吃桃子呢?我们都这样想,便由那提议人纠合了十几个同学,浩浩荡荡地向城外而去。到了F寺,气势不凡地呵叱着道人们(我们称寺里的工人为道人),立刻领我们向桃园里去。道人们踌躇着说:现在桃树刚才开花呢。但是谁信道人们的话?我们终于到了桃园里。大家都丧了气,原来花是真开着呢!这时提议人P君便去折花。道人们是一直步步跟着的,立刻上前劝阻,而且用起手来。但P君是我们中最不好惹的;说时迟,那时快,一眨眼,花在他的手里,道人已跟跄在一旁了。那一园子的桃花,想来总该有些可看;我们却谁也没有想着去看。只嚷着,没有桃子,得沏茶喝!道人们满肚子委屈地引我们到方丈里,大家各喝一大杯茶。这才平了气,谈谈笑笑地进城去。大概我那时还只懂得爱一朵朵的栀子花，对于开在树上的桃花,是并不了然的;所以眼前的机会,便从眼前错过了。

以后渐渐念了些看花的诗,觉得看花颇有些意思。但到北平读了几年书,却只到过崇效寺一次;而去得又嫌早些,那有名的一株绿牡丹还未开呢。北平看花的事很盛,看花的地方也很多;但那时热闹的似乎也只有一班诗人名士,其余还是不相干的。那正是新文学运动的起头，我们这些少年，对于旧诗和那一班诗人名士，实在有些不敬；而看花的地方又都远不可言，我是一个懒人，便干脆地断了那条心了。后来到杭州做事，遇见了Y君，他是新诗人兼旧诗人，看花的兴致很好。我和他常到孤山去看梅花。孤山的梅花是古今有名的，但太少；又没有临水的，人也太多。有一回坐在放鹤亭上喝茶，来了一个方面有须，穿着花缎马褂的人，用湖南口音和人打招呼道，梅花盛开嗒！盛字说得特别重，使我吃了一惊；但我吃惊的也只是说在他嘴里盛这个声音罢了，花的盛不盛，在我倒并没有什么的。

有一回，Y来说，灵峰寺有三百株梅花；寺在山里，去的人也少。我和Y，还有N君，从西湖边雇船到岳坟，从岳坟入山。曲曲折折走了好一会，又上了许多石级，才到山上寺里。寺甚小，梅花便在大殿西边园中。园也不大，东墙下有三间净室，最宜喝茶看花；北边有座小山，山上有亭，大约叫望海亭吧，望海是未必，但钱塘江与西湖是看得见的。梅树确是不少，密密地低低地整列着。那时已是黄昏，寺里只我们三个游人；梅花并没有开，但那珍珠似的繁星似的骨都儿，已经够可爱了；我们都觉得比孤山上盛开时有味。大殿上正做晚课，送来梵呗的声音，和着梅林中的暗香，真叫我们舍不得回去。在园里徘徊了一会，又在屋里坐了一会，天是黑定了，又没有月色，我们向庙里要了一个旧灯笼，照着下山。路上几乎迷了道，又两次三番地狗咬；我们的Y诗人确有些窘了，但终于到了岳坟。船夫远远迎上来道：你们来了，我想你们不会冤我呢！在船上，我们还不离口地说着灵峰的梅花，直到湖边电灯光照到我们的眼。

Y回北平去了，我也到了白马湖。那边是乡下，只有沿湖与杨柳相间着种了一行小桃树，春天花发时，在风里娇媚地笑着。还有山里的杜鹃花也不少。这些日日在我们眼前，从没有人像煞有介事地提议，我们看花去。但有一位S君，却特别爱养花；他家里几乎是终年不离花的。我们上他家去，总看他在那里不是拿着剪刀修理枝叶，便是提着壶浇水。我们常乐意看着。他院子里一株紫薇花很好，我们在花旁喝酒，不知多少次。白马湖住了不过一年，我却传染了他那爱花的嗜好。但重到北平时，住在花事很盛的清华园里，接连过了三个春，却从未想到去看一回。只在第二年秋天，曾经和孙三先生在园里看过几次菊花。清华园之菊是著名的，孙三先生还特地写了一篇文，画了好些画。但那种一盆一干一花的养法，花是好了，总觉没有天然的风趣。直到去年春天，有了些余闲，在花开前，先向人问了些花的名字。一个好朋友是从知道姓名起的，我想看花也正是如此。恰好Y君也常来园中，我们一天三四趟地到那些花下去徘徊。今年Y君忙些，我便一个人去。我爱繁花老干的杏，临风婀娜的小红桃，贴梗累累如珠的紫荆；但最恋恋的是西府海棠。海棠的花繁得好，也淡得好；艳极了，却没有一丝荡意。疏疏的高干子，英气隐隐逼人。可惜没有趁着月色看过；王鹏运有两句词道：只愁淡月朦胧影，难验微波上下潮。我想月下的海棠花，大约便是这种光景吧。为了海棠，前两天在城里特地冒了大风到中山公园去，看花的人倒也不少；但不知怎的，却忘了畿辅先哲祠。Y告我那里的一株，遮住了大半个院子；别处的都向上长，这一株却是横里伸张的。花的繁没有法说；海棠本无香，昔人常以为恨，这里花太繁了，却酝酿出一种淡淡的香气，使人久闻不倦。Y告我，正是刮了一日还不息的狂风的晚上；他是前一天去的。他说他去时地上已有落花了，这一日一夜的风，准完了。他说北平看花，是要赶着看的：春光太短了，又晴的日子多；今年算是有阴的日子了，但狂风还是逃不了的。我说北平看花，比别处有意思，也正在此。这时候，我似乎不甚菲薄那一班诗人名士了。

我所见的叶圣陶

我第一次与圣陶见面是在民国十年的秋天。那时刘延陵兄介绍我到吴淞炮台湾中国公学教书。到了那边，他就和我说："叶圣陶也在这儿。"我们都念过圣陶的小说，所以他这样告我。我好奇地问道："怎样一个人？"出乎我的意外，他回答我："一位老先生哩。" 但是延陵和我去访问圣陶的时候，我觉得他的年纪并不老，只那朴实的服色和沉默的风度与我们平日所想象的苏州少年文人叶圣陶不甚符合罢了。

记得见面的那一天是一个阴天。我见了生人照例说不出话；圣陶似乎也如此。我们只谈了几句关于作品的泛泛的意见，便告辞了。延陵告诉我每星期六圣陶总回甪直去；他很爱他的家。他在校时常邀延陵出去散步；我因与他不熟，只独自坐在屋里。不久，中国公学忽然起了风潮。我向延陵说起一个强硬的办法；——实在是一个笨而无聊的办法！——我说只怕叶圣陶未必赞成。但是出乎我的意外，他居然赞成了！后来细想他许是有意优容我们吧；这真是老大哥的态度呢。我们的办法天然是失败了，风潮延宕下去；于是大家都住到上海来。我和圣陶差不多天天见面；同时又认识了西谛，予同诸兄。这样经过了一个月；这一个月实在是我的很好的日子。

我看出圣陶始终是个寡言的人。大家聚谈的时候，他总是坐在那里听着。他却并不是喜欢孤独，他似乎老是那么有味地听着。至于与人独对的时候，自然多少要说些话；但辩论是不来的。他觉得辩论要开始了，往往微笑着说："这个弄不大清楚了。"这样就过去了。他又是个极和易的人，轻易看不见他的怒色。他辛辛苦苦保存着的《晨报》副张，上面有他自己的文字的，特地从家里捎来给我看；让我随便放在一个书架上，给散失了。当他和我同时发见这件事时，他只略露惋惜的颜色，随即说："由他去末哉，由他去末哉！"我是至今惭愧着，因为我知道他作文是不留稿的。他的和易出于天性，并非阅历世故，矫揉造作而成。他对于世间妥协的精神是极厌恨的。在这一月中，我看见他发过一次怒；——始终我只看见他发过这一次怒——那便是对于风潮的妥协论者的蔑视。

风潮结束了，我到杭州教书。那边学校当局要我约圣陶去。圣陶来信说："我们要痛痛快快游西湖，不管这是冬天。"他来了，教我上车站去接。我知道他到了车站这一类地方，是会觉得寂寞的。他的家实在太好了，他的衣着，一向都是家里管。我常想，他好像一个小孩子；像小孩子的天真，也像小孩子的离不开家里人。必须离开家里人时，他也得找些熟朋友伴着；孤独在他简直是有些可怕的。所以他到校时，本来是独住一屋的，却愿意将那间屋做我们两人的卧室，而将我那间做书室。这样可以常常相伴；我自然也乐意，我们不时到西湖边去；有时下湖，有时只喝喝酒。在校时各据一桌，我只预备功课，他却老是写小说和童话。初到时，学校当局来看过他。

第二天，我问他，“要不要去看看他们？”他皱眉道：“一定要去么？等一天吧。”后来始终没有去。他是最反对形式主义的。

那时他小说的材料，是旧日的储积；童话的材料有时却是片刻的感兴。如《稻草人》中《大喉咙》一篇便是。那天早上，我们都醒在床上，听见工厂的汽笛；他便说：“今天又有一篇了，我已经想好了，来的真快呵。”那篇的艺术很巧，谁想他只是片刻的构思呢！他写文字时，往往拈笔伸纸，便手不停挥地写下去，开始及中间，停笔踌躇时绝少。他的稿子极清楚，每页至多只有三五个涂改的字。他说他从来是这样的。每篇写毕，我自然先睹为快；他往往称述结尾的适宜，他说对于结尾是有些把握的。看完，他立即封寄《小说月报》；照例用平信寄。我总劝他挂号；但他说：“我老是这样的。”他在杭州不过两个月，写的真不少，教人羡慕不已。《火灾》里从《饭》起到《风潮》这七篇，还有《稻草人》中一部分，都是那时我亲眼看他写的。

在杭州待了两个月，放寒假前，他便匆匆地回去了；他实在离不开家，临去时让我告诉学校当局，无论如何不回来了。但他却到北平住了半年，也是朋友拉去的。我前些日子偶翻十一年的《晨报副刊》，看见他那时途中思家的小诗，重念了两遍，觉得怪有意思。北平回去不久，便入了商务印书馆编译部，家也搬到上海。从此在上海待下去，直到现在——中间又被朋友拉到福州一次，有一篇《将离》抒写那回的别恨，是缠绵悱恻的文字。这些日子，我在浙江乱跑，有时到上海小住，他常请了假和我各处玩儿或喝酒。有一回，我便住在他家，但我到上海，总爱出门，因此他老说没有能畅谈；

他写信给我，老说这回来要畅谈几天才行。

十六年一月，我接眷北来，路过上海，许多熟朋友和我饯行，圣陶也在。那晚我们痛快地喝酒，发议论；他是照例地默着。酒喝完了，又去乱走，他也跟着。到了一处，朋友们和他开了个小玩笑；他脸上略露窘意，但仍微笑地默着。圣陶不是个浪漫的人；在一种意义上，他正是延陵所说的"老先生"。但他能了解别人，能谅解别人，他自己也能"作达"，所以仍然——也许格外——是可亲的。那晚快夜半了，走过爱多亚路，他向我诵周美成的词，"酒已都醒，如何消夜永！"我没有说什么；那时的心情，大约也不能说什么的。我们到一品香又消磨了半夜。这一回特别对不起圣陶；他是不能少睡觉的人。他家虽住在上海，而起居还依着乡居的日子；早七点起，晚九点睡。有一回我九点十分去，他家已熄了灯，关好门了。这种自然的，有秩序的生活是对的。那晚上伯祥说："圣兄明天要不舒服了。"想起来真是不知要怎样感谢才好。

第二天我便上船走了，一眨眼三年半，没有上南方去。信也很少，却全是我的懒。我只能从圣陶的小说里看出他心境的迁变；这个我要留在另一文中说。圣陶这几年里似乎到十字街头走过一趟，但现在怎么样呢？我却不甚了然。他从前晚饭时总喝点酒，"以半醺为度"；近来不大能喝酒了，却学了吹笛——前些日子说已会一出《八阳》，现在该又会了别的了吧。他本来喜欢看看电影，现在又喜欢听听昆曲了。但这些都不是"厌世"，如或人所说的；圣陶是不会厌世的，我知道。

又，他虽会喝酒，加上吹笛，却不曾抽什么“上等的纸烟”，也不曾住过什么“小小别墅”，如或人所想的，这个我也知道。

1930年7月，北平清华园。

给亡妇

谦，日子真快，一眨眼你已经死了三个年头了。这三年里世事不知变化了多少回，但你未必注意这些个。我知道，你第一惦记的是你几个孩子，第二便轮着我。孩子和我平分你的世界，你在日如此；你死后若还有知，想来还如此的。告诉你，我夏天回家来着：迈儿长得结实极了，比我高一个头。闰儿父亲说是最乖，可是没有先前胖了。采芷和转子都好。五儿全家夸她长得好看；却在腿上生了湿疮，整天坐在竹床上不能下来，看了怪可怜的。六儿，我怎么说好，你明白，你临终时也和母亲谈过，这孩子是只可以养着玩儿的，他左挨右挨到去年春天，到底没有挨过去。这孩子生了几个月，你的肺病就重起来了。我劝你少亲近他，只监督着老妈子照管就行。你总是忍不住，一会儿提，一会儿抱的。可是你病中为他操的那一份儿心也够瞧的。那一个夏天他病的时候多，你成天儿忙着，汤呀，药呀，冷呀，暖呀，连觉也没有好好儿睡过。那里有一分一毫想着你自己。瞧着他硬朗点儿你就乐，干枯的笑容在黄蜡般的脸上，我只有暗中叹气而已。

从来想不到做母亲的要像你这样。从迈儿起，你总是自己喂乳，一连四个都这样。你起初不知道按钟点儿喂，后来知道了，却又弄不惯；孩子们每夜里几次将你哭醒了，特别是闷热的夏季。我瞧你的觉老没睡足。白天里还得做菜，照料孩子，很少得空儿。你的身子本来坏，四个孩子就累你七八年。到了第五个，你自己实在不成了，又没乳，只好自己喂奶粉，另雇老妈子专管她。但孩子跟老妈子睡，你就没有放过心；夜里一听见哭，就竖起耳朵听，工夫一大就得过去看。十六年初，和你到北京来，将迈儿，转子留在家里；三年多还不能去接他们，可真把你惦记苦了。你并不常提，我却明白。你后来说你的病就是惦记出来的；那个自然也有份儿，不过大半还是养育孩子累的。你的短短的十二年结婚生活，有十一年耗费在孩子们身上；而你一点不厌倦，有多少力量用多少，一直到自己毁灭为止。你对孩子一般儿爱，不问男的女的，大的小的。也不想到什么"养儿防老，积谷防饥"，只拚命的爱去。你对于教育老实说有些外行，孩子们只要吃得好玩得好就成了。这也难怪你，你自己便是这样长大的。况且孩子们原都还小，吃和玩本来也要紧的。你病重的时候最放不下的还是孩子。病的只剩皮包着骨头了，总不信自己不会好；老说："我死了，这一大群孩子可苦了。"后来说送你回家，你想着可以看见迈儿和转子，也愿意；你万不想到会一走不返的。我送车的时候，你忍不住哭了，说："还不知能不能再见？"可怜，你的心我知道，你满想着好好儿带着六个孩子回来见我的。谦，你那时一定这样想，一定的。

除了孩子，你心里只有我。不错，那时你父亲还在；可是你母亲死了，他另有个女人，你老早就觉得隔了一层似的。出嫁后第一年你虽还一心一意依恋着他老人家，到第二年上我和孩子可就将你的心占住，你再没有多少工夫惦记他了。你还记得第一年我在北京，你在家里。家里来信说你待不住，常回娘家去。我动气了，马上写信责备你。你教人写了一封覆信，说家里有事，不能不回去。这是你第一次也可以说第末次的抗议，我从此就没给你写信。暑假时带了一肚子主意回去，但见了面，看你一脸笑，也就拉倒了。打这时候起，你渐渐从你父亲的怀里跑到我这儿。你换了金镯子帮助我的学费，叫我以后还你；但直到你死，我没有还你。你在我家受了许多气，又因为我家的缘故受你家里的气，你都忍着。这全为的是我，我知道。那回我从家乡一个中学半途辞职出走。家里人讽你也走。哪里走！只得硬着头皮往你家去。那时你家像个冰窖子，你们在窖里足足住了三个月。好容易我才将你们领出来了，一同上外省去。小家庭这样组织起来了。你虽不是什么阔小姐，可也是自小娇生惯养的，做起主妇来，什么都得干一两手；你居然做下去了，而且高高兴兴地做下去了。菜照例满是你做，可是吃的都是我们；你至多夹上两三筷子就算了。你的菜做得不坏，有一位老在行大大地夸奖过你。你洗衣服也不错，夏天我的绸大褂大概总是你亲自动手。你在家老不乐意闲着；坐前几个“月子”，老是四五天就起床，说是躺着家里事没条没理的。其实你起来也还不是没条理；咱们家那么多孩子，哪儿来条理？在浙江住的时候，逃过两回兵难，我都在北平。真亏你领着母亲和一群孩子东藏西躲的；末一回还要走多少里路，翻一道大岭。这两回差不多只靠你一个人。你不但带了母亲和孩子们,还带了我一箱箱的书;你知道我是最爱书的。在短短的十二年里，你操的心比人家一辈子还多;谦,你那样身子怎么经得住！你将我的责任一股脑儿担负了去,压死了你;我如何对得起你!

你为我的捞什子书也费了不少神;第一回让你父亲的男佣人从家乡捎到上海去。他说了几句闲话,你气得在你父亲面前哭了。第二回是带着逃难,别人都说你傻子。你有你的想头:“没有书怎么教书?况且他又爱这个玩意儿。”其实你没有晓得,那些书丢了也并不可惜;不过教你怎么晓得,我平常从来没和你谈过这些个!总而言之,你的心是可感谢的。这十二年里你为我吃的苦真不少,可是没有过几天好日子。我们在一起住,算来也还不到五个年头。无论日子怎么坏,无论是离是合,你从来没对我发过脾气,连一句怨言也没有。——别说怨我,就是怨命也没有过。老实说,我的脾气可不大好,迁怒的事儿有的是。那些时候你往往抽噎着流眼泪,从不回嘴,也不号啕。不过我也只信得过你一个人,有些话我只和你一个人说,因为世界上只你一个人真关心我,真同情我。你不但为我吃苦,更为我分苦;我之有我现-在的精神,大半是你给我培养着的。这些年来我很少生病。但我最不耐烦生病,生了病就呻吟不绝,闹那伺候病的人。你是领教过一回的,那回只一两点钟,可是也够麻烦了。你常生病,却总不开口,挣扎着起来;一来怕搅我,二来怕没人做你那份儿事。我有一个坏脾气,怕听人生病,也是真的。后来你天天发烧,自己还以为南方带来的疟疾,一直瞒着我。明明躺着,听见我的脚步,一骨碌就坐起来。我渐渐有些奇怪，让大夫一瞧，这可糟了，你的一个肺已烂了一个大窟窿了！大夫劝你到西山去静养，你丢不下孩子，又舍不得钱；劝你在家里躺着，你也丢不下那份儿家务。越看越不行了，这才送你回去。明知凶多吉少，想不到只一个月工夫你就完了！本来盼望还见得着你，这一来可拉倒了。你也何尝想到这个？父亲告诉我，你回家独住着一所小住宅，还嫌没有客厅，怕我回去不便哪。

前年夏天回家，上你坟上去了。你睡在祖父母的下首，想来还不孤单的。只是当年祖父母的坟太小了，你正睡在圹底下。这叫做“抗圹”，在生人看来是不安心的；等着想办法哪。那时圹上圹下密密地长着青草，朝露浸湿了我的布鞋。你刚埋了半年多，只有圹下多出一块土，别的全然看不出新坟的样子。我和隐今夏回去，本想到你的坟上来；因为她病了没来成。我们想告诉你，五个孩子都好，我们一定尽心教养他们，让他们对得起死了的母亲——你！谦，好好儿放心安睡吧，你。

哀互生

三月里刘薰宇君来信，说互生病了，而且是没有希望的病，医生说只好等日子了。四月底在《时事新报》上见到立达学会的通告，想不到这么快互生就殁了！后来听说他病中的光景，那实在太惨；为他想，早点去，少吃些苦头，也未尝不好的。但丢下立达这个学校，这班朋友，这班学生，他一定不甘心，不瞑目！

互生最叫我们纪念的是他做人的态度。他本来是一副铜筋铁骨，黑皮肤衬着那一套大布之衣，看去像个乡下人。他什么苦都吃得，从不晓得享用，也像乡下人。他心里那一团火，也像乡下人。那一团火是热，是力，是光。他不爱多说话，但常常微笑；那微笑是自然的，温暖的。在他看，人是可以互相爱着的，除了一些成见已深，不愿打开窗户说亮话的。他对这些人却有些憎恶，不肯假借一点颜色。世界上只有能憎的人才能爱；爱憎没有定见，只是毫无作为的脚色。互生觉得青年成见还少，希望最多；所以愿意将自己的生命一滴不剩而献给他们，让爱的宗教在他们中间发荣滋长，让他们都走向新世界去。互生不好发议论，只埋着头干干干，是儒家的真正精神。我和他并没有深谈过，但从他的行事看来，相信我是认识他的。

互生办事的专心，少有人及得他。他办立达便饮食坐卧只惦着立达，再不想别的。立达好像他的情人，他的独子。他性情本有些狷介，但为了立达，也常去看一班大人先生，更常去看那些有钱可借的老板之类。他东补西凑地为立达筹款子，还要跑北京，跑南京。有一回他本可以留学去。但丢不下立达，到底没有去。他将生命献给立达，立达也便是他的生命。他办立达这么多年，并没有让多少人知道他个人的名字；他早忘记了自己。现在他那样壮健的身子到底为立达牺牲了。他殉了自己的理想，是有意义的。只是这理想刚在萌芽；我们都该想想，立达怎样才可不死呢？立达不死，互生其实也便不死了。

春

盼望着,盼望着,东风来了,春天的脚步近了。

一切都像刚睡醒的样子,欣欣然张开了眼。山朗润起来了,水涨起来了,太阳的脸红起来了。

小草偷偷地从土地里钻出来,嫩嫩的,绿绿的。园子里,田野里,瞧去,一大片一大片满是的。坐着,躺着,打两个滚,踢几脚球,赛几趟跑,捉几回迷藏。风轻悄悄的,草软绵绵的。

桃树,杏树,梨树,你不让我,我不让你,都开满了花赶趟儿。红的像火,粉的像霞,白的像雪。花里带着甜味;闭了眼,树上仿佛已经满是桃儿,杏儿,梨儿。花下成千成百的蜜蜂嗡嗡的闹着,大小的蝴蝶飞来飞去。野花遍地是:杂样儿,有名字的,没名字的,散在草丛里像眼睛像星星,还眨呀眨的。

"吹面不寒杨柳风",不错的,像母亲的手抚摸着你,风里带着些新翻的泥土的气息,混着青草味儿,还有各种花的香,都在微微润湿的空气里酝酿。鸟儿将巢安在繁花嫩叶当中,高兴起来了,呼朋引伴的卖弄清脆的歌喉,唱出婉转的曲子,跟清风流水应和着。牛背上牧童的短笛,这时候也成天嘹亮的响着。

雨是最寻常的，一下就是三两天。可别恼。看，像牛毛，像花针，像细丝，密密地斜织着，人家屋顶上全笼着一层薄烟。树叶却绿得发亮，小草也青得逼你的眼。傍晚时候，上灯了，一点点黄晕的光，烘托出一片安静而和平的夜。在乡下，小路上，石桥边，有撑着伞慢慢走着的人，地里还有工作的农民，披着蓑戴着笠。他们的房屋稀稀疏疏的，在雨里静默着。

天上的风筝渐渐多了，地上的孩子也多了。城里乡下，家家户户，老老小小，也赶趟似的，一个个都出来了。舒活舒活筋骨，抖擞抖擞精神，各做各的一份事儿去。“一年之计在于春”，刚起头儿，有的是功夫，有的是希望。

春天像刚落地的娃娃，从头到脚都是新的，它生长着。

春天像小姑娘，花枝招展的，笑着走着。

春天像健壮的青年，有铁一般的胳膊和腰脚，领着我们向前去。

冬　天

说起冬天，忽然想到豆腐。是一“小洋锅”（铝锅）白煮豆腐，热腾腾的。水滚着，像好些鱼眼睛，一小块一小块豆腐养在里面，嫩而滑，仿佛反穿的白狐大衣。锅在“洋炉子”（煤油不打气炉）上，和炉子都熏得乌黑乌黑，越显出豆腐的白。这是晚上，屋子老了，虽点着“洋灯”，也还是阴暗。围着桌子坐的是父亲跟我们哥儿三个。“洋炉子”太高了，父亲得常常站起来，微微地仰着脸，觑着眼睛，从氤氲的热气里伸进筷子，夹起豆腐，一一地放在我们的酱油碟里。我们有时也自己动手，但炉子实在太高了，总还是坐享其成的多。这并不是吃饭，只是玩儿。父亲说晚上冷，吃了大家暖和些。我们都喜欢这种白水豆腐；一上桌就眼巴巴望着那锅，等着那热气，等着热气里从父亲筷子上掉下来的豆腐。

又是冬天，记得是阴历十一月十六晚上，跟S君P君在西湖里坐小划子。S君刚到杭州教书，事先来信说：“我们要游西湖，不管它是冬天。”那晚月色真好，现在想起来还像照在身上。本来前一晚是“月当头”；也许十一月的月亮真有些特别吧。那时九点多了，湖上似乎只有我们一只划子。有点风，月光照着软软的水波；当间那一溜儿反光，像新砑的银子。湖上的山只剩了淡淡的影子。山下偶而有一两星灯火。S

君口占两句诗道:“数星灯火认渔村,淡墨轻描远黛痕。”我们都不大说话,只有均匀的桨声。我渐渐地快睡着了。P君“喂”了一下,才抬起眼皮,看见他在微笑。船夫问要不要上净寺去;是阿弥陀佛生日,那边蛮热闹的。到了寺里,殿上灯烛辉煌,满是佛婆念佛的声音,好像醒了一场梦。这已是十多年前的事了,S君还常常通着信,P君听说转变了好几次,前年是在一个特税局里收特税了,以后便没有消息。

在台州过了一个冬天,一家四口子。台州是个山城,可以说在一个大谷里。只有一条二里长的大街。别的路上白天简直不大见人;晚上一片漆黑。偶尔人家窗户里透出一点灯光,还有走路的拿着的火把;但那是少极了。我们住在山脚下。有的是山上松林里的风声,跟天上一只两只的鸟影。夏末到那里,春初便走,却好像老在过着冬天似的;可是即便真冬天也并不冷。我们住在楼上,书房临着大路;路上有人说话,可以清清楚楚地听见。但因为走路的人太少了,间或有点说话的声音,听起来还只当远风送来的,想不到就在窗外。我们是外路人,除上学校去之外,常只在家里坐着。妻也惯了那寂寞,只和我们爷儿们守着。外边虽老是冬天,家里却老是春天。有一回我上街去,回来的时候,楼下厨房的大方窗开着,并排地挨着她们母子三个;三张脸都带着天真微笑地向着我。似乎台州空空的,只有我们四人;天地空空的,也只有我们四人。那时是民国十年,妻刚从家里出来,满自在。现在她死了快四年了,我却还老记着她那微笑的影子。

无论怎么冷,大风大雪,想到这些,我心上总是温暖的。

择偶记

自己是长子长孙，所以不到十一岁就说起媳妇来了。那时对于媳妇这件事简直茫然，不知怎么一来，就已经说上了。是曾祖母娘家人，在江苏北部一个小县份的乡下住着。家里人都在那里住过很久，大概也带着我：只是太笨了，记忆里没有留下一点影子。祖母常常躺在烟榻上讲那边的事，提着这个那个乡下人的名字。起初一切都像只在那白腾腾的烟气里。日子久了，不知不觉熟悉起来了，亲昵起来了。除了住的地方，当时觉得那叫做"花园庄"的乡下实在是最有趣的地方了。因此听说媳妇就定在那里，倒也仿佛理所当然，毫无意见。每年那边田上有人来，蓝布短打扮，衔着旱烟管，带好些大麦粉，白薯干儿之类。他们偶然也和家里人提到那位小姐，大概比我大四岁，个儿高，小脚；但是那时我热心的其实还是那些大麦粉和白薯干儿。

记得是十二岁上，那边捎信来，说小姐痨病死了。家里并没有人叹惜；大约他们看见她时她还小，年代一多，也就想不清是怎样一个人了。父亲其时在外省做官，母亲颇为我亲事着急，便托了常来做衣服的裁缝做媒。为的是裁缝走的人家多，而且可以看见太太小姐。主意并没有错，裁缝来说一家人家，有钱，两位小姐，一位是姨太太生的；他给说的是正太太生的大小姐。他说那边要相亲。母亲答应了，定下日子，由裁缝带我上茶馆。记得那是冬天，到日子母亲让我穿上枣红宁绸袍子，黑宁绸马褂，戴上红帽结儿的黑缎瓜皮小帽，又叮嘱自己留心些。茶馆里遇见那位相亲的先生，方面大耳，同我现在年纪差不多，布袍布马褂，像是给谁穿着孝。这个人倒是慈祥的样子，不住地打量我，也问了些念什么书一类的话。回来裁缝说人家看得很细：说我的“人中”长，不是短寿的样子，又看我走路，怕脚上有毛病。总算让人家看中了，该我们看人家了。母亲派亲信的老妈子去。老妈子的报告是，大小姐个儿比我大得多，坐下去满满一圈椅；二小姐倒苗苗条条的。母亲说胖了不能生育，像亲戚里谁谁谁；教裁缝说二小姐。那边似乎生了气，不答应，事情就摧了。

母亲在牌桌上遇见一位太太，她有个女儿，透着聪明伶俐。母亲有了心，回家说那姑娘和我同年，跳来跳去的，还是个孩子。隔了些日子，便托人探探那边口气。那边做的官似乎比父亲的更小，那时正是光复的前年，还讲究这些，所以他们乐意做这门亲。事情已到九成九，忽然出了岔子。本家叔祖母用的一个寡妇老妈子熟悉这家子的事，不知怎么教母亲打听着了。叫她来问，她的话遮遮掩掩的。到底问出来了，原来那小姑娘是抱来的，可是她一家很宠她，和亲生的一样。母亲心冷了。过了两年，听说她已生了痨病，吸上鸦片烟了。母亲说，幸亏当时没有定下来。我已懂得一些事了，也这末想着。

光复那年，父亲生伤寒病，请了许多医生看。最后请着一位武先生，那便是我后来的岳父。有一天，常去请医生的听差回来说，医生家有位小姐。父亲既然病着，母亲自然更该担心我的事。一听这话，便追问下去。听差原只顺口谈天，也说不出个所以然。母亲便在医生来时，教人问他轿夫，那位小姐是不是他家的。轿夫说是的。母亲便和父亲商量，托舅舅问医生的意思。那天我正在父亲病榻旁，听见他们的对话。舅舅问明小姐还没有人家，便说，像X翁这样人家怎么样？医生说，很好呀。话到此为止，接着便是相亲；还是母亲那个亲信的老妈子去。这回报告不坏，说就是脚大些。事情这样定局了，母亲叫轿夫回去说，让小姐裹上点儿脚。妻嫁过来后，说相亲的时候早躲开了，看见的是另一个人。至于轿夫捎的信儿，却引起了一段小小的风波。岳父对岳母说，早叫你给她裹脚，你不信；瞧，人家怎末说老着！岳母说，偏不裹，看他家怎末样！可是到底采取了折衷的办法，直到妻嫁过来的时候。

说扬州

在第十期上看到曹聚仁先生的《闲话扬州》，比那本出名的书有味多了。不过那本书将扬州说得太坏，曹先生又未免说得太好；也不是说得太好，他没有去过那里，所说的只是从诗赋中，历史上得来的印象。这些自然也是扬州的一面，不过已然过去，现在的扬州却不能再给我们那种美梦。

自己从七岁到扬州，一住十三年，才出来念书。家里是客籍，父亲又是在外省当差事的时候多，所以与当地贤豪长者并无来往。他们的雅事，如访胜，吟诗，赌酒，书画名家，烹调佳味，我那时全没有份，也全不在行。因此虽住了那么多年，并不能做扬州通，是很遗憾的。记得的只是光复的时候，父亲正病着，让一个高等流氓凭了军政府的名字，敲了一竹杠；还有，在中学的几年里，眼见所谓“甩子团”横行无忌。“甩子”是扬州方言，有时候指那些“怯”的人，有时候指那些满不在乎的人。“甩子团”不用说是后一类；他们多数是绅宦家子弟，仗着家里或者“帮”里的势力，在各公共场所闹标劲，如看戏不买票，起哄等等，也有包揽词讼，调戏妇女的。更可怪的，大乡绅的仆人可以指挥警察区区长，可以大模大样招摇过市——这都是民国五六年的事，并非前清君主专制时代。自己当时血气方刚，看了一肚子气；可是人微言轻，也只好让那口气憋着罢了。

从前扬州是个大地方，如曹先生那文所说；现在盐务不行了，简直就算个没“落儿”的小城。

可是一般人还忘其所以地要气派，自以为美，几乎不知天多高地多厚。这真是所谓“夜郎自大”了。扬州人有“扬虚子”的名字；这个“虚子”有两种意思，一是大惊小怪，二是以少报多，总而言之，不离乎虚张声势的毛病。他们还有个“扬盘”的名字，譬如东西买贵了，人家可以笑话你是“扬盘”；又如店家价钱要的太贵，你可以诘问他，“把我当扬盘看么？”盘是捧出来给别人看的，正好形容耍气派的扬州人。又有所谓“商派”，讥笑那些仿效盐商的奢侈生活的人，那更是气派中之气派了。但是这里只就一般情形说，刻苦诚笃的君子自然也有；我所敬爱的朋友中，便不缺乏扬州人。

提起扬州这地名，许多人想到的是出女人的地方。但是我长到那么大，从来不曾在街上见过一个出色的女人，也许那时女人还少出街吧？不过从前人所谓“出女人”，实在指姨太太与妓女而言；那个“出”字就和出羊毛，出苹果的“出”字一样。《陶庵梦忆》里有“扬州瘦马”一节，就记的这类事；但是我毫无所知。不过纳妾与狎妓的风气渐渐衰了，“出女人”那句话怕迟早会失掉意义的吧。

另有许多人想，扬州是吃得好的地方。这个保你没错儿。北平寻常提到江苏菜，总想着是甜甜的腻腻的。现在有了淮扬菜，才知道江苏菜也有不甜的；但还以为油重，和山东菜的清淡不同。其实真正油重的是镇江菜，上桌子常教你腻得无可奈何。扬州菜若是让盐商家的厨子做起来，虽不到山东菜的清淡，却也滋润，利落，决不腻嘴腻舌。不但味道鲜美，颜色也清丽悦目。扬州又以面馆著名。好在汤味醇美，是所谓白汤，由种种出汤的东西如鸡鸭鱼肉等熬成，好在它的厚，和啖熊掌一般。也有清汤，就是一味鸡汤，倒并不出奇。内行的人吃面要“大煮”；普通将面挑在碗里，浇上汤，“大煮”是将面在汤里煮一会，更能入味些。

扬州最著名的是茶馆；早上去下午去都是满满的。吃的花样最多。坐定了沏上茶，便有卖零碎的来兜揽，手臂上挽着一个黯病的柳条筐，筐子里摆满了一些小蒲包分放着瓜子花生炒盐豆之类。又有炒白果的，在担子上铁锅爆着白果，一片铲子的声音。得先告诉他，才给你炒。炒得壳子爆了，露出黄亮的仁儿，铲在铁丝罩里送过来，又热又香。还有卖五香牛肉的，让他抓一些，摊在干荷叶上；叫茶房拿点好麻酱油来，拌上慢慢地吃，也可向卖零碎的买些白酒（扬州普通都喝白酒）喝着。这才叫茶房烫干丝。北平现在吃干丝，都是所谓煮干丝；那是很浓的，当菜很好，当点心却未必合式。烫干丝先将一大块方的白豆腐干飞快地切成薄片，再切为细丝，放在小碗里，用开水一浇，干丝便熟了；逼去了水，抟成圆锥似的，再倒上麻酱油，搁一撮虾米和干笋丝在尖儿就成。说时迟，那时快，刚瞧着在切豆腐干，一眨眼已端来了。烫干丝就是清得好，不妨碍你吃别的。接着该要小笼点心。北平淮扬馆子出卖的汤包，诚哉是好，在扬州却少见；那实在是淮阴的名字，扬州不该掠美。扬州的小笼点心，肉馅儿的，蟹肉馅儿的，笋肉馅儿的且不用说，最可口的是菜包子、菜烧卖，还有干菜包子。菜选那最嫩的，剁成泥，加一点儿糖一点儿油，蒸得白生生的，热腾腾的，到口轻松地化去，留下一丝儿余味。干菜也是切碎，也是加一点儿糖和油，燥湿恰到好处；细细地咬嚼，可以嚼出一点橄榄般的回味来。这么着每样吃点儿也并不太多。要是有饭局，还尽可以从容地去。但是要老资格的茶客才能这样有分寸；偶尔上一回茶馆的本地人外地人，却总忍不住狼吞虎咽，到了儿捧着肚子走出。

扬州游览以水为主，以船为主，已另有文记过，此处从略。城里城外古迹很多，如“文选楼”，“天保城”，“雷塘”，“二十四桥”等，却很少人留意；大家常去的只是史可法的“梅花岭”罢了。倘若有相当的假期，邀上两三个人去寻幽访古倒有意思；自然，得带点花生米，五香牛肉，白酒。

买　书

买书也是我的嗜好，和抽烟一样。但这两件事我其实都不在行，尤其是买书。在北平这地方，像我那样买，像我买的那些书，说出来真寒尘死人；不过本文所要说的既非诀窍，也算不得经验，只是些小小的故事，想来也无妨的。

在家乡中学时候，家里每月给零用一元。大部分都报效了一家广益书局，取回些杂志及新书。那老板姓张，有点儿抽肩膀，老是捧着水烟袋；可是人好，我们不觉得他有市侩气。他肯给我们这班孩子记帐。每到节下，我总欠他一元多钱。他催得并不怎么紧；向家里商量商量，先还个一元也就成了。那时候最爱读的一本《佛学易解》（贾丰臻著，中华书局印行）就是从张手里买的。那时候不买旧书，因为家里有。只有一回，不知哪儿来检《文心雕龙》的名字，急着想看，便去旧书铺访求：有一家拿出一部广州套版的，要一元钱，买不起；后来另买到一部，书品也还好，纸墨差些，却只花了小洋三角。这部书还在，两三年前给换上了磁青纸的皮儿，却显得配不上。

到北平来上学入了哲学系，还是喜欢找佛学书看。那时候佛经流通处在西城卧佛寺街鹫峰寺。在街口下了车，一直走，快到城根儿了，才看见那个寺。那是个阴沉沉的秋天下午，街上只有我一个人。到寺里买了《因明入正理论疏》、《百法明门论疏》、《翻译名义集》等。这股傻劲儿回味起来颇有意思；正像那回从天坛出来，挨着城根，独自个儿，探险似地穿过许多没人走的碱地去访陶然亭一样。在毕业的那年，到琉璃厂华洋书庄去，看见新版韦伯斯特大字典，定价才十四元。可是十四元并不容易找。想来想去，只好硬了心肠将结婚时候父亲给做的一件紫毛（猫皮）水獭领大氅亲手拿着，走到后门一家当铺里去，说当十四元钱。柜上人似乎没有什么留难就答应了。这件大氅是布面子，土式样，领子小而毛杂——原是用了两副"马蹄袖"拼凑起来的。父亲给做这件衣服，可很费了点张罗。拿去当的时候，也踌躇了一下，却终于舍不得那本字典。想着将来准赎出来就是了。想不到竟不能赎出来，这是直到现在翻那本字典时常引为遗憾的。

重来北平之后，有一年忽然想搜集一些杜诗。一家小书铺叫文雅堂的给找了不少，都不算贵；那伙计是个麻子，一脸笑，是铺子里少掌柜的。铺子靠他父亲支持，并没有什么好书，去年他父亲死了，他本人不大内行，让伙计吃了，现在长远不来了，他不知怎么样。说起杜诗，有一回，一家书铺送来高丽本《杜律分韵》，两本书，索价三百元。书极不相干而索价如此之高，荒谬之至，况且书面上原购者明明写着"以银二两得之"。第二天另一家送来一样的书，只要二元钱，我立刻买下。北平的书价，离奇有如此者。

旧历正月里厂甸的书摊值得看；有些人天天巡礼去。我住的远，每年只去一个下午——上午摊儿少。土地祠内外人山人海摩肩接踵地来往。也买过些零碎东西;其中有一本是《伦敦竹枝词》,花了三毛钱。买来以后,恰好《论语》要稿子,选抄了些寄去,加上一点说明,居然得着五元稿费。这是仅有的一次,买的书赚了钱。

在伦敦的时候,从寓所出来,走过近旁小街。有一家小书店门口摆着一架旧书。上前去徘徊了一下,看见一本《牛津书话选》(The book Lovers'Anthology),烫花布面,装订不马虎,四百多面,本子也不小,准有七八成新,才一先令六便士,那时合中国一元三毛钱,比东安市场旧洋书还贱些。这选本节录许多名家诗文,说到书的各方面的;性质有点像叶德辉氏《书林清话》,但不像《清话》有系统;他们旨趣原是两样的。因为买这本书,结识了那掌柜的;他以后给我找了不少便宜的旧书。有一种书,他找不到旧的;便和我说,他们批购新书按七五扣,他愿意少赚一扣,按九扣卖给我。我没有要他这么办,但是很感谢他的好意。

初到清华记

从前在北平读书的时候，老在城圈儿里呆着。四年中虽也游过三五回西山，却从没来过清华；说起清华，只觉得很远很远而已。那时也不认识清华人，有一回北大和清华学生在青年会举行英语辩论，我也去听。清华的英语确是流利得多，他们胜了。那回的题目和内容，已忘记干净；只记得复辩时，清华那位领袖很神气，引着孔子的什么话。北大答辩时，开头就用了 furiously 一个字叙述这位领袖的态度。这个字也许太过，但也道着一点儿。那天清华学生是坐大汽车进城的，车便停在青年会前头；那时大汽车还很少。那是冬末春初，天很冷。一位清华学生在屋里只穿单大褂，将出门却套上厚厚的皮大氅。这种"行"和"衣"的路数，在当时却透着一股标劲儿。

初来清华，在十四年夏天。刚从南方来北平，住在朝阳门边一个朋友家。那时教务长是张仲述先生，我们没见面。我写信给他，约定第三天上午去看他。写信时也和那位朋友商量过，十点赶得到清华么，从朝阳门哪儿？他那时已经来过一次，但似乎只记得"长林碧草"，——他写到南方给我的信这么说——说不出路上究竟要多少时候。他劝我八点动身，雇洋车直到西直门换车，免得老等电车，又换来换去的，耽误事。那时西直门到清华只有洋车直达；后来知道也可以搭香山汽车到海甸再乘洋车，但那是后来的事了。

第三天到了，不知是起得晚了些还是别的，跨出朋友家，已经九点挂零。心里不免有点儿急，车夫走的也特别慢似的。到西直门换了车。据车夫说本有条小路，雨后积水，不通了；那只得由正道了。刚出城一段儿还认识，因为也是去万生园的路；以后就茫然。到黄庄的时候，瞧着些屋子，以为一定是海甸了；心里想清华也就快到了吧，自己安慰着。快到真的海甸时，问车夫，"到了吧？""没哪。这是海——甸。"这一下更茫然了。海甸这么难到，清华要何年何月呢？而车夫说饿了，非得买点儿吃的。吃吧，反正豁出去了。这一吃又是十来分钟。说还有三里多路呢。那时没有燕京大学，路上没什么看的，只有远处淡淡的西山——那天没有太阳——略略可解闷儿。好容易过了红桥，喇嘛庙，渐渐看见两行高柳，像穹门一般。十刹海的垂杨虽好，但没有这么多这么深，那时路上只有我一辆车，大有长驱直入的神气。柳树前一面牌子，写着"入校车马缓行"；这才真到了，心里想，可是大门还够远的，不用说西院门又骗了我一次，又是六七分钟，才真真到了。坐在张先生客厅里一看钟，十二点还欠十五分。

张先生住在乙所，得走过那"长林碧草"，那浓绿真可醉人。张先生客厅里挂着一副有正书局印的邓完白隶书长联。我有一个会写字的同学，他喜欢邓完白，他也有这一副对联；所以我这时如见故人一般。张先生出来了。他比我高得多，脸也比我长得多。一眼看出是个顶能干的人。我向他道歉来得太晚，他也向我道歉，说刚好有个约会，不能留我吃饭。谈了不大工夫，十二点过了，我告辞。到门口，原车还在，坐着回北平吃饭去。过了一两天，我就搬行李来了。这回却坐了火车，是从环城铁路朝阳门站上车的。

以后城内城外来往的多了，得着一个诀窍：就是在西直门一上洋车，且别想“到”清华，不想着不想着也就到了。——香山汽车也搭过一两次，可真够瞧的。两条腿有时候简直无放处，恨不得不是自己的。有一回，在海甸下了汽车，在现在“西园”后面那个小饭馆里，拣了临街一张四方桌，坐在长凳上，要一碟苜蓿肉，两张家常饼，二两白玫瑰，吃着喝着，也怪有意思；而且还在那桌上写了《我的南方》一首歪诗。那时海甸到清华一路常有穷女人或孩子跟着车要钱。他们除“您修好”等等常用语句外，有时会说“您将来做校长”，这是别处听不见的。

蒙自杂记

我在蒙自住过五个月，我的家也在那里住过两个月。我现在常常想起这个地方，特别是在人事繁忙的时候。

蒙自小得好，人少得好。看惯了大城的人，见了蒙自的城圈儿会觉得像玩具似的，正像坐惯了普通火车的人，乍踏上个碧石小火车，会觉得像玩具似的一样。但是住下来，就渐渐觉得有意思。城里只有一条大街，不消几趟就走熟了。书店，文具店，点心店，电筒店，差不多闭了眼可以找到门儿。城外的名胜去处，南湖，湖里的崧岛，军山，三山公园，一下午便可走遍，怪省力的。不论城里城外，在路上走，有时候会看不见一个人。整个儿天地仿佛是自己的；自我扩展到无穷远，无穷大。这教我想起了台州和白马湖，在那两处住的时候，也有这种静味。

大街上有一家卖糖粥的，带着卖煎粑粑。桌子凳子乃至碗匙等都很干净，又便宜，我们联大师生照顾的特别多。掌柜是个四川人，姓雷，白发苍苍的。他脸上常挂着微笑，却并不是巴结顾客的样儿。他爱点古玩什么的，每张桌子上，竹器瓷器占着一半儿；糖粥和粑粑便摆在这些桌子上吃。他家里还藏着些“精品”，高兴的时候，会特地去拿来请顾客赏玩一番。

老头儿有个老伴儿，带一个伙计，就这么活着，倒也自得其乐。我们管这个铺子叫“雷稀饭”，管那掌柜的也叫这名儿；他的人缘儿是很好的。

城里最可注意的是人家的门对儿。这里许多门对儿都切合着人家的姓。别地方固然也有这么办的，但没有这里的多。散步的时候边看边猜，倒很有意思。但是最多的是抗战的门对儿。昆明也有，不过按比例说，怕不及蒙自的多；多了，就造成一种氛围气，叫在街上走的人不忘记这个时代的这个国家。这似乎也算利用旧形式宣传抗战建国，是值得鼓励的。眼前旧历年就到了，这种抗战春联，大可提倡一下。

蒙自的正式宣传工作，除党部的标语外，教育局的努力，也值得记载。他们将一座旧戏台改为演讲台，又每天张贴油印的广播消息。这都是有益民众的。他们的经费不多，能够逐步做去，是很有希望的。他们又帮忙北大的学生办了一所民众夜校。报名的非常踊跃，但因为教师和座位的关系，只收了二百人。夜校办了两三个月，学生颇认真，成绩相当可观。那时蒙自的联大要搬到昆明来，便只得停了。教育局长向我表示很可惜；看他的态度，他说的是真心话。蒙自的民众相当的乐意接受宣传。联大的学生曾经来过一次灭蝇运动。四五月间蒙自苍蝇真多。有一位朋友在街上笑了一下，一张口便飞进一个去。灭蝇运动之后，街上许多食物铺子，备了冷布罩子，虽然简陋，不能不说是进步。铺子的人常和我们说，“这是你们来了之后才有的呀。”可见他们是很虚心的。

蒙自有个火把节，四乡是在阴历六月二十四晚上，城里是二十五晚上。那晚上城里人家都在门口烧着芦秆或树枝，一处处一堆堆熊熊的火光，围着些男男女女大人小孩；孩子们手里更提着烂布浸油的火球儿晃来晃去的，跳着叫着，冷静的城顿然热闹起来。这火是光，是热，是力量，是青年。四乡地方空阔，都用一棵棵小树烧；想象着一片茫茫的大黑暗里涌起一团团的热火，光景够雄伟的。四乡那些夷人，该更享受这个节，他们该更热烈的跳着叫着罢。这也许是个拔除节，但暗示着生活力的伟大，是个有意义的风俗；在这抗战时期，需要鼓舞精神的时期，它的意义更是深厚。

南湖在冬春两季水很少，有一半简直干得不剩一点二滴儿。但到了夏季，涨得溶溶滟滟的，真是返老还童一般。湖堤上种了成行的由加利树；高而直的干子，不差什么也有“参天”之势。细而长的叶子，像惯于拂水的垂杨，我一站到堤上禁不住想到北平的十刹海。再加上崧岛那一带田田的荷叶，亭亭的荷花，更像十刹海了。崧岛是个好地方，但我看还不如三山公园曲折幽静。这里只有三个小土堆儿。几个朴素小亭儿。可是回旋起伏，树木掩映，这儿那儿更点缀着一些石桌石墩之类；看上去也罢，走起来也罢，都让人有点余味可以咀嚼似的。这不能不感谢那位李崧军长。南湖上的路都是他的军士筑的，崧岛和军山也是他重新修整的；而这个小小的公园，更见出他的匠心。这一带他写的匾额很多。他自然不是书家，不过笔势瘦硬，颇有些英气。

联大租借了海关和东方汇理银行旧址，是蒙自最好的地方。海关里高大的由加利树，和一片软软的绿草是主要的调子，进了门不但心胸 宽，而且周身觉得润润的。树头上好些白鹭，和北平太庙里的“灰鹤”是一类，北方叫做“老等”。那洁白的羽毛，那伶俐的姿态，耐人看，一清早看尤好。在一个角落里有一条灌木林的甬道，夜里月光从叶缝里筛下来，该是顶有趣的。另一个角落长着些芒果树和木瓜树，可惜太阳力量不够，果实结得不肥，但沾着点热带味，也叫人高兴。银行里花多，遍地的颜色，随时都有，不寂寞。最艳丽的要数叶子花。花是浊浓的紫，脉络分明活像叶，一丛丛的，一片片的，真是“浓得化不开”。花开的时候真久。我们四月里去，它就开了，八月里走，它还没谢呢。

北平沦陷那一天

二十六年七月二十七日的下午，风声很紧，我们从西郊搬到西单牌楼左近胡同里朋友的屋子里。朋友全家回南，只住着他的一位同乡和几个仆人。我们进了城，城门就关上了。街上有点乱，但是大体上还平静。听说敌人有哀的美敦书给我们北平的当局，限二十八日答覆，实在就是叫咱们非投降不可。要不然，二十八日他们便要动手。我们那时虽然还猜不透当局的意思。但是看光景，背城一战是不可免的。

二十八日那一天，在床上便听见隆隆的声音。我们想，大概是轰炸西苑兵营了。赶紧起来，到胡同口买报去。胡同口正冲着西长安街。这儿有西城到东城的电车道，可是这当儿两头都不见电车的影子。只剩两条电车轨在闪闪的发光。街上洋车也少，行人也少。那么长一条街，显得空空的，静静的。胡同口，街两边走道儿上却站着不少闲人，东望望，西望望，都不做声，像等着什么消息似的。街中间站着一个警察，沉着脸不说话。有一个骑车的警察，扶着车和他咬了几句耳朵，又匆匆上车走了。

报上看出咱们是决定打了。我匆匆拿着报看着回到住的地方。隆隆的声音还在稀疏的响着。午饭匆匆的吃了。门口接二连三的叫“号外!号外!”买进来抢着看,起先说咱们抢回丰台,抢回天津老站了,后来说咱们抢回廊坊了,最后说咱们打进通州了。这一下午,屋里的电话铃也直响。有的朋友报告消息,有的朋友打听消息。报告的消息有的从地方政府里得来,有的从外交界得来,都和“号外”里说的差不多。我们眼睛忙着看号外,耳朵忙着听电话,可是忙得高兴极了。

六点钟的样子,忽然有一架飞机嗡嗡的出现在高空中。大家都到院子里仰起头看,想看看是不是咱们中央的。飞机绕着弯儿,随着弯儿,均匀的撒着一搭一搭的纸片儿,像个长尾巴似的。纸片儿马上散开了,纷纷扬扬的像蝴蝶儿乱飞。我们明白了,这是敌人打得不好,派飞机来撒传单冤人了。仆人们开门出去,在胡同里捡了两张进来,果然是的。满纸荒谬的劝降的话。我们略看一看,便撕掉扔了。

天黑了,白天里稀疏的隆隆的声音却密起来了。这时候屋里的电话铃也响得密起来了。大家在电话里猜着,是敌人在进攻西苑了,是敌人在进攻南苑了。这是炮声,一下一下响的是咱们的,两下两下响的是他们的。可是敌人怎么就能够打到西苑或南苑呢?谁都在闷葫芦里!一会儿警察挨家通知,叫塞严了窗户跟门儿什么的,还得准备些土,拌上尿跟葱,说是夜里敌人的飞机许来放毒气。我们不相信敌人敢在北平城里放毒气。但是仆人们照着警察吩咐的办了。我们焦急的等着电话里的好消息,直到十二点才睡。睡得不坏,模糊的凌乱的做着胜利的梦。

二十九日天刚亮,电话铃响了。一个朋友用确定的口气说，宋哲元、秦德纯昨儿夜里都走了！北平的局面变了！就算归了敌人了！他说昨儿的好消息也不是全没影儿，可是说得太热闹些。他说我们现在像从天顶上摔下来了，可是别灰心！瞧昨儿个大家那么焦急的盼望胜利的消息，那么热烈的接受胜利的消息，可见北平的人心是不死的。只要人心不死，最后的胜利终久是咱们的！等着瞧罢，北平是不会平静下去的，总有那么一天，啃们会更热闹一下。那就是咱们得着决定的胜利的日子！这个日子不久就会到来的！我相信我的朋友的话句句都不错！

1939年6月9日，昆明。

这一天

这一天是我们新中国诞生的日子。

从二十六年这一天以来，我们自己，我们的友邦，甚至我们的敌人，开始认识我们新中国的面影。

从前只知道我们是文化的古国，我们自己只能有意无意的夸耀我们的老，世界也只有意无意的夸奖我们的老。同时我们不能不自伤老大，自伤老弱；世界也无视我们这老大的老弱的中国。中国几乎成了一个历史上的或地理上的名词。

从两年前这一天起，我们惊奇我们也能和东亚的强敌抗战我们也能迅速的现代化，迎头赶上去。世界也刮目相看，东亚病夫居然奋起了，睡狮果然醒了。从前只是一大块沃土，一大盘散沙的死中国，现在是有血有肉的活中国了。从前中国在若有若无之间，现在确乎是有了。

从两年后的这一天看，我们不但有光荣的古代，而且有光荣的现代；不但有光荣的现代，而且有光荣的将来无穷的世代。新中国在血火中成长了。

“双十”是我们新中国孕育的日子，“七七”是我们新中国诞生的日子。

1939 年 7 月 7 日。

重庆一瞥

重庆的大，我这两年才知道。从前只知重庆是一个岛，而岛似乎总大不到哪儿去的。两年前听得一个朋友谈起，才知道不然。他一向也没有把重庆放在心上。但抗战前二年走进夔门一看，重庆简直跟上海差不多；那时他确实吃了一惊。我去年七月到重庆时，这一惊倒是幸而免了。却是，住了一礼拜，跑的地方不算少，并且带了地图在手里，而离开的时候，重庆在我心上还是一座丈八金身，摸不着头脑。重庆到底好大，我现在还是说不出。

从前许多人，连一些四川人在内，都说重庆热闹，俗气，我一向信为定论。然而不尽然。热闹，不错，这两年更其是的；俗气，可并不然。我在南岸一座山头上住了几天。朋友家有一个小廊子，和重庆市面对面儿。清早江上雾濛濛的，雾中隐约着重庆市的影子。重庆市南北够狭的，东西却够长的，展开来像一幅扇面上淡墨轻描的山水画。雾渐渐消了，轮廓渐渐显了，扇上面着了颜色，但也只淡淡儿的，而且阴天晴天差不了多少似的。一般所说的俗陋的洋房，隔了一衣带水却出落得这般素雅，谁知道！再说在市内，傍晚的时候我跟朋友在枣子岚垭，观音岩一带散步，电灯亮了，上上下下，一片鄜鄜的是星的海，光是海。一盏灯一个眼睛，传递着密语，像旁边没有一个人。没有人，还哪儿来的俗气？

从昆明来，一路上想，重庆经过那么多回轰炸，景象该很惨罢。报上虽不说起，可是想得到的。可是，想不到的！我坐轿子，坐洋车，坐公共汽车，看了不少的街，炸痕是有的，瓦砾场是有的，可是，我不得不吃惊了，整个的重庆市还是堂皇伟丽的！街上还是川流不息的车子和步行人，挤着挨着，一个垂头丧气的也没有。有一早上坐在黄家垭口那家宽敞的豆乳店里，街上开过几辆炮车。店里的人都起身看，沿街也聚着不少的人。这些人的眼里都充满了安慰和希望。只要有安慰和希望，怎么轰炸重庆市的景象也不会惨的。我恍然大悟了。——只看去年秋天那回大轰炸以后，曾几何时，我们的陪都不是又建设起来了吗！

1941年3月14日作

外东消夏录

引　子

这个题目是仿的高士奇的《江村消夏录》。那部书似乎专谈书画，我却不能有那么雅，这里只想谈一些世俗的事。这回我从昆明到成都来消夏。消夏本来是避暑的意思。若照这个意思，我简直是闹笑话，因为昆明比成都凉快得多，决无从凉处到热处避暑之理。消夏还有一个新意思，就是换换生活，变变样子。这是外国想头，摩登想头，也有一番大道理。但在这战时，谁还该想这个！我们公教人员谁又敢想这个！可是既然来了，不管为了多俗的事，也不妨取个雅名字，马虎点儿，就算他消夏罢。谁又去打破沙缸问到底呢？

但是问到底的人是有的。去年参加昆明一个夏令营，营地观音山。七月二十三日便散营了。前一两天，有游客问起，我们向他说这是夏令营，就要结束了。他道，“就结束了？夏令完了吗？”这自然是俏皮话。问到底本有两种，一是“耍奸心”，一是死心眼儿。若是耍奸心的话，这儿消夏一词似乎还是站不住。因为动手写的今天是八月二十八日，农历七月初十日，明明已经不是夏天而是秋天。但“录”虽然在秋天，所

"录"不妨在夏天;《消夏录》尽可以只录消夏的事,不一定为了消夏而录。还是马虎点儿算了。

外东一词,指的是东门外,跟外西,外南,外北是姊妹花的词儿。成都住的人都懂,但是外省人却弄不明白。这好像是个翻译的名词,跟远东、近东、中东挨肩膀儿。固然为纪实起见,我也可以用草庐或草堂等词,因为我的确住着草房。可是不免高攀诸葛丞相,杜工部之嫌,我怎么敢那样大胆呢?我家是住在一所尼庵里,叫做"尼庵消夏录"原也未尝不可,但是别人单看题目也许会大吃一惊,我又何必故作惊人之笔呢?因此马马虎虎写下"外东消夏录"这个老老实实的题目。

夜大学

四川大学开办夜校,值得我们注意。我觉得与其匆匆忙忙新办一些大学或独立学院,不重质而重量,还不如让一些有历史的大学办办夜校的好。

眉毛高的人也许觉得夜校总不像一回事似的。但是把毕业年限定得长些,也就差不多。东吴大学夜校的成绩好像并不坏。大学教育固然注重提高,也该努力普及,普及也是大学的职分。现代大学不应该像修道院,得和一般社会打成一片才是道理。况且中国有历史的大学不多,更是义不容辞的得这么办。

现在百业发展,从业员增多,其中尽有中学毕业或具有同等学力,有志进修无门可入的人。这些人往往将有用的精力消磨在无聊的酬应和不正当的娱乐上。有了大学夜校,他们便有机会增进自己的学识技能。这也就可以增进各项事业的效率,并澄清社会的恶浊空气。

普及大学教育,有夜校,也有夜班,都得在大都市里,才能有足够的从业员来应试入学。入夜校可以得到大学毕业的资格或学位,入夜班却只能得到专科的资格或证书。学位的用处久经规定,专科资格或证书,在中国因从未办过大学夜班,还无人考虑它们的用处。现时只能办夜校;要办夜班,得先请政府规定夜班毕业的出身才成。固然有些人为学问而学问,但各项从业员中这种人大概不多,一般还是功名心切。就这一般人论,用功名来鼓励他们向学,也并不错。大学生选系,不想到功名或出路的又有多少呢?这儿我们得把眉毛放低些。

四川大学夜校分中国文学、商学、法律三组。法律组有东吴的成例,商学是当今的显学,都在意中。只有中国文学是冷货,居然三分天下有其一,好像出乎意外。不过虽是夜校,却是大学,若全无本国文化的科目,未免难乎其为大,这一组设置可以说是很得体的。这样分组的大学夜校还是初试,希望主持的人用全力来办,更希望就学的人不要三心两意的闹个半途而废才好。

人和书

“人和书”是个好名字,王楷元先生的小书取了这个名字，见出他的眼光和品味。

人和书，大而言之就是世界。世界上哪一桩事离开了人？又哪一桩事离得了书？我是说世界是人所知的一切。知者是人，自然离不了人；有知必录，便也离不开书。小而言之，人和书就是历史，人和书造成了历史；再小而言之就是传记，就是王先生这本书叙述和评论的。传记有大幅，有小品，有工笔，有漫画。这本书是小品，是漫画。虽然是大大的圈儿里一个小小的圈儿，可是不含糊是在大圈儿里，所叙的虽小，所见的却大。

这本书分三部分。第一部分是传记，第三部分也是片段的传记，第二部分评介的著作还是传记。王先生有意“引起读者研读传记的兴趣”，自序里说得明白。撰录近代和现代名人轶事，所谓笔记小说，传统很长。这个传统移植到报纸上，也已多年。可见一般人原是喜欢这种小品的。但是“五四”以来，“现在”遮掩了“过去”，一般青年人减少了历史的兴味，对于这类小品不免冷淡了些。他们可还喜欢简短零星的文坛消息等等，足见到底不能离开人和书。

自序里希望读者“对于伟大人物，由景慕而进于效法，人人以亚贤自许，猛勇精进”。这是一个宏愿。近来在《美国文摘》里见到一文，叙述一位作家叫小亚吉尔的，如何因《褴褛的狄克》一部书而成名，如何专写贫儿努力致富的故事，风行全国，鼓舞人心。他写的是“工作和胜利，上进和前进的故事”，在美国文学中创一新派。他的时代虽然在一九二九以前就过去了，但是许多自己造就的人都还纪念着他的书的深广的影响。可见文学的确有促进人生的力量。王先生的宏愿是可以达成的,有志者大家自勉好了。

成都诗

据说成都是中国第四大城。城太大了,要指出它的特色倒不易。说是有些像北平,不错,有些个。既像北平,似乎就不成其为特色了? 然而不然,妙处在像而不像。我记得一首小诗,多少能够抓住这一点儿,也就多少能够抓住这座大城。

这是易君左先生的诗,题目好像就是“成都”两个字。诗道:

细雨成都路,微尘护落花。据门撑古木,绕屋噪栖鸦。入暮旋收市,凌晨即品茶。承平风味足,楚客独兴嗟。

住过成都的人该能够领略这首诗的妙处。它抓住了成都的闲味。北平也闲得可以的,但成都的闲是成都的闲,像而不像,非细辨不知。

“绕屋噪栖鸦”,自然是那些“据门撑”着的“古木”上栖鸦在噪着。这正是“入暮”的声音和颜色。但是吵着的东南城有时也许听不见,西北城人少些,尤其住宅区的少城,白昼也静悄悄的,该听得清楚那悲凉的叫唤罢。

成都春天常有毛毛雨,而成都花多,爱花的人家也多,毛毛雨的春天倒正是养花天气。那时节真所谓“天街小雨润如酥”,路相当好,有点泥滑滑,却不至于“行不得也哥哥”。缓缓的走着,呼吸着新鲜而润泽的空气,叫人闲到心里,骨头里。若是在庭园中踱着，时而看见一些落花，静静的飘在微尘里，贴在软地上，那更闲得没有影儿。

成都旧宅于门前常栽得有一株泡洞树或黄桷树，粗而且大，往往叫人只见树，不见屋，更不见门洞儿。说是“撑”，一点儿不冤枉，这些树戆粗傴蹇，老气横秋，北平是见不着的。可是这些树都上了年纪，也只闲闲的“据”着“撑”着而已。

成都收市真早。前几年初到，真搞不惯；晚八点回家，街上铺子便劈劈拍拍一片上门声，暗暗淡淡的，够惨。“早睡早起身体好”，农业社会的习惯，其实也不错。这儿人起的也真早，“入暮旋收市，凌晨即品茶”，是不折不扣的实录。

北平的春天短而多风尘，人家门前也有树，可是成行的多，独据的少。有茶楼，可是不普及，也不够热闹的。北平的闲又是一副格局，这里无须详论。“楚客”是易先生自称。他“兴嗟”于成都的“承平风味”。但诗中写出的“承平风味”，其实无伤于抗战；我们该嗟叹的恐怕是别有所在的。我倒是在想，这种“承平风味”战后还能“承”下去不能呢？在工业化的新中国里，成都这座大城该不能老是这么闲着罢。

蛇　尾

动手写《引子》的时候，一鼓作气，好像要写成一本书。但是写完了上一段，不觉再三衰竭了。倒底已是秋天，无夏可消，也就“录”不下去了。古人说得好。“乘兴而来，兴尽而返”，只好以此解嘲。这真是蛇尾，虽然并不见虎头。本想写完上段就戛然而止，来个神龙见首不见尾。可是虎头还够不上，还闹什么神龙呢？话说回来，虎头既然够不上，蛇尾也就称不得，老实点，称为蛇足，倒还有个样儿。

1944年8月30日作

我是扬州人

夫子说，父母在，不远游，游必有方。其实真要远游，是没有“方”可兼顾的，所以，这么些年来，我是只管一个人出去乱跑。今年五月从川藏公路去了西藏，算是初步了了一件功课，所以早早就决定把十一假期留给家人，最终落实的结果，是携父母远游，到了南京及其周边的扬州、镇江一带，一路上有朋友呵护，父母也是很畅快，越战越勇，不象是快七十的人，做儿子的，实在是没有比这更感到万分欣慰的事了。——其实，这也是我重游故地，尤其是扬州、镇江，是10年重访，所以，游必有方，这次总算是做到了吧。这里先找点好文章来读，回头我一定要留点记录的。

有些国语教科书里选得有我的文章，注解里或说我是浙江绍兴人，或说我是江苏江都人——就是扬州人。有人疑心江苏江都人是错了，特地老远的写信托人来问我。我说两个籍贯都不算错，但是若打官话，我得算浙江绍兴人。浙江绍兴是我的祖籍或原籍，我从进小学就填的这个籍贯；直到现在，在学校里服务快三十年了，还是报的这个籍贯。不过绍兴我只去过两回，每回只住了一天；而我家里除先母外，没一个人会说绍兴话。

我家是从先祖才到江苏东海做小官。东海就是海州，现在是陇海路的终点。我就生在海州。四岁的时候先父又到邵伯镇做小官，将我们接到那里。海州的情形我全不记得了，只对海州话还有亲热感，因为父亲的扬州话里夹着不少海州口音。在邵伯住了差不多两年，是住在万寿宫里。万寿宫的院子很大，很静；门口就是运河。河坎很高，我常向河里扔瓦片玩儿。邵伯有个铁牛湾，那儿有一条铁牛镇压着。父亲的当差常抱我去看它，骑它，抚摩它。镇里的情形我也差不多忘记了。只记住在镇里一家人家的私塾里读过书，在那里认识了一个好朋友叫江家振。我常到他家玩儿，傍晚和他坐在他家荒园里一根横倒的枯树干上说着话，依依不舍，不想回家。这是我第一个好朋友，可惜他未成年就死了；记得他瘦得很，也许是肺病罢？

六岁那一年父亲将全家搬到扬州。后来又迎养先祖父和先祖母。父亲曾到江西做过几年官，我和二弟也曾去过江西一年；但是老家一直在扬州住着。我在扬州读初等小学，没毕业；读高等小学，毕了业；读中学，也毕了业。我的英文得力于高等小学里一位黄先生，他已经过世了。还有陈春台先生，他现在是北平著名的数学教师。这两位先生讲解英文真清楚，启发了我学习的兴趣；只恨我始终没有将英文学好，愧对这两位老师。还有一位戴子秋先生，也早过世了，我的国文是跟他老人家学着做通了的，那是辛亥革命之后在他家夜塾里的时候。中学毕业，我是十八岁，那年就考进了北京大学预科，从此就不常在扬州了。

就在十八岁那年冬天，父亲母亲给我在扬州完了婚。内人武钟谦女士是杭州籍，其实也是在扬州长成的。她从不曾去过杭州；后来同我去是第一次。她后来因为肺病死在扬州，我曾为她写过一篇《给亡妇》。我和她结婚的时候，祖父已死了好几年了。结婚后一年祖母也死了。他们两老都葬在扬州，我家于是有祖茔在扬州了。后来亡妇也葬在这祖茔里。母亲在抗战前，两年过去，父亲在胜利前四个月过去，遗憾的是我都不在扬州；他们也葬在那祖茔里。这中间叫我痛心的是死了第二个女儿！她性情好，爱读书，做事负责任，待朋友最好。已经成人了，不知什么病，一天半就完了！她也葬在祖茔里。我有九个孩子。除第二个女儿外，还有一个男孩不到一岁就死在扬州；其余亡妻生的四个孩子都曾在扬州老家住过多少年。这个老家直到今年夏初才解散了，但是还留着一位老年的庶母在那里。

我家跟扬州的关系，大概够得上古人说的“生于斯，死于斯，歌哭于斯”了。现在亡妻生的四个孩子都已自称为扬州人了；我比起他们更算是在扬州长成的，天然更该算是扬州人了。但是从前一直马马虎虎的骑在墙上，并且自称浙江人的时候还多些，又为了什么呢？这一半因为报的是浙江籍，求其一致；一半也还有些别的道理。这些道理第一桩就是籍贯是无所谓的。那时要做一个世界人，连国籍都觉得狭小，不用说省籍和县籍了。那时在大学里觉得同乡会最没有意思。我同住的和我来往的自然差不多都是扬州人，自己却因为浙江籍，不去参加江苏或扬州同乡会。可是虽然是浙江绍兴籍，却又没跟一个道地浙江人来往，因此也就没人拉我去开浙江同乡会，更不用说绍兴同乡会了。这也许是两栖或骑墙的好处罢？然而出了学校以后到底常常会到道地绍兴人了。我既然不会说绍兴话，并且除了花雕和兰亭外几乎不知道绍兴的别的情形，于是乎往往只好自己承认是假绍兴人。那虽然一半是玩笑，可也有点儿窘的。

还有一桩道理就是我有些讨厌扬州人；我讨厌扬州人的小气和虚气。小是眼光如豆，虚是虚张声势，小气无须举例。虚气例如已故的扬州某中央委员，坐包车在街上走，除拉车的外，又跟上四个人在车子边推着跑着。我曾经写过一篇短文，指出扬州人这些毛病。后来要将这篇文收入散文集《你我》里，商务印书馆不肯，怕再闹出“闲话扬州”的案子。这当然也因为他们总以为我是浙江人，而浙江人骂扬州人是会得罪扬州人的。但是我也并不抹煞扬州的好处，曾经写过一篇《扬州的夏日》，还有在《看花》里也提起扬州福缘庵的桃花。再说现在年纪大些了，觉得小气和虚气都可以算是地方气，绝不止是扬州人如此。从前自己常答应人说自己是绍兴人，一半又因为绍兴人有些戆气，而扬州人似乎太聪明。其实扬州人也未尝没戆气，我的朋友任中敏（二北）先生，办了这么多年汉民中学，不管人家理会不理会，难道还不够“戆”的！绍兴人固然有戆气，但是也许还有别的气我讨厌的，不过我不深知罢了。这也许是阿Q的想法罢？然而我对于扬州的确渐渐亲热起来了。

扬州真像有些人说的，不折不扣是个有名的地方。不用远说，李斗《扬州画舫录》里的扬州就够羡慕的。可是现在衰落了，经济上是一日千丈的衰落了，只看那些没精打采的盐商家就知道。扬州人在上海被称为江北老，这名字总而言之表示低等的人。江北老在上海是受欺负的，他们于是学些不三不四的上海话来冒充上海人。到了这地步他们可竟会忘其所以的欺负起那些新来的江北老了。这就养成了扬州人的自卑心理。抗战以来许多扬州人来到西南，大半都自称为上海人，就靠着那一点不三不四的上海话；甚至连这一点都没有，也还自称为上海人。其实扬州人在本地也有他们的骄傲的。他们称徐州以北的人为侉子，那些人说的是侉话。他们笑镇江人说话土气，南京人说话大舌头，尽管这两个地方都在江南。英语他们称为蛮话，说这种话的当然是蛮子了。然而这些话只好关着门在家里说，到上海一看，立刻就会矮上半截，缩起舌头不敢啧一声了。扬州真是衰落得可以啊！

我也是一个江北老，一大堆扬州口音就是招牌，但是我却不愿做上海人；上海人太狡猾了。况且上海对我太生疏，生疏的程度跟绍兴对我也差不多；因为我知道上海虽然也许比知道绍兴多些，但是绍兴究竟是我的祖籍，上海是和我水米无干的。然而年纪大起来了，世界人到底做不成，我要一个故乡。俞平伯先生有一行诗，说“把故乡掉了”。其实他掉了故乡又找到了一个故乡；他诗文里提到苏州那一股亲热，是可羡慕的，苏州就算是他的故乡了。他在苏州度过他的童年，所以提起来一点一滴都亲亲热热的，童年的记忆最单纯最真切，影响最深最久；种种悲欢离合，回想起来最有意思。“青灯有味是儿时”，其实不止青灯，儿时的一切都是有味的。这样看，在那儿度过童年，就算那儿是故乡，大概差不多罢？这样看，就只有扬州可以算是我的故乡了。何况我的家又是“生于斯，死于斯，歌哭于斯”呢？所以扬州好也罢，歹也罢，我总该算是扬州人的。

1946 年 9 月 25 日作

重庆行记

这回暑假到成都看看家里人和一些朋友，路过陪都，停留了四日。每天真是东游西走，几乎车不停轮，脚不停步。重庆真忙，像我这个无事的过客，在那大热天里，也不由自主的好比在旋风里转，可见那忙的程度。这倒是现代生活现代都市该有的快拍子。忙中所见，自然有限，并且模糊而不真切。但是换了地方，换了眼界，自然总觉得新鲜些，这就乘兴记下了一点儿。

飞

我从昆明到重庆是飞的。人们总羡慕海阔天空，以为一片茫茫，无边无界，必然大有可观。因此以为坐海船坐飞机是“不亦快哉！”其实也未必然。晕船晕机之苦且不谈，就是不晕的人或不晕的时候，所见虽大，也未必可观。海洋上见的往往是一片汪洋，水，水，水。当然有浪，但是浪小了无可看，大了无法看——那时得躲进舱里去。船上看浪，远不如岸上，更不如高处。海洋里看浪，也不如江湖里，海洋里只是水，只是浪，显不出那大气力。江湖里有的是遮遮碍碍的，山哪，城哪，什么的，倒容易见出一股劲儿。“江间波浪兼云涌”为的是巫峡勒住了江水；“波撼岳阳城”，得有那岳阳城，并且得在那岳阳城楼上看。

不错，海洋里可以看日出和日落，但是得有运气。日出和日落全靠云霞烘托才有意思。不然，一轮呆呆的日头简直是个大傻瓜！云霞烘托虽也常有，但往往淡淡的，懒懒的，那还是没意思。得浓，得变，一眨眼一个花样，层出不穷，才有看头。这是可遇而不可求的。平生只见过两回的落日，都在陆上，不在水里。水里看见的，日出也罢，日落也罢，只是些傻瓜而已。这种奇观若是有意为之，大概白费气力居多。有一次大家在衡山上看日出，起了个大清早等着。出来了，出来了，有些人跳着嚷着。那时一丝云彩没有，日光直射，教人睁不开眼，不知那些人看到了些什么，那么跳跳嚷嚷的。许是在自己催眠吧。自然，海洋上也有美丽的日落和日出，见于记载的也有。但是得有运气，而有运气的并不多。

赞叹海的文学，描摹海的艺术，创作者似乎是在船里的少，在岸上的多。海太大太单调，真正伟大的作家也许可以单刀直入，一般离了岸却掉不出枪花来，像变戏法的离开了道具一样。这些文学和艺术引起未曾航海的人许多幻想，也给予已经航海的人许多失望。天空跟海一样，也大也单调。日月星的，云霞的文学和艺术似乎不少，都是下之视上，说到整个儿天空的却不多。星空，夜空还见点儿，昼空除了“青天”“明蓝的晴天”或“阴沉沉的天”一类词儿之外，好像再没有什么说的。但是初次坐飞机的人虽无多少文学艺术的背景帮助他的想象，却总还有那“天宽任鸟飞”的想象；加上别人的经验，上之视下，似乎不只是苍苍而已，也有那翻腾的云海，也有那平铺的锦绣。这就够揣摩的。

但是坐过飞机的人觉得也不过如此，云海飘飘拂拂的弥漫了上下四方，的确奇。可是高山上就可以看见；那可以是云海外看云海，似乎比飞机上云海中看云海还清切些。苏东坡说得好：“不识庐山真面目，只缘身在此山中。”飞机上看云，有时却只像一堆堆破碎的石头，虽也算得天上人间，可是我们还是愿看流云和停云，不愿看那死云，那荒原上的乱石堆。至于锦绣平铺，大概是有的，我却还未眼见。我只见那“亚洲第一大水扬子江”可怜得像条臭水沟似的。城市像地图模型，房屋像儿童玩具，也多少给人滑稽感。自己倒并不觉得怎样藐小，却只不明白自己是什么玩意儿。假如在海船里有时会觉得自己是傻子，在飞机上有时便会觉得自己是丑角吧。然而飞机快是真的，两点半钟，到重庆了，这倒真是个“不亦快哉”！

热

昆明虽然不见得四时皆春，可的确没有一般所谓夏天。今年直到七月初，晚上我还随时穿上衬绒袍。飞机在空中走，一直不觉得热，下了机过渡到岸上，太阳晒着，也还不觉得怎样热。在昆明听到重庆已经很热。记得两年前端午节在重庆一间屋里坐着，什么也不做，直出汗，那是一个时雨时晴的日子。想着一下机必然汗流浃背，可是过渡花了半点钟，满晒在太阳里，汗珠儿也没有沁出一个。后来知道前两天刚下了雨，天气的确清凉些，而感觉既远不如想象之甚，心里也的确清凉些。

滑竿沿着水边一线的泥路走，似乎随时可以滑下江去，然而毕竟上了坡。有一个坡很长，很宽，铺着大石板。来往的人很多，他们穿着各样的短衣，摇着各样的扇子，真够热闹的。片段的颜色和片段的动作混成一幅斑驳陆离的画面，像出于后期印象派之手。我赏识这幅画，可是好笑那些人，尤其是那些扇子。那些扇子似乎只是无所谓的机械的摇着，好像一些无事忙的人。当时我和那些人隔着一层扇子，和重庆也隔着一层扇子，也许是在滑竿儿上坐着，有人代为出力出汗，会那样心地清凉罢。

第二天上街一走，感觉果然不同，我分别了重庆的热了。扇子也买在手里了。穿着成套的西服在大太阳里等大汽车，等到了车，在车里挤着，实在受不住，只好脱了上装，摺起挂在膀子上。有一两回勉强穿起上装站在车里，头上脸上直流汗，手帕子简直揩抹不及，眉毛上，眼镜架上常有汗偷偷的滴下。这偷偷滴下的汗最教人担心，担心它会滴在面前坐着的太太小姐的衣服上，头脸上，就不是太太小姐，而是绅士先生，也够那个的。再说若碰到那脾气躁的人，更是吃不了兜着走。曾在北平一家戏园里见某甲无意中碰翻了一碗茶，泼些在某乙的竹布长衫上，某甲直说好话，某乙却一声不响的拿起茶壶向某甲身上倒下去。碰到这种人，怕会大闹街车，而且是越闹越热，越热越闹，非到宪兵出面不止。

话虽如此，幸而倒没有出什么岔儿，不过为什么偏要白白的将上装挂在膀子上，甚至还要勉强穿上呢？大概是为的绷一手儿罢。在重庆人看来，这一手其实可笑，他们的夏威夷短裤儿照样绷得起，何必要多出汗呢？这儿重庆人和我到底还隔着一个心眼儿。再就说防空洞罢，重庆的防空洞，真是大大有名、死心眼儿的以为防空洞只能防空，想不到也能防热的，我看沿街的防空洞大半开着，洞口横七竖八的安些床铺、马札子、椅子、凳子，横七竖八的坐着、躺着各样衣着的男人、女人。在街心里走过，瞧着那懒散的样子，未免有点儿烦气。这自然是死心眼儿，但是多出汗又好烦气，我似乎倒比重庆人更感到重庆的热了。

行

衣食住行，为什么却从行说起呢？我是行客，写的是行记，自然以为行第一。到了重庆，得办事，得看人，非行不可，若是老在屋里坐着，压根儿我就不会上重庆来了。再说昆明市区小，可以走路；反正住在那儿，这回办不完的事，还可以留着下回办，不妨从从容容的，十分忙或十分懒的时候，才偶尔坐回黄包车、马车或公共汽车。来到重庆可不能这么办，路远、天热，日子少、事情多，只靠两腿怎么也办不了。

况这儿的车又相应、又方便，又何乐而不坐坐呢？

前几年到重庆，似乎坐滑竿最多，其次黄包车，其次才是公共汽车。那时重庆的朋友常劝我坐滑竿，因为重庆东到西长，有一圈儿马路，南到北短，中间却隔着无数层坡儿。滑竿可以爬坡，黄包车只能走马路，往往要兜大圈子。至于公共汽车，常常挤得水泄不通，半路要上下，得费出九牛二虎之力，所以那时我总是起点上终点下的多，回数自然就少。坐滑竿上下坡，一是脚朝天，一是头冲地，有些惊人，但不要紧，滑竿夫倒把得稳。从前黄包车下打铜街那个坡，却真有惊人的着儿，车夫身子向后微仰，两手紧压着车把，不拉车而让车子推着走，脚底下不由自主的忽紧忽慢，看去有时好像不点地似的，但是一个不小心，压不住车把，车子会翻过去，那时真的是脚不点地了，这够险的。所以后来黄包车禁止走那条街，滑竿现在也限制了，只准上坡时坐。可是公共汽车却大进步了。

这回坐公共汽车最多，滑竿最少。重庆的公用汽车分三类，一是特别快车，只停几个大站，一律廿五元，从那儿坐到哪儿都一样，有些人常拣那候车人少的站口上车，兜个圈子回到原处，再向目的地坐；这样还比走路省时省力，比雇车省时省力省钱。二是专车，只来往政府区的上清寺和商业区的都邮街之间，也只停大站，廿五元。三是公共汽车，站口多，这回没有坐，好像一律十五元，这种车比较慢，行客要的是快，所以我没有坐。慢固然因停的多，更因为等的久。重庆汽车，现在很有秩序了，大家自动的排成单行，依次而进，坐位满人，卖票人便宣布还可以挤几个，意思是还可以“站”几个。这时愿意站的可以上前去，不妨越次，但是还得一个跟一个“挤”满了，卖票宣布停止，叫等下次车，便关门吹哨子走了。

公共汽车站多价贱，排班老是很长，在腰站上，一次车又往往上不了几个，因此一等就是二三十分钟，行客自然不能那么耐着性儿。

衣

二十七年春初过桂林，看见满街都是穿灰布制服的，长衫极少，女子也只穿灰衣和裙子。那种整齐，利落，朴素的精神，叫人肃然起敬；这是有训练的公众。后来听说外面人去得多了，长衫又多起来了。国民革命以来，中山服渐渐流行，短衣日见其多，抗战后更其盛行。从前看不起军人，看不惯洋人，短衣不愿穿，只有女人才穿两截衣，哪有堂堂男子汉去穿两截衣的。可是时世不同了，男子倒以短装为主，女子反而穿一截衣了。桂林长衫增多，增多的大概是些旧长衫，只算是回光返照。可是这两三年各处却有不少的新长衫出现，这是因为公家发的平价布不能做短服，只能做长衫，是个将就局儿。相信战后材料方便，还要回到短装的，这也是一种现代化。

四川民众苦于多年的省内混战，对于兵字深恶痛绝，特别称为“二尺五”和“棒客”，列为一等人。我们向来有“短衣帮”的名目，是泛指，“二尺五”却是特指，可都是看不起短衣。四川似乎特别看重长衫，乡下人赶场或入市，往往头缠白布，脚登草鞋，身上却穿着青布长衫。是粗布，有时很长，又常东补一块，西补一块的，可不含糊是长衫。也许向来是天府之国，衣食足而后知礼义，便特别讲究仪表，至今还留着些流风余韵罢？然而城市中人却早就在赶时髦改短装了。短装原是洋派，但是不必遗憾，赵武灵王不是改了短装强兵强国吗？短装至少有好些方便的地方：夏天穿个衬衫短裤就可以大模大样的在街上走，长衫就似乎不成。只有广东天热，又不像四川在意小节，短衫裤可以行街。可是所谓短衫裤原是长裤短衫，广东的短衫又很长，所以还行得通，不过好像不及衬衫短裤的派头。

不过衬衫短裤似乎到底是便装，记得北平有个大学开教授会，有一位教授穿衬衫出入，居然就有人提出风纪问题来。三年前的夏季，在重庆我就见到有穿衬衫赴宴的了，这是一位中年的中级公务员，而那宴会是很正式的，座中还有位老年的参政员。可是那晚的确热，主人自己脱了上装，又请客人宽衣，于是短衫和衬衫围着圆桌子，大家也就一样了。西服的客人大概搭着上装来，到门口穿上，到屋里经主人一声“宽衣”，便又脱下，告辞时还是搭着走。其实真是多此一举，那么热还绷个什么呢？不如衬衫入座倒干脆些。可是中装的却得穿着长衫来去，只在室内才能脱下。西服客人累累赘赘带着上装，倒可以陪他们受点儿小罪，叫他们不至于因为这点不平而对于世道人心长吁短叹。

战时一切从简，衬衫赴宴正是“从简”。“从简”提高了便装的地位，于是乎造成了短便装的风气。先有皮茄克，春秋冬三季（在昆明是四季），大街上到处都见，黄的、黑的、拉链的、扣钮的、收底的、不收底边的，花样繁多。穿的人青年中年不分彼此，只除了六十以上的老头儿。从前穿的人多少带些个“洋”关系，现在不然，我曾在昆明乡下见过一个种地的，穿的正是这皮茄克，虽然旧些。不过还是司机穿的最早，这成个司机文化一个重要项目。皮茄克更是哪儿都可去，昆明我的一位教授朋友，就穿着一件老皮茄克教书、演讲、赴宴、参加典礼，到重庆开会，差不多是皮茄克为记。这位教授穿皮茄克，似乎在学晏子穿狐裘，三十年就靠那一件衣服，他是不是赶时髦，我不能冤枉人，然而皮茄克上了运是真的。

再就是我要说的这两年至少在重庆风行的夏威夷衬衫，简称夏威夷衫，最简称夏威衣。这种衬衫创自夏威夷，就是檀香山，原是一种土风。夏威夷岛在热带，译名虽从音，似乎也兼义。夏威夷衣自然只宜于热天，只宜于有“夏威”的地方，如中国的重庆等。重庆流行夏威衣却似乎只是近一两年的事。去年夏天一位朋友从重庆回到昆明，说是曾看见某首长穿着这种衣服在别墅的路上散步，虽然在黄昏时分，我的这位书生朋友总觉得不大像样子。今年我却看见满街都是的，这就是所谓上行下效罢？

夏威衣翻领像西服的上装，对襟面袖，前后等长，不收底边，不开岔儿，比衬衫短些。除了翻领，简直跟中国的短衫或小衫一般无二。但短衫穿不上街，夏威衣即可堂哉皇哉在重庆市中走来走去。那翻领是具体而微的西服，不缺少洋味，至于凉快，也是有的。夏威衣的确比衬衫通风；而看起来飘飘然，心上也爽利。重庆的夏威衣五光十色，好像白绸子黄卡叽居多，土布也有，绸的便更见其飘飘然，配长裤的好像比配短裤的多一些。在人行道上有时通过持续来了三五件夏威衣，一阵飘过去似的，倒也别有风味，参差零落就差点劲儿。夏威衣在重庆似乎比皮茄克还普遍些，因为便宜得多，但不知也会像皮茄克那样上品否。到了成都时，宴会上遇见一位上海新来的青年衬衫短裤入门，却不喜欢夏威衣（他说上海也有），说是无礼貌。这可是在成都、重庆人大概不会这样想吧？

1944年9月7日作

回来杂记

回到北平来，回到原来服务的学校里，好些老工友见了面用道地的北平话道：您回来啦！是的，回来啦。去年刚一胜利，不用说是想回来的。可是这一年来的情形使我回来的心淡了，想象中的北平，物价像潮水一般涨，整个的北平也像在潮水里晃荡着。然而我终于回来了。飞机过北平城上时，那棋盘似的房屋，那点缀看的绿树，那紫禁城，那一片黄琉璃瓦，在晚秋的夕阳里，真美。在飞机上看北平市，我还是第一次。这一看使我联带的想起北平的多少老好处，我忘怀一切，重新爱起北平来了。

在西南接到北平朋友的信，说生活虽艰难，还不至如传说之甚，说北平的街上还跟从前差不多的样子。是的，北平就是粮食贵得凶，别的还差不离儿。因为只有粮食贵得凶，所以从上海来的人，简直松了一大口气，只说便宜呀！便宜呀！我们从重庆来的，却没有这样胃口。再说虽然只有粮食贵得凶，然而粮食是人人要吃日日要吃的。这是一个浓重的阴影，罩着北平的将来。但是现在谁都有点儿且顾眼前，将来，管得它呢！粮食以外，日常生活的必需品，大致看来不算少；不是必需而带点儿古色古香的那就更多。旧家具，小玩意儿，在小市里，地摊上，有得挑选的，价钱合式，有时候并且很贱。这是北平老味道，就是不大有耐心去逛小市和地摊的我，也深深在领略着。从这方面看，北平算得是有的都市，西南几个大城比起来真寒尘相了。再去故宫一看，吓，可了不得！虽然曾游过多少次，可是从西南回来这是第一次。东西真多，小市和地摊儿自然不在话下。逛故宫简直使人不想买东西，买来买去，买多买少，算得什么玩意儿！北平真有，真有它的！

北平不但在这方面和从前一样有，并且在整个生活上也差不多和从前一样闲。本来有电车，又加上了公共汽车，然而大家还是悠悠儿的。电车有时来得很慢，要等得很久。从前似乎不至如此，也许是线路加多，车辆并没有比例的加多吧？公共汽车也是来得慢，也要等得久。好在大家有的是闲工夫，慢点儿无妨，多等点时候也无妨。可是刚从重庆来的却有些不耐烦。别瞧现在重庆的公共汽车不漂亮，可是快，上车，卖票，下车都快。也许是无事忙，可是快是真的。就是在排班等着罢，眼看着一辆辆来车片刻间上满了客开了走，也觉痛快，比望眼欲穿的看不到来车的影子总好受些。重庆的公共汽车有时也挤，可是从来没有像我那回坐宣武门到前门的公共汽车那样，一面挤得不堪，一面卖票人还在中途站从容的给争着上车的客人排难解纷。这真闲得可以。

现在北平几家大型报都有几种副刊，中型报也有在拉人办副刊的。副刊的水准很高，学术气非常重。各报又都特别注重学校消息，往往专辟一栏登载。前一种现象别处似乎没有，后一种现象别处虽然有，却不像这儿的认真——几乎有闻必录。北平早就被称为大学城和文化城，这原是旧调重弹，不过似乎弹得更响了。学校消息多，也许还可以认为有点生意经；也许北平学生多，这么着报可以多销些？副刊多却决不是生意经，因为有些副刊的有些论文似乎只有一些大学教授和研究院学生能懂。这种论文原应该出现在专门杂志上，但目前出不起专门杂志，只好暂时委屈在日报的余幅上：这在编副刊的人是有理由的。在报馆方面，反正可以登载的材料不多，北平的广告又未必太多，多来它几个副刊，一面配合着这古城里看重读书人的传统，一面也可以镇静镇静这多少有点儿晃荡的北平市，自然也不错。学校消息多，似乎也有点儿配合着看重读书人的传统的意思。研究学术本来要悠闲，这古城里向来看重的读书人正是那悠闲的读书人。我也爱北平的学术空气。自己也只是一个悠困的读书人，并且最近也主编了一个带学术性的副刊，不过还是觉得这么多的这么学术的副刊确是北平特有的闲味儿。

然而北平究竟有些和从前不一样了。说它有罢，它有贵重的古董玩器，据说现在主顾太少了。从前买古董玩器送礼，可以巴结个一官半职的。现在据说懂得爱古董玩器的就太少了。礼还是得送，可是上了句古话，什么人爱钞，什么人都爱钞了。这一来倒是简单明了，不过不是老味道了。古董玩器的冷落还不足奇，更使我注意的是中山公园和北海等名胜的地方，也萧条起来了。我刚回来的时候，天气还不冷，有一天带着孩子们去逛北海。大礼拜的，漪澜堂的茶座上却只寥寥的几个人。听隔家茶座的伙计在向一位客人说没有点心卖，他说因为客人少，不敢预备。这些原是中等经济的人物常到的地方；他们少来，大概是手头不宽心头也不宽了吧。

中等经济的人家确乎是紧起来了。一位老住北平的朋友的太太，原来是大家小姐，不会做家里粗事，只会做做诗，画画画。这回见了面，瞧着她可真忙。她告诉我，佣人减少了，许多事只得自己干；她笑着说现在操练出来了。她帮忙我捆书，既麻利，也还结实；想不到她真操练出来了。这固然也是好事，可是北平到底不和从前一样了。穷得没办法的人似乎也更多了。我太太有一晚九点来钟带着两个孩子走进宣武门里一个小胡同，刚进口不远，就听见一声：站住！向前一看，十步外站着一个人，正在从黑色的上装里掏什么，说时迟，那时快，顺着灯光一瞥，掏出来的乃是一把明晃晃的尖刀！我太太大声怪叫，赶紧转身向胡同口跑，孩子们也跟着怪叫，跟着跑。绊了石头，母子三个都摔倒；起来回头一看，那人也转了身向胡同里跑。这个人穿得似乎还不寒尘，白白的脸，年轻轻的。想来是刚走这个道儿，要不然，他该在胡同中间等着，等来人近身再喊站住！这也许真是到了无可奈何才来走险的。近来报上常见路劫的记载，想来这种新手该不少罢。从前自然也有路劫，可没有听说这么多。北平是不一样了。

电车和公共汽车虽然不算快，三轮车却的确比洋车快得多。这两种车子的竞争是机械和人力的竞争，洋车显然落后。洋车夫只好更贱卖自己的劳力。有一回雇三轮儿，出价四百元，三轮儿定要五百元。一个洋车夫赶上来说，我去，我去。上了车他向我说要不是三轮儿，这么远这个价他是不干的。还有在雇三轮儿的时候常有洋车夫赶上来，若是不理他，他会说，不是一样吗？可是，就不一样！三轮车以外，自行车也大大的增加了。骑自行车可以省下一大笔交通费。出钱的人少，出力的人就多了。省下的交通费可以帮补帮补肚子，虽然是小补，到底是小补啊。可是现在北平街上可不是闹着玩儿的，骑车不但得出力，有时候还得拚命。按说北平的街道够宽的，可是近来常出事儿。我刚回来的一礼拜，就死伤了五六个人。其中王振华律师就是在自行车上被撞死的。这种交通的混乱情形，美国军车自然该负最大的责任。但是据报载，交通警察也很怕咱们自己的军车。警察却不怕自行车，更不怕洋车和三轮儿。他们对洋车和三轮儿倒是一视同仁，一个不顺眼就拳脚一齐来。曾在宣武门里一个胡同口看见一辆三轮儿横在口儿上和人讲价，一个警察走来，不问三七二十一，抓住三轮车夫一顿拳打脚踢。拳打脚踢倒从来如此，他却骂得怪，他骂道，×你有民主思想的妈妈！那车夫挨着拳脚不说话，也是从来如此。可是他也怪，到底是三轮车夫罢，在警察去后，却向着背影责问道，你有权利打人吗？这儿看出了时代的影子，北平是有点儿晃荡了。

别提这些了，我是贪吃得了胃病的人，还是来点儿吃的。在西南大家常谈到北平的吃食，这呀那的，一大堆。我心里却还惦记一样不登大雅的东西，就是马蹄儿烧饼夹果子。那是一清早在胡同里提着筐子叫卖的。这回回来却还没有吃到。打听住家人，也说少听见了。这马蹄儿烧饼用硬面做，用吊炉烤，薄薄的，却有点儿韧，夹果子（就是脆而细的油条）最是相得益彰，也脆，也有咬嚼，比起有心子的芝麻酱烧饼有意思得多。可是现在劈柴贵了，吊炉少了，做马蹄儿并不能多卖钱，谁乐意再做下去！于是大家一律用芝麻酱烧饼来夹果子了。芝麻酱烧饼厚，倒更管饱些。然而，然而不一样了。

中国学术的大损失——悼闻一多先生

一

闻一多先生在昆明惨遭暗杀，激起全国的悲愤。这是民主运动的大损失，又是中国学术的大损失。关于后一方面，作者知道的比较多，现在且说个大概，来追悼这一位多年敬佩的老朋友。

大家都知道闻先生是一位诗人。他的《红烛》，尤其他的《死水》，读过的人很多。这些集子的特色之一，是那些爱国诗。在抗战以前有也许是惟一的爱国新诗人。这里可以看出他对文学的态度。新文学运动以来，许多作者都认识了文学的政治性和社会性而有所表现，可是闻先生认识得特别亲切，表现得特别强调。他在过去的诗人中最敬爱杜甫，就因为杜诗政治性和社会性最浓厚。后来他更进一步，注意原始人的歌舞：这是集团的艺术，也是与生活打成一片的艺术。他要的是热情，是力量，是火一样的生命。

但是他并不忽略语言的技巧，大家都记得他是提倡诗的新格律的人，也是创造诗的新格律的人。他创造自己的诗的语言，并且创造自己的散文的语言。诗大家都知道，不必细说；散文如《唐诗杂论》，可惜只有五篇，那经济的字句，那完密而短小的篇幅，简直是诗。我听他近来的演说，有两三回也是这么精悍，字字句句好似称量而出，却又那么自然流畅。他因此也特别能够体会古代语言的曲折处。当然，以上这些都是得靠学力，但是更得靠才气，也就是想象。但就读古书而论，固然得先通文字声韵之学；可是还不够，要没有活泼的想象力，就只能做出点滴的饾饤的工作，决不能融会贯通的。这里需要细心，更需要大胆。闻先生能够体会到古代语言的表现方式，他的校勘古书，有些地方胆大得吓人，但却是细心吟味所得；平心静气读下去，不由人不信。校书本有死校活校之分；他自然是活校，而因为知识和技术的一般进步，他的成就骎骎乎驾活校的高邮王氏父子而上之。

他研究中国古代，可是他要使局部化了石的古代复活在现代人的心目中。因为这古代与现代究竟属于一个社会，一个国家，而历史是联贯的。我们要客观的认识古代；可是，是"我们"在客观的认识古代，现代的我们要能够在心目中想像古代的生活，要能够在心目中分享古代的生活，才能认识那活的古代，也许才是那真的古代——这也才是客观的认识古代。闻先生研究伏羲的故事或神话，是将这神话跟人们的生活打成一片；神话不是空想，不是娱乐，而是人民的生命欲和生活力的表现。这是死活存亡的消息，是人与自然斗争的纪录，非同小可。他研究《楚辞》的神话，也是一样的态度。他看屈原，也将他放在整个时代整个社会里看。他承认屈原是伟大的天才；但天才是活人，不是偶像，只有这么看，屈原的真面目也许才能再现在我们心中。他研究《周易》里的故事，也是先有一整个社会的影像在心里。研究《诗经》也如此，他看出那些情诗里不少歌咏性生活的句子；他常说笑话，说他研究《诗经》，越来越“行而下”了——其实这正表现着生命的力量。

他是有幽默感的人；他的认识古代，有时也靠着这种幽默感。看《匡斋尺牍》里《狼跋》一篇，便知道他能够体会到别人从不曾体会到的古人的幽默感。而所谓“匡斋”本于匡衡说诗解人颐那句话，正是幽默的意思。他的《死水》里《闻一多先生的书桌》，也是一首难得的幽默的诗。他有着强大的生命力，常跟我们说要活到八十岁，现在还不满四十八岁，竟惨死在那卑鄙恶毒的枪下！有个学生曾瞻仰他的遗体，见他“遍身血迹，双手抱头，全身痉挛”。唉！他是不甘心的，我们也是不甘心的！

二

闻先生的惨死尤其是中国文学方面一个不容易补偿的损失。

闻先生的专门研究是《周易》、《诗经》、《庄子》、《楚辞》、唐诗，许多人都知道。他的研究工作至少有了二十年，发表的文字虽然不算太多，但积存的稿子却很多。这些并非零散的稿子，大都是成篇的，而且他亲手抄写得很工整。只是他总觉得还不够完密，要再加些工夫才愿意编篇成书。这可见他对于学术忠实而谨慎的态度。

他最初在唐诗上多用力量。那时已见出他是个考据家，并已见出他的考据的本领。他注重诗人的年代和诗的年代。关于唐诗的许多错误的解释与错误的批评，都由于错误的年代。他曾将唐代一部分诗人生卒年代可考者制成一幅图表，谁看了都会一目了然。他是学过图案画的，这帮助他在考据上发现了一种新技术；这技术是值得发展的。但如一般所知，他又是个诗人，并且是个在领导地位的新诗人，他亲自经过创作的甘苦，所以更能欣赏诗人与诗。他的《唐诗杂论》虽然只有五篇。但都是精彩逼人之作。这些不但将欣赏和考据融化得恰到好处，并且创造了一种诗样精粹的风格，读起来句句耐人寻味。

后来他在《诗经》、《楚辞》上多用力量。我们知道要了解古代文学，必须从语言下手，就是从文字声韵下手。但必须能够活用文字声韵的种种条例，才能有所创获。闻先生最佩服王念孙父子，常将《读书杂志》、《经义述闻》当作消闲的书读着。他在古书通读上有许多惊人而确切的发明。对于甲骨文和金文，也往往有独到之见。他研究《诗经》，注重那时代的风俗和信仰等等；这几年更利用弗洛伊德以及人类学的理论得到一些深入的解释。他对《楚辞》的兴趣似乎更大，而尤集中于其中的神话。他的研究神话，实在给我们学术界开辟了一条新的大路。关于伏羲的故事，他曾将许多神话综合起来，头头是道，创见最多，关系极大。曾听他谈过大概，可惜写出来的还只是一小部分。他研究《周易》，是爱其中的片段的故事，注重的是社会生活经济生活的表现。近三四年他又专力研究《庄子》,探求原始道教的面目,并发见庄子一派政治上不合作的态度。以上种种都跟传统的研究不同:眼光扩大了,深入了,技术也更进步了,更周密了。所以贡献特别多,特别大。近年他又注意整个的中国文学史,打算根据经济史观去研究一番,可惜还没有动手就殉了道。

这真是我们一个不容易补偿的损失啊!

教育家的夏丏尊先生

夏丏尊先生是一位理想家。他有高远的理想,可并不是空想,他少年时倾向无政府主义,一度想和几个朋友组织新村,自耕自食,但是没有实现。他办教育,也是理想主义的。最足以表现他的是浙江上虞白马湖的春晖中学,那时校长是已故的经子渊先生(亨颐)。但是他似乎将学校的事全交给了夏先生。是夏先生约集了一班气味相投的教师,招来了许多外地和本地的学生,创立了这个中学。他给学生一个有诗有画的学术环境,让他们按着个性自由发展。学校成立了两年,我也去教书,刚一到就感到一种平静亲和的氛围气,是别的学校没有的。我读了他们的校刊,觉得特别亲切有味,也跟别的校刊大不同。我教着书,看出学生对文学和艺术的欣赏力和表现力都比别的同级的学校高得多。

但是理想主义的夏先生终于碰着实际的壁了。他跟他的多年的老朋友校长经先生意见越来越差异,跟他的至亲在学校任主要职务的意见也不投合;他一面在私人关系上还保持着对他们的友谊和亲谊;一面在学校政策上却坚执着他的主张,他的理论,不妥协,不让步。他不用强力,只是不合作;终于他和一些朋友都离开了春晖中学。朋友中匡互生等几位先生便到上海创办立达学园；可是夏先生对办学校从此灰心了。但他对教育事业并不灰心，这是他安身立命之处；于是又和一些朋友创办开明书店，创办《中学生杂志》，写作他所专长的国文科的指导书籍。《中学生杂志》和他的书的影响，是大家都知道的。他是始终献身于教育，献身于教育的理想的人。

夏先生是以宗教的精神来献身于教育的。他跟李叔同先生是多年好友。他原是学工的，他对于文学和艺术的兴趣，也许多少受了李先生的影响。他跟李先生有杭州省立第一师范学校同事，校长就是经子渊先生。李先生和他都在实践感化教育，的确收了效果；我从受过他们的教的人可以亲切的看出。后来李先生出了家，就是弘一师。夏先生和我说过，那时他也认真的考虑过出家。他虽然到底没有出家，可是受弘一师的感动极大，他简直信仰弘一师。自然他对佛教也有了信仰，但不在仪式上。他是热情的人，他读《爱的教育》，曾经流了好多泪。他翻译这本书，是抱着佛教徒了愿的精神在动笔的，从这件事上可以见出他将教育和宗教打成一片。这也正是他的从事教育事业的态度。他爱朋友，爱青年，他关心他们的一切。在春晖中学时，学生给他一个绰号叫做“批评家”，同事也常和他开玩笑，说他有“支配欲”。其实他只是太关心别人了，忍不住参加一些意见罢了。他的态度永远是亲切的，他的说话也永远是亲切的。

夏先生才真是一位诲人不倦的教育家。

1946年7月5日作。

刘云波女医师

刘云波是成都的一位妇产科女医师，在成都执行医务，上十年了。她自己开了一所宏济医院，抗战期中兼任成都中央军校医院妇产科主任，又兼任成都市立医院妇产科主任。胜利后军校医院复员到南京，她不能分身前去，去年又兼任了成都高级医事职业学校的校长，我写出这一串履历，见出她是个忙人。忙人原不稀奇，难得的她决不挂名而不做事；她是真的忙于工作，并非忙于应酬等等。她也不因为忙而马虎，却处处要尽到她的责任。忙人最容易搭架子，瞧不起别人，她却没有架子，所以人缘好——就因为人缘好所以更忙。这十年来成都人找过她的太多了，可是我们没有听到过不满意她的话。人缘好，固然；更重要的是她对于病人无微不至的关切。她不是冷冰冰的在尽她的责任，尽了责任就算完事；她是“念兹在兹”的。

刘医师和内人在中学里同学，彼此很要好。抗战后内人回到成都故乡，老朋友见面，更是高兴。内人带着三个孩子在成都一直住了六年，这中间承她的帮助太多，特别在医药上。他们不断的去她的医院看病，大小四口都长期住过院，我自己也承她送打了二十四针，治十二指肠溃疡。我们熟悉她的医院，深知她的为人，她的确是一位亲切的好医师。她是在德国耶拿大学学的医，在那儿住了也上十年。在她自己的医院里，除妇产科外她也看别的病，但是她的主要的也是最忙的工作是接生，找她的人最多。她约定了给产妇接生，到了期就是晚上睡下也在留心着电话。电话来了，或者有人来请了，她马上起来坐着包车就走。有一回一个并未预约的病家，半夜里派人来请。这家人疏散在郊外，从来没有请她去看过产妇，也没有个介绍的人。她却毅然的答应了去。包车到了一处田边打住，来请的人说还要走几条田埂才到那家。那时夜黑如墨，四望无人，她想，该不会是绑票匪的骗局罢？但是只得大着胆子硬起头皮跟着走。受了这一次虚惊，她却并不说以后不接受这种半夜里郊外素不相知的人家的邀请，她觉得接生是她应尽的责任。

她的责任感是充满了热情的。她对于住在她的医院里的病人，因为接近，更是时刻的关切着——老看见她叮嘱护士小姐们招呼这样那样的。特别是那种情形严重的病人，她有时候简直睡不着的惦记着。她没有结婚，常和内人说她把病人当做了爱人。这决不是一句漂亮话，她是认真的爱着她的病人的。她是个忠诚的基督徒，有着那大的爱的心，也可以说是“慈母之心”——我曾经写过一张横披送给她，就用的这四个字。她不忽略穷的病家，住在她的医院里的病人，不论穷些富些，她总叮嘱护士小姐们务必一样的和气，不许有差别。如果发觉有了差别，她是要不留情的教训的。街坊上的穷家到她的医院里看病，她常免他们的费，她也到这些穷人家里去免费接生。对于朋友自然更厚。有一年我们的三个孩子都出疹子,两岁的小女儿转了猩红热,两个男孩子转了肺炎,那时我在昆明,内人一个人要照管这三个严重的传染病人。幸而刘医师特许小女住到她的医院里去。她尽心竭力的奔波着治他们的病,用她存着的最有效的药,那些药在当时的成都是极难得的。小女眼看着活不了,却终于在她手里活了起来,真是凭空的捡来了一条命!她知道教书匠的穷,一个钱不要我们的。后来她给我们看病吃药,也从不收一个钱。

我们呢,却只送了"秀才人情"的一幅对子给她,文字是"生死人而肉白骨,保赤子如拯斯民",特地请叶圣陶兄写;这是我们的真心话。我们当然感谢她,但是更可佩服的是她那把病人当做爱人的热情和责任感。

刘医师是遂宁刘万和先生的二小姐。刘老先生手创了成都的刘万和绸布庄,这到现在还是成都数一数二的大铺子。刘老太太是一位慈爱的勤俭的老太太,她行的家庭教育是健康的。刘医师敬爱着这两位老人。不幸老太太去世得早,老先生在抗战前一年也去世了,留下了很多幼小者。刘医师在耶拿大学得了博士学位,原想再研究些时候,这一来却赶着回到家里,负起了教育弟弟们的重任。她爱弟弟们,管教得却很严。现在弟弟们都成了年,她又在管着侄儿侄女们了。这也正是她的热情和责任感的表现。她出身在富家,富家出身的人原来有啬刻的,也有慷慨的,她的慷慨还不算顶稀奇。真正难得的是她那不会厌倦的同情和不辞劳苦的服务。富家出身的人往往只知道贪图安逸,像她这样给自己找麻烦的人实在少有。再说一般的医师,也是冷静而认真就算是好,像她这样对于不论什么病人都亲切,恐怕也是凤毛麟角罢!

1948 年 3 月 17 日作

松堂游记

去年夏天，我们和S君夫妇在松堂住了三日。难得这三日的闲，我们约好了什么事不管，只玩儿，也带了两本书，却只是预备闲得真没办法时消消遣的。

出发的前夜，忽然雷雨大作。枕上颇为怅怅，难道天公这么不做美吗！第二天清早，一看却是个大晴天。上了车，一路树木带着宿雨，绿得发亮，地下只有一些水塘，没有一点尘土，行人也不多。又静，又干净。

想着到还早呢，过了红山头不远，车却停下了。两扇大红门紧闭着，门额是国立清华大学西山牧场。拍了一会门，没人出来，我们正在没奈何，一个过路的孩子说这门上了锁，得走旁门。旁门上接着牌子，"内有恶犬"。小时候最怕狗，有点赵趄。门里有人出来，保护着进去，一面吆喝着汪汪的群犬，一面只是说，"不碍不碍"。

过了两道小门，真是豁然开朗，别有天地。一眼先是亭亭直上，又刚健又婀娜的白皮松。白皮松不算奇，多得好，你挤着我我挤着你也不算奇，疏得好，要象住宅的院子里，四角上各来上一棵，疏不是？谁爱看？这儿就是院子大得好，就是四方八面都来得好。中间便是松堂，原是一座石亭子改造的，这座亭子高大轩敞，对得起那四围的松树，大理石柱，大理石栏杆，都还好好的，白，滑，冷。白皮松没有多少影子，堂中明窗净几，坐下来清清楚楚觉得自己真太小。在这样高的屋顶下。树影子少，可不热，廊下端详那些松树灵秀的姿态，洁白的皮肤，隐隐的一丝儿凉意便袭上心头。

堂后一座假山，石头并不好，堆叠得还不算傻瓜。里头藏着个小洞，有神龛，石桌，石凳之类。可是外边看，不仔细看不出，得费点心去发现。假山上满可以爬过去，不顶容易，也不顶难。后山有座无梁殿，红墙，各色琉璃砖瓦，屋脊上三个瓶子，太阳里古艳照人。殿在半山，岿然独立，有俯视八极气象。天坛的无梁殿太小，南京灵谷寺的太黯淡，又都在平地上。山上还残留着些旧碉堡，是乾隆打金川时在西山练健锐云梯营用的，在阴雨天或斜阳中看最有味。又有座白玉石牌坊，和碧云寺塔院前那一座一般，不知怎样，前年春天倒下了，看着怪不好过的。

可惜我们来的还不是时候，晚饭后在廊下黑暗里等月亮，月亮老不上，我们什么都谈，又赌背诗词，有时也沉默一会儿。黑暗也有黑暗的好处，松树的长影子阴森森的有点象鬼物拿土。但是这么看的话，松堂的院子还差得远，白皮松也太秀气，我想起郭沫若君《夜步十里松原》那首诗，那才够阴森森的味儿——而且得独自一个人。好了，月亮上来了，却又让云遮去了一半，老远的躲在树缝里，象个乡下姑娘，羞答答的。从前人说：“千呼万唤始出来，犹抱琵琶半遮面。”真有点儿！云越来越厚，由他罢，懒得去管了。可是想，若是一个秋夜，刮点西风也好。虽不是真松树，但那奔腾澎湃的“涛”声也该得听吧。

西风自然是不会来的。临睡时，我们在堂中点上了两三支洋蜡。怯怯的焰子让大屋顶压着，喘不出气来。我们隔着烛光彼此相看，也象蒙着一层烟雾。外面是连天漫地一片黑，海似的。只有远近几声犬吠，教我们知道还在人间世里。

潭柘寺戒坛寺

早就知道潭柘寺戒坛寺。在商务印书馆的《北平指南》上，见过潭柘的铜图，小小的一块，模模糊糊的，看了一点没有想去的意思。后来不断地听人说起这两座庙；有时候说路上不平静；有时候说路上红叶好。说红叶好的劝我秋天去；但也有人劝我夏天去。有一回骑驴上八大处，赶驴的问逛过潭柘没有，我说没有。他说潭柘风景好，那儿满是老道，他去过，离八大处七八十里地，坐轿骑驴都成。我不大喜欢老道的装束，尤其是那满蓄着的长头发，看上去罗里罗唆龌里龌龊的。更不想骑驴走七八十里地，因为我知道驴子与我都受不了。真打动我的倒是"潭柘寺"这个名字。不懂不是？就是不懂的妙。惰懒的人念成"潭柘"，那更莫名其妙了。这怕是中国文法的花样；要是来个欧化，说是"潭和柘的寺"，那就用不着咬嚼或吟味了。还有在一部诗话里看见近人咏戒坛松的七古，诗腾挪夭矫，想来松也如此。所以去。但是在夏秋之前的春天，而且是早春；北平的早春是没有花的。

这才认真打听去过的人。有的说住潭柘好，有的说住戒坛好。有的人说路太难走，走到了筋疲力尽，再没兴致玩儿；有人说走路有意思。又有人说，去时坐了轿子，半路上前后两个轿夫吵起来，把轿子搁下，直说不抬了。于是心中暗自决定，不坐轿，也不走路；取中道，骑驴子。又按普通说法，总是潭柘寺在前，戒坛寺在后，想着戒坛寺一定远些；于是决定住潭柘，因为一天回不来，必得住。门头沟下车时，想着人多，怕雇不着许多驴，但是并不然——雇驴的时候，才知道戒坛去便宜一半，那就是说近一半。这时候自己忽然逞起能来，要走路。走罢。

这一段路可够瞧的。象是河床，怎么也挑不出没有石子的地方，脚底下老是绊来绊去的，教人心烦。又没有树木，甚至于没有一根草。这一带原是煤窑，拉煤的大车往来不绝，尘土里饱和着煤屑，变成黯淡的深灰色，教人看了透不出气来。走一点钟光景，自己觉得已经有点办不了，怕没有走到便筋疲力尽；幸而山上下来一条驴，如获至宝似地雇下，骑上去。这一天东风特别大。平常骑驴就不稳，风一大真是祸不单行。山上东西都有路，很窄，下面是斜坡；本来从西边走，驴夫看风势太猛，将驴拉上东路。就这么着，有一回还几乎让风将驴吹倒；若走西边，没有准儿会驴我同归哪。想起从前人画风雪骑驴图，极是雅事；大概那不是上潭柘寺去的。驴背上照例该有些诗意，但是我，下有驴子，上有帽子眼镜，都要照管；又有迎风下泪的毛病，常要掏手巾擦干。当其时真恨不得生出第三只手来才好。

东边山峰渐起，风是过不来了；可是驴也骑不得了，说是坎儿多。坎儿可真多。这时候精神倒好起来了：崎岖的路正可以练腰脚，处处要眼到心到脚到，不象平地上。人多更有点竞赛的心理，总想走上最前头去；再则这儿的山势虽然说不上险，可是突兀，丑怪，chan刻的地方有的是。我们说这才有点儿山的意思；老象八大处那样，真教人气闷闷的。于是一直走到潭柘寺后门；这段坎儿路比风里走过的长一半，小驴毫无用处，驴夫说："咳，这不过给您做个伴儿！"

墙外先看见竹子，且不想进去。又密，又粗，虽然不够绿。北平看竹子，真不易。又想到八大处了，大悲庵殿前那一溜儿，薄得可怜，细得也可怜，比起这儿，真是小巫见大巫了。进去过一道角门，门旁突然亭亭地矗立着两竿粗竹子，在墙上紧紧地挨着；要用批文章的成语，这两竿竹子足称得起"天外飞来之笔"。

正殿屋角上两座琉璃瓦的鸱吻，在台阶下看，值得徘徊一下。神话说殿基本是青龙潭，一夕风雨，顿成平地，涌出两鸱吻。只可惜现在的两座太新鲜，与神话的朦胧幽秘的境界不相称。但是还值得看，为的是大得好，在太阳里嫩黄得好，闪亮得好；那拴着的四条黄铜链子也映衬得好。寺里殿很多，层层折折高上去，走起来已经不平凡，每殿大小又不一样，塑像摆设也各出心裁。看完了，还觉得无穷无尽似的。正殿下延清阁是待客的地方，远处群山象屏障似的。屋子结构甚巧，穿来穿去，不知有多少间，好象一所大宅子。可惜尘封不扫，我们住不着。话说回来，这种屋子原也不是预备给我们这么多人挤着住的。寺门前一道深沟，上有石桥；那时没有水，若是现在去，倚在桥上听潺潺的水声，倒也可以忘我忘世。边桥四株马尾松，枝枝覆盖，叶叶交通，另成一个境界。西边小山上有个古观音洞。洞无可看，但上去时在山坡上看潭柘的侧面，宛如仇十洲的《仙山楼阁图》；往下看是陡峭的沟岸，越显得深深无极，潭柘简直有海上蓬莱的意味了。寺以泉水著名，到处有石槽引水长流，倒也涓涓可爱。只是流觞亭雅得那样俗，在石地上楞刻着蚰蚓般的槽；那样流觞，怕只有孩子们愿意干。现在兰亭的"流觞曲水"也和这儿的一鼻孔出气，不过规模大些。晚上因为带的铺盖薄，冻得睁着眼，却听了一夜的泉声；心里想要不冻着，这泉声够多清雅啊！寺里并无一个老道，但那几个和尚，满身铜臭，满眼势利，教人老不能忘记，倒也麻烦的。

第二天清早，二十多人满雇了牲口，向戒坛而去，颇有浩浩荡荡之势。我的是一匹骡子，据说稳得多。这是第一回，高高兴兴骑上去。这一路要翻罗喉岭。只是土山，可是道儿窄，又曲折；虽不高，老那么凸凸凹凹的。许多处只容得一匹牲口过去。平心说，是险点儿。想起古来用兵，从间道袭敌人，许也是这种光景罢。

戒坛在半山上，山门是向东的。一进去就觉得平旷；南面只有一道低低的砖栏，下边是一片平原，平原尽处才是山，与众山屏蔽的潭柘气象便不同。进二门，更觉得空阔疏朗，仰看正殿前的平台，仿佛汪洋千顷。这平台东西很长，是戒坛最胜处，眼界最宽，教人想起"振衣千仞冈"的诗句。三株名松都在这里。"卧龙松"与"抱塔松"同是偃仆的姿势，身躯奇伟，鳞甲苍然，有飞动之意。"九龙松"老干槎丫，如张牙舞爪一般。若在月光底下，森森然的松影当更有可看。此地最宜低回流连，不是匆匆一览所可领略。潭柘以层折胜，戒坛以开朗胜；但潭柘似乎更幽静些。戒坛的和尚，春风满面，却远胜于潭柘的；我们之中颇有悔不该住潭柘的。戒坛后山上也有个观音洞。洞宽大而深，大家点了火把嚷嚷闹闹地下去；半里光景的洞满是油烟，满是声音。洞里有石虎，石龟，上天梯，海眼等等，无非是凑凑人的热闹而已。

还是骑骡子。回到长辛店的时候，两条腿几乎不是我的了。

南　京

南京是值得留连的地方，虽然我只是来来去去，而且又都在夏天。也想夸说夸说，可惜知道的太少；现在所写的，只是一个旅行人的印象罢了。

逛南京像逛古董铺子，到处都有些时代侵蚀的遗痕。你可以摩挲，可以凭吊，可以悠然遐想；想到六朝的兴废，王谢的风流，秦淮的艳迹。这些也许只是老调子，不过经过自家一番体贴，便不同了。所以我劝你上鸡鸣寺去，最好选一个微雨天或月夜。在朦胧里，才酝酿着那一缕幽幽的古味。你坐在一排明窗的豁蒙楼上，吃一碗茶，看面前苍然蜿蜒着的台城。台城外明净荒寒的玄武湖就像大涤子的画。豁蒙楼一排窗子安排得最有心思，让你看的一点不多，一点不少。寺后有一口灌园的井，可不是那陈后主和张丽华躲在一堆儿的“胭脂井”。那口胭脂井不在路边，得破费点工夫寻觅。井栏也不在井上；要看，得老远地上明故宫遗址的古物保存所去。

从寺后的园地，拣着路上台城；没有垛子，真像平台一样。踏在茸茸的草上，说不出的静。夏天白昼有成群的黑蝴蝶，在微风里飞；这些黑蝴蝶上下旋转地飞，远看像一根粗的圆柱子。城上可以望南京的每一角。这时候若有个熟悉历代形势的人，给你指点，隋兵是从这角进来的，湘军是从那角进来的，你可以想象异样装束的队伍，打着异样的旗帜，拿着异样的武器，汹汹涌涌地进来，远远仿佛还有哭喊之声。假如你记得一些金陵怀古的诗词，趁这时候暗诵几回，也可印证印证，许更能领略作者当日的情思。

从前可以从台城爬出去，在玄武湖边；若是月夜，两三个人，两三个零落的影子，歪歪斜斜地挪移下去，够多好。现在可不成了，得出寺，下山，绕着大弯儿出城。七八年前，湖里几乎长满了苇子，一味地荒寒，虽有好月光，也不大能照到水上；船又窄，又小，又漏，教人逛着愁着。这几年大不同了，一出城，看见湖，就有烟水苍茫之意；船也大多了，有藤椅子可以躺着。水中岸上都光光的；亏得湖里有五个洲子点缀着，不然便一览无余了。这里的水是白的，又有波澜，俨然长江大河的气势，与西湖的静绿不同，最宜于看月，一片空蒙，无边无界。若在微醺之后，迎着小风，似睡非睡地躺在藤椅上，听着船底汩汩的波响与不知何方来的箫声，真会教你忘却身在哪里。五个洲子似乎都局促无可看，但长堤宛转相通，却值得走走。湖上的樱桃最出名。据说樱桃熟时，游人在树下现买，现摘，现吃，谈着笑着，多热闹的。

清凉山在一个角落里，似乎人迹不多。扫叶楼的安排与豁蒙楼相仿佛，但窗外的景象不同。这里是滴绿的山环抱着，山下一片滴绿的树；那绿色真是扑到人眉宇上来。若许我再用画来比，这怕像王石谷的手笔了。在豁蒙楼上不容易坐得久，你至少要上台城去看看。在扫叶楼上却不想走；窗外的光景好像满为这座楼而设，一上楼便什么都有了。夏天去确有一股“清凉”味。这里与豁蒙楼全有素面吃，又可口，又贱。

莫愁湖在华严庵里。湖不大，又不能泛舟，夏天却有荷花荷叶，临湖一带屋子，凭栏眺望，也颇有远情。莫愁小像，在胜棋楼下，不知谁画的，大约不很古吧；但脸子开得秀逸之至，衣褶也柔活之至，大有“挥袖凌虚翔”的意思；若让我题，我将毫不踌躇地写上“仙乎仙乎”四字。另有石刻的画像，也在这里，想来许是那一幅画所从出；但生气反而差得多。这里虽也临湖，因为屋子深，显得阴暗些；可是古色古香，阴暗得好。诗文联语当然多，只记得王湘绮的半联云：“莫轻他北地胭脂，看艇子初来，江南儿女无颜色。”气概很不错。所谓胜棋楼，相传是明太祖与徐达下棋，徐达胜了，太祖便赐给他这一所屋子。太祖那样人，居然也会做出这种雅事来了。左手临湖的小阁却敞亮得多，也敞亮得好。有曾国藩画像，忘记是谁横题着“江天小阁坐人豪”一句。我喜欢这个题句，“江天”与“坐人豪”，景象阔大，使得这屋子更加开朗起来。

秦淮河我已另有记。但那文里所说的情形，现在已大变了。从前读《桃花扇》《板桥杂记》一类书，颇有沧桑之感；现在想到自己十多年前身历的情形，怕也会有沧桑之感了。前年看见夫子庙前旧日的画舫，那样狼狈的样子，又在老万全酒栈看秦淮河水，差不多全黑了，加上巴掌大，透不出气的所谓秦淮小公园，简直有些厌恶，再别提做什么梦了。贡院原也在秦淮河上，现在早拆得只剩一点儿了。民国五年父亲带我去看过，已经荒凉不堪，号舍里草都长满了。父亲曾经办过江南闱差，熟悉考场的情形，说来头头是道。他说考生入场时，都有送场的，人很多，门口闹嚷嚷的。天不亮就点名，搜夹带。大家都归号。似乎直到晚上，头场题才出来，写在灯牌上，由号军扛着在各号里走。所谓“号”，就是一条狭长的胡同，两旁排列着号舍，口儿上写着什么天字号，地字号等等的。每一号舍之大，恰好容一个人坐着；从前人说是像轿子，真不错。几天里吃饭，睡觉，做文章，都在这轿子里；坐的伏的各有一块硬板，如是而已。官号稍好一些，是给达官贵人的子弟预备的，但得补褂朝珠地入场，那时是夏秋之交，天还热，也够受的。父亲又说，乡试时场外有兵巡逻，防备通关节。场内也竖起黑幡，叫鬼魂们有冤报冤，有仇报仇；我听到这里，有点毛骨悚然。现在贡院已变成碎石路；在路上走的人，怕很少想起这些事情的了吧？

明故宫只是一片瓦砾场，在斜阳里看，只感到李太白《忆秦娥》的“西风残照，汉家陵阙”二语的妙。午门还残存着，遥遥直对洪武门的城楼，有万千气象。古物保存所便在这里，可惜规模太小，陈列得也无甚次序。明孝陵道上的石人石马，虽然残缺零乱，还可见泱泱大风；享殿并不巍峨，只陵下的隧道，阴森袭人，夏天在里面待着，凉风沁人肌骨。这陵大概是开国时草创的规模，所以简朴得很；比起长陵，差得真太远了。然而简朴得好。

雨花台的石子，人人皆知；但现在怕也捡不着什么了。那地方毫无可看。记得刘后村的诗云：“昔年讲师何处在，高台犹以‘雨花’名。有时宝向泥寻得，一片山无草敢生。”我所感的至多也只如此。还有，前些年南京枪决囚人都在雨花台下，所以洋车夫遇见别的车夫和他争先时，常说，“忙什么！赶雨花台去！”这和从前北京车夫说“赶菜市口儿”一样。现在时移势异，这种话渐渐听不见了。

燕子矶在长江里看，一片绝壁，危亭翼然，的确惊心动魄。但到了上边，逼窄污秽，毫无可以盘桓之处。燕山十二洞，去过三个。只三台洞层层折折，由幽入明，别有匠心，可是也年久失修了。

南京的新名胜，不用说，首推中山陵。中山陵全用青白两色，以象征青天白日，与帝王陵寝用红墙黄瓦的不同。假如红墙黄瓦有富贵气，那青琉璃瓦的享堂，青琉璃瓦的碑亭却有名贵气。从陵门上享堂，白石台阶不知多少级，但爬得够累的；然而你远看，决想不到会有这么多的台阶儿。这是设计的妙处。德国波慈达姆无愁宫前的石阶，也同此妙。享堂进去也不小；可是远处看，简直小得可以，和那白石的飞阶不相称，一点儿压不住，仿佛高个儿戴着小尖帽。近处山角里一座阵亡将士纪念塔，粗粗的，矮矮的，正当着一个青青的小山峰，让两边儿的山紧紧抱着，静极，稳极。——谭墓没去过，听说颇有点丘壑。中央运动场也在中山陵近处，全仿外洋的样子。全国运动会时，也不知有多少照相与描写登在报上；现在是时髦的游泳的地方。

若要看旧书，可以上江苏省立图书馆去。这在汉西门龙蟠里，也是一个角落里。这原是江南图书馆，以丁丙的善本书室藏书为底子；词曲的书特别多。此外中央大学图书馆近年来也颇有不少书。中央大学是个散步的好地方。宽大，干净，有树木；黄昏时去兜一个或大或小的圈儿，最有意思。后面有个梅庵，是那会写字的清道人的遗迹。这里只是随宜地用树枝搭成的小小的屋子。庵前有一株六朝松，但据说实在是六朝桧；桧荫遮住了小院子，真是不染一尘。

南京茶馆里干丝很为人所称道。但这些人必没有到过镇江，扬州，那儿的干丝比南京细得多，又从来不那么甜。我倒是觉得芝麻烧饼好，一种长圆的，刚出炉，既香，且酥，又白，大概各茶馆都有。咸板鸭才是南京的名产，要热吃，也是香得好；肉要肥要厚，才有咬嚼。但南京人都说盐水鸭更好，大约取其嫩，其鲜；那是冷吃的，我可不知怎样，老觉得不大得劲儿。

1934年8月12日作。

威尼斯

威尼斯(Venice)是一个别致地方。出了火车站,你立刻便会觉得:这里没有汽车,要到哪儿,不是搭小火轮,便是雇"刚朵拉"(Gondola)。大运河穿过威尼斯像反写的S,这就是大街。另有小河道四百十八条,这些就是小胡同。轮船像公共汽车,在大街上走;"刚朵拉"是一种摇橹的小船,威尼斯所特有,它哪儿都去。威尼斯并非没有桥;三百七十八座,有的是。只要不怕转弯抹角,哪儿都走得到,用不着下河去。可是轮船中人还是很多,"刚朵拉"的买卖也似乎并不坏。

威尼斯是"海中的城",在意大利半岛的东北角上,是一群小岛,外面一道沙堤隔开亚得利亚海。在圣马克方场的钟楼上看,团花簇锦似的一块西一块在绿波里荡漾着。远处是水天相接,一片茫茫。这里没有什么煤烟,天空干干净净;在温和的日光中,一切都像透明的。中国人到此,仿佛在江南的水乡;夏初从欧洲北部来的,在这儿还可看见清清楚楚的春天的背影。海水那么绿,那么酽,会带你到梦中去。

威尼斯不单是明媚,在圣马克方场走走就知道。这个广场南面临着一道运河;场中偏东南便是那可以望远的钟楼。威尼斯最热闹的地方是这儿,最华妙庄严的地方也是这儿。

除了西边，围着的都是三百年以上的建筑，东边居中是圣马克堂，却有了八九百年--钟楼便在它的右首。再向右是“新衙门”；教堂左首是“老衙门”。这两溜儿楼房的下一层，现在满开了铺子。铺子前面是长廊，一天到晚是来来去去的人。紧接着教堂，直伸向运河去的是公爷府；这个一半属于小方场，另一半便属于运河了。圣马克堂是方场的主人，建筑在十一世纪，原是卑赞廷式，以直线为主。十四世纪加上戈昔式的装饰，如尖拱门等；十七世纪又参入文艺复兴期的装饰，如阑干等。所以庄严华妙，兼而有之；这正是威尼斯的漂亮颈儿。教堂里屋顶与墙壁上满是碎玻璃嵌成的画，大概是真金色的底，蓝色或红色的圣灵像。这些像得非常肃穆。教堂的地是用大理石铺的，颜色花样种种不同。在那种空阔阴暗的氛围中，你觉得伟丽，也觉得森严。教堂左右那两溜儿楼房，式样各别，并不对称；钟楼高三百二十二英尺，也偏在一边儿。但这两溜房子都是三层，都有许多拱门，恰与教堂的门面与圆顶相称；又都是白石造成，越衬出教堂的金碧辉煌来。教堂右边是向运河去的路，是一个小方场，本来面目显得空阔些，钟楼恰好填了这个空子。好像我们戏里的大将出场，后面一杆旗子总是偏着取势；这方场的建筑，节奏其实是和谐不过的。十八世纪意大利卡那来陀（Ganaletto）一派画家专画威尼斯的建筑，取材于这方场的很多。德国德莱司敦画院中有几张，真好。

公爷府里有好些名人的壁画和屋顶画，丁陶来陀（Tintoretto，十六世纪）的大画《乐园》最著名；但更重要的是它建筑的价值。运河上有了这所房子，增加了不少颜色。这全然是戈昔式；动工在九世纪初，以后屡次遭火，屡次重修，现在的据说还是原来的式样。最好看的是它的西南两面；西南斜对着圣马克方场，南面正在运河上。在运河里看，真像在画中。它也是三层：下两层是尖拱门，一眼看去，无数的柱子。最下层的拱门简单疏阔，是载重的样子；上一层便繁密得多，为装饰之用；最上层却更简单，都是整块的墙面。墙面上用白的与玫瑰红的大理石砌成素朴的方纹，在日光里鲜明得像少女一般。威尼斯真不愧着色的能手。这所房子从运河中看，好像在水里。下两层是玲珑的架子，上一层才是屋子；这是很巧的结构，加上那艳而雅的颜色，令人有惝恍迷离之感。府后有太息桥；从前一边是监狱，一边是法院，狱囚提讯须过这里，所以得名。拜伦诗中曾咏此，因而便脍炙人口起来，其实也只是近世的东西。

威尼斯的夜曲是很著名的。夜曲本是一种抒情的曲子，夜晚在人家窗下随便唱。可是运河里也有：晚上在圣马克方场的河边上，看见河中有红绿的纸球灯，便是唱夜曲的船。雇了"刚朵拉"摇过去，靠着那个船停下，船在水中间，两边挨次排着"刚朵拉"在微波里荡着，像是两只翅膀。唱曲的有男有女，围着一张桌子坐，轮到了便站起来唱，旁边有音乐和着。曲词自然是意大利语，意大利的语音据说是最纯粹，最清朗。听起来似乎的确斩截些，女人的尤其如此--意大利的歌女是出名的。音乐节奏繁密，声情热烈，想来是最流行的"爵士乐"。在微微摇摆的红绿灯球底下，颤着酽酽的歌喉，运河上一片朦胧的夜也似乎透出玫瑰红的样子。唱完几曲之后，船上有人跨过来，反拿着帽子收钱，多少随意。不愿意听了，还可到第二处去。这个略略像当年的秦淮河的光景，但秦淮河却热闹得多。

从圣马克方场向西北去，有两个教堂在艺术上是很重要的。一个是圣罗珂堂，旁边有一所屋子，墙上屋顶上满是画；楼上下大小三间屋，共六十二幅画，是丁陶来陀的手笔。屋里暗极，只有早晨看得清楚。丁陶来陀作画时，因地制宜，大部分只粗粗钩勒，利用阴影，教人看了觉得是几经琢磨似的。"十字架"一幅在楼上小屋内，力量最雄厚。佛拉利堂在圣罗珂近旁，有大画家铁沁（Titian，十六世纪）和近代雕刻家卡奴洼（Ganova）的纪念碑。卡奴洼的，灵巧，是自己打的样子；铁沁的，宏壮，是十九世纪中叶才完成的。他的"圣处女升天图"挂在神坛后面，那朱红与亮蓝两种颜色鲜明极了，全幅气韵流动，如风行水上。倍里尼（GiovaniBellini，十五世纪）的"圣母像"，也是他的精品。他们都还有别的画在这个教堂里。

从圣马克方场沿河直向东去，有一处公园；从一八九五年起，每两年在此地开国际艺术展览会一次。今年是第十八届；加入展览的有意、荷、比、西、丹、法、英、奥、苏俄、美、匈、瑞士、波兰等十三国，意大利的东西自然最多，种类繁极了；未来派立体派的图画雕刻，都可见到，还有别的许多新奇的作品，说不出路数。颜色大概鲜明，教人眼睛发亮；建筑也是新式，简截不罗嗦，痛快之至。苏俄的作品不多，

大概是工农生活表现，兼有沉毅和高兴的调子。他们也

用鲜的颜色，但显然没有很费心思在艺术上，作风老老实实，并不向牛犄角里寻找新奇的玩意儿。

威尼斯的玻璃器皿，刻花皮件，都是名产，以典丽风华胜，绛丝也不错。大理石小雕像，是著名大品的缩本，出于名手的还有味。

佛罗伦司

佛罗伦司(Florence)最教你忘不掉的是那色调鲜明的大教堂与在它一旁的那高耸入云的钟楼。教堂靠近闹市,在狭窄的旧街道与繁密的市房中,展开它那伟大的个儿,好像一座山似的。它的门墙全用大理石砌成,黑的红的白的线条相间着。长方形是基本图案,所以直线虽多,而不觉严肃,也不觉浪漫;白天里绕着教堂走,仰着头看,正像看达文齐的《摩那丽沙》(Mona Lisa)像,她在你上头,可也在你里头。这不独是线形温和平静的缘故,那三色的大理石,带着它们的光泽,互相显映,也给你鲜明稳定的感觉;加上那朴素而黯淡的周围,衬托着这富丽堂皇的建筑,像给它打了很牢固的基础一般。夜晚就不同些;在模糊的街灯光里,这庞然的影子便有些压迫着你了。教堂动工在十三世纪,但门墙只是十九世纪的东西;完成在一八八四年,算到现在才四十九年。

教堂里非常简单,与门墙决不相同,只穹隆顶宏大而已。钟楼在教堂的右首,高二百九十二英尺,是乔陀(Giotto,十四世纪)的杰作。乔陀是意大利艺术的开山祖师;从这座钟楼可以看出他的大匠手。这也用颜色大理石砌成墙面;宽度与高度正合式,玲珑而不显单薄。墙面共分七层:下四层很短,是打根基的样子,最上层最长,以助上耸之势。窗户越高越少越大,最上层只有一个;在长方形中有金字塔形的妙用。教堂对面是受洗所,以吉拜地(Ghiberti)做的铜门著名。有两扇最工,上刻《圣经》故事图十方,分远近如画法,但未免太工些;门上并有作者的肖像。密凯安杰罗(十六世纪)说过这两扇门真配做天上乐园的门,传为佳话。

教堂内容富丽的,要推送子堂,以《送子图》得名。门外廊子里有沙陀(Sarto,十六世纪)的壁画,他自己和他太太都在画中;画家以自己或太太作模特儿是常见的。教堂里屋顶以金漆花纹界成长方格子,灿烂之极。门内左边有一神龛,明灯照耀,香花供养,墙上便是《送子图》。画的是天使送耶稣给处女玛利亚,相传是天使的手笔。平常遮着不让我们俗眼看;每年只复活节的礼拜五揭开一次。这是塔斯干省最尊的神龛了。

梅迭契(Medici)家庙也以富丽胜,但与别处全然不同。梅迭契家是中古时大公爵,治佛罗伦司多年。那时佛罗伦司非常富庶,他们家穷极奢华;佛罗伦司艺术的兴盛,一半便由于他们的爱好。这个家庙是历代大公爵家族的葬所。房屋是八角形,有穹隆顶;分两层,下层是坟墓,上层是雕像与纪念碑等。上层墙壁,全用各色上好大理石作面子,中间更用宝石嵌成花纹,地也用大理石嵌花铺成;屋顶是名人的画。光彩焕发,五色纷纶;嵌工最精细,平滑如天然。佛罗伦司嵌石是与威尼斯嵌玻璃齐名的,梅迭契家造这个庙,用过二千万元,但至今并未完成;雕像座还空着一大半,地也没有全铺好。旁有新庙，是密凯安杰罗[①]所建，朴质无华；中有雕像四座，叫做《昼》《夜》《晨》《昏》，是纪念碑的装饰，是出于密凯安杰罗的手，颇有名。

十字堂是“佛罗伦司的西寺”，“塔斯干的国葬院”；前面是但丁的造像。密凯安杰罗与科学家格里雷的墓都在这里，但丁也有一座纪念碑；此外名人的墓还很多。佛罗伦司与但丁有关系的遗迹，除这所教堂外，在送子堂附近是他的住宅；是一所老老实实的小砖房，带一座方楼，据说那时阔人家都有这种方楼的。他与他的情人佩特拉齐相遇，传说是在一座桥旁；这个情景常见于图画中。这座有趣的桥，照画看便是阿奴河上的三一桥；桥两头各有雕像两座，风光确是不坏。佩特拉齐的住宅离但丁的也不远；她葬在一个小教堂里，就在住宅对面小胡同内。这个教堂双扉紧闭，破旧得可以，据说是终年不常开的。但丁与佩特拉齐的屋子，现在都已作别用，不能进去，只墙上钉些纪念的木牌而已。佩特拉齐住宅墙上有一块木牌，专钞但丁的诗两行，说他遇见了一个美人，却有些意思。还有一所教堂，据说原是但丁写《神曲》的地方；但书上没有，也许是“齐东野人”之语罢。密凯安杰罗住过的屋子在十字堂近旁，是他侄儿的住宅。现在是一所小博物院，其中两间屋子陈列着密凯安杰罗塑的小品，有些是名作的雏形，都奕奕有神采。在这一层上，他似乎比但丁还有幸些。

佛罗伦司著名的方场叫做官方场，据说也是历史的和商

---

① 今译名为：米开朗基罗。

业的中心，比威尼斯的圣马克方场黯淡冷落得多。东边未周府，原是共和时代的议会，现在是市政府。要看中古时佛罗伦司的堡子，这便是个样子，建筑仿佛铜墙铁壁似的。门前有密凯安杰罗《大卫》（David）像的翻本（原件存本地国家美术院中）。府西是著名的喷泉，雕像颇多；中间亚波罗驾四马，据说是一块大理石凿成。但死板板的没有活气，与旁边有血有肉的《大卫》像一比，便看出来了。密凯安杰罗说这座像白费大理石，也许不错。府东是朗齐亭，原是人民会集的地方，里面有许多好的古雕像；其中一座像有两个面孔，后一个是作者自己。

方场东边便是乌费齐画院（Uffizi Gallery）。这画院是梅迭契家立的，收藏十四世纪到十六世纪的意大利画最多；意大利画的精华荟萃于此，比那儿都好。乔陀，波铁乞利（Bottidcelli，十五世纪），达文齐（十五世纪），拉飞尔（十六世纪），密凯安杰罗，铁沁的作品，这儿都有；波铁乞利和铁沁的最多。乔陀，波铁乞利，达文齐都是佛罗伦司派，重形线与构图；拉飞尔曾到佛罗伦司，也受了些影响。铁沁是威尼斯派，重着色。这两个潮流是西洋画的大别。波铁乞利的作品如《勃里马未拉的寓言》，《爱神的出生》等似乎最能代表前一派；达文齐的《送子图》，构图也极巧妙。铁沁的《佛罗拉像》和《爱神》，可以看出丰富的颜色与柔和的节奏。另有《蓝色圣母像》，沙琐费拉陀（Sossoferrato，十七世纪）所作，后来临摹的很多；《小说月报》曾印作插图。古雕像以《梅迭契爱神》，《摔跤》为最：前者情韵欲流，后者精力饱满，都是神品。隔阿奴河有辟第（Pitti）画院，有长廊与乌费齐相通；这条长廊架在一座桥的顶上，里面挂着许多画像。辟第画院是辟第(Luca Pitti)立的。他和梅迭契是死冤家。可是后来扩充这个画院的还是梅迭契家。收藏的名画有拉飞尔的两幅《圣母像》,《福那利那像》与铁沁的《马达来那像》等。福那利那是拉飞尔的未婚妻,是他许多名作的模特儿。铁沁此幅和《佛罗拉像》作风相近,但金发飘拂,节奏更要生动些。

两个画院中常看见女人坐在小桌旁用描花笔蘸着粉临摹小画像，这种小画像是将名画临摹在一块长方的或椭圆的小纸上,装在小玻璃框里,作案头清供之用。因为地方太小,只能临摹半身像。这也是西方一种特别的艺术,颇有些历史。看画院的人走过那些小桌子旁,她们往往请你看她们的作品;递给你扩大镜让你看出那是一笔不苟的。每件大约二十元上下。她们特别拉住些太太们,也许太太们更能赏识她们的耐心些。

十字堂邻近,许多做嵌石的铺子。黑地嵌石的图案或带图案味的花卉人物等都好;好在颜色与光泽彼此衬托,恰到佳处。有几块小丑像,趣极了。但临摹风景或图画的却没有什么好。无论怎么逼真,总还隔着一层;嵌石决不能如作画那么灵便的。再说就使做得和画一般,也只是因难见巧,没有一点新东西在内。威尼斯嵌玻璃却不一样。他们用玻璃小方块嵌成风景图;这些玻璃块相似而不尽相同,它们所构成的不是一个简单的平面,而是许多颜色的点儿。你看时会觉得每一点都触着你，它们间的光影也极容易跟着你的角度变化;至少这“触着你”一层,画是办不到的。不过佛罗伦司所用大理石,色泽胜于玻璃多多;威尼斯人虽会着色,究竟还赶不上。

罗　马

罗马(Rome)是历史上大帝国的都城,想象起来,总是气象万千似的。现在它的光荣虽然早过去了,但是从七零八落的废墟里,后人还可仿佛于百一。这些废墟,旧有的加上新发掘的,几乎随处可见,像特意点缀这座古城的一般。这边几根石柱子,那边几段破墙,带着当年的尘土,寂寞地陷在大坑里;虽然在夏天中午的太阳,照上去也黯黯淡淡,没有多少劲儿。就中罗马市场(forum Romanum)规模最大。这里是古罗马城的中心,有法庭,神庙,与住宅的残迹。卡司多和波鲁斯庙的三根哥林斯式的柱子,顶上还有片石相连着;在全场中最为秀拔,像三个丰姿飘洒的少年用手横遮着额角,正在眺望这一片古市场。想当年这里终日挤挤闹闹的也不知有多少人,各有各的心思,各有各的手法;现在只剩三两起游客指手画脚地在死一般的寂静里。犄角上有一所住宅,情形还好;一面是三间住屋,有壁画,已模糊了,地是嵌石铺成的;旁厢是饭厅,壁画极讲究,画的都是正大的题目,他们是很看重饭厅的。市场上面便是巴拉丁山,是饱历兴衰的地方。最早是一个村落,只有些茅草屋子;罗马共和末期,一姓贵族聚居在这里;帝国时代,更是繁华。游人走上山去,两旁宏壮的住屋还留下完整的黄土坯子,可以见出当时阔人家的气局。屋顶一片平场,原是许多花园,总名法内塞园子,也是四百年前的旧迹;现在点缀些花木,一角上还有一座小喷泉。在这园子里看脚底下的古市场,全景都在望中了。

市场东边是斗狮场,还可以看见大概的规模;在许多宏壮的废墟里,这个算是情形最好的。外墙是一个大圆圈儿,分四层,要仰起头才能看到顶上。下三层都是一色的圆拱门和柱子,上一层只有小长方窗户和楞子,这种单纯的对照教人觉得这座建筑是整整的一块,好像直上云霄的松柏,老干亭亭,没有一些繁枝细节。里面中间原是大平场;中古时在这儿筑起堡垒,现在满是一道道颓毁的墙基,倒成了四不像。这场子便是斗狮场;环绕着的是观众的坐位。下两层是包厢,皇帝与外宾的在最下层,上层是贵族的;第三层公务员坐;最上层平民坐:共可容四五万人。狮子洞还在下一层,有口直通场中。斗狮是一种刑罚,也可以说是一种裁判:罪囚放在狮子面前,让狮子去搏他;他若居然制死了狮子,便是直道在他一边,他就可自由了。但自然是让狮子吃掉的多;这些人大约就算活该。想到临场的罪囚和他亲族的悲苦与恐怖,他的仇人的痛快,皇帝的威风,与一般观众好奇的紧张的面目,真好比一场恶梦。这个场子建筑在一世纪,原是戏园子,后来才改作斗狮之用。

斗狮场南面不远是卡拉卡拉浴场。古罗马人颇讲究洗澡,浴场都造得好,这一所更其华丽。全场用大理石砌成,用嵌石铺地;有壁画,有雕像,用具也不寻常。房子高大,分两层，都用圆拱门，走进去觉得稳稳的；里面金碧辉煌，与壁画雕像相得益彰。居中是大健身房，有喷泉两座。场子占地六英亩，可容一千六百人洗浴。洗浴分冷热水蒸气三种，各占一所屋子。古罗马人上浴场来，不单是为洗澡；他们可以在这儿商量买卖，和解讼事等等，正和我们上茶店上饭店一般作用。这儿还有好些游艺，他们公余或倦后来洗一个澡，找几个朋友到游艺室去消遣一回，要不然，到客厅去谈谈话，都是很"写意"的。现在却只剩下一大堆遗迹。大理石本来还有不少，早给搬去造圣彼得等教堂去了；零星的物件陈列在博物院里。我们所看见的只是些巍巍峨峨参参差差的黄土骨子，站在太阳里，还有学者们精心研究出来的《卡拉卡拉浴场图》的照片，都只是所谓过屠门大嚼而已。

罗马从中古以来便以教堂著名。康南海《罗马游纪》中引杜牧的诗"南朝四百八十寺，多少楼台烟雨中"，光景大约有些相像的；只可惜初夏去的人无从领略那烟雨罢了。圣彼得堂最精妙，在城北尼罗圆场的旧址上。尼罗在此地杀了许多基督教徒。据说圣彼得上十字架后也便葬在这里。这教堂几经兴废，现在的房屋是十六世纪初年动工，经了许多建筑师的手。密凯安杰罗七十二岁时，受保罗第三的命，在这儿工作了十七年。后人以为天使保罗第三假手于这一个大艺术家，给这座大建筑定下了规模；以后虽有增改，但大体总是依着他的。教堂内部参照卡拉卡拉浴场的式样，许多高大的圆拱门稳稳地支着那座穹隆顶。教堂长六百九十六英尺，宽四百五十英尺，穹隆顶高四百〇三英尺，可是乍看不觉得是这么大。因为平常看屋子大小，总以屋内饰物等为标准，饰物等的尺寸无形中是有谱子的。圣彼得堂里的却大得离了谱子，“大使像巨人，鸽子像老鹰”；所以教堂真正的大小，一下倒不容易看出了。但是你若看里面走动着的人，便渐渐觉得不同。教堂用彩色大理石砌墙，加上好些嵌石的大幅的名画，大都是亮蓝与朱红二色；鲜明丰丽，不像普通教堂一味阴沉沉的。密凯安杰罗雕的彼得像，温和光洁，别是一格，在教堂的犄角上。

圣彼得堂两边的列柱回廊像两只胳膊拥抱着圣彼得圆场；留下一个口子，却又像个玦。场中央是一座埃及的纪功方尖柱，左右各有大喷泉。那两道回廊是十七世纪时亚历山大第三所造，成于倍里尼（Pernini）之手。廊子里有四排多力克式石柱，共二百八十四根；顶上前后都有栏干，前面栏干上并有许多小雕像。场左右地上有两块圆石头，站在上面看同一边的廊子，觉得只有一排柱子，气魄更雄伟了。这个圆场外有一道弯弯的白石线，便是梵蒂冈与意大利的分界。教皇每年复活节站在圣彼得堂的露台上为人民祝福，这个场子内外据说是拥挤不堪的。

圣保罗堂在南城外，相传是圣保罗葬地的遗址，也是柱子好。门前一个方院子，四面廊子里都是些整块石头凿出来的大柱子，比圣彼得的两道廊子却质朴得多。教堂里面也简单空廓，没有什么东西。但中间那八十根花岗石的柱子，和尽头处那六根蜡石的柱子，纵横地排着，看上去仿佛到了人迹罕至的远古的森林里。柱子上头墙上，周围安着嵌石的历代教皇像,一律圆框子。教堂旁边另有一个小柱廊,是十二世纪造的。这座廊子围着一所方院子,在低低的墙基上排着两层各色各样的细柱子——有些还嵌着金色玻璃块儿。这座廊子精工可以说像湘绣,秀美却又像王羲之的书法。

在城中心的威尼斯方场上巍然蟠踞着的,是也马奴儿第二的纪功廊。这是近代意大利的建筑,不缺少力量。一道弯弯的长廊,在高大的石基上。前面三层石级:第一层在中间,第二三层分开左右两道,通到廊子两头。这座廊子左右上下都匀称,中间又有那一弯,便兼有动静之美了。从廊前列柱间看到暮色中的罗马全城,觉得幽远无穷。

罗马艺术的宝藏自然在梵蒂冈宫;卡辟多林博物院中也有一些,但比起梵蒂冈来就太少了。梵蒂冈有好几个雕刻院,收藏约有四千件,著名的《拉奥孔》(Laocooen)便在这里。画院藏画五十幅,都是精品,拉飞尔的《基督现身图》是其中之一,现在却因修理关着。梵蒂冈的壁画极精彩,多是拉飞尔和他门徒的手笔,为别处所不及。有四间拉飞尔室和一些廊子,里面满是他们的东西。拉飞尔由此得名。他是乌尔比奴人,父亲是诗人兼画家。他到罗马后,极为人所爱重,大家都要教他画;他忙不过来,只好收些门徒作助手。他的特长在画人体。这是实在的人,肢体圆满而结实,有肉有骨头。这自然受了些佛罗伦司派的影响,但大半还是他的天才。他对于气韵,远近,大小与颜色也都有敏锐的感觉,所以成为大家。他在罗马住的屋子还在,坟在国葬院里。歇司丁堂与拉飞尔室齐名,也在宫内。这个神堂是十五世纪时歇司土司第四造的,第一百三十三英尺，宽四十五英尺。两旁墙的上部，都由佛罗伦司派画家装饰，有波铁乞利在内。屋顶的画满都是密凯安杰罗的，歇司丁堂著名在此。密凯安杰罗是佛罗伦司派的极峰。他不多作画，一生精华都在这里。他画这屋顶时候，以深沉肃穆的心情渗入画中。他的构图里气韵流动着，形体的勾勒也自然灵妙，还有那雄伟出尘的风度，都是他独具的好处。堂中祭坛的墙上也是他的大画，叫做《最后的审判》。这幅壁画是以后多年画的，费了他七年工夫。

罗马城外有好几处隧道，是一世纪到五世纪时候基督教徒挖下来做墓穴的，但也用作敬神的地方。尼罗搜杀基督教徒，他们往往避难于此。最值得看的是圣卡里斯多隧道。那儿还有一种热诚花，十二瓣，据说是代表十二使徒的。我们看的是圣赛巴司提亚堂底下的那一处，大家点了小蜡烛下去。曲曲折折的狭路，两旁是大大小小深深浅浅的墓穴；现在自然是空的，可是有时还看见些零星的白骨。有一处据说圣彼得住过，成了龛堂，壁上画得很好。另处也还有些壁画的残迹。这个隧道似乎有四层，占的地方也不小。圣赛巴司提亚堂里保存着一块石头，上有大脚印两个；他们说是耶稣基督的，现在供养在神龛里。另一个教堂也供着这么一块石头，据说是仿本。

缧绁堂建于第五世纪，专为供养拴过圣彼得的一条铁链子。现在这条链子还好好的在一个精美的龛子里。堂中周理乌司第二纪念碑上有密凯安杰罗雕的几座像；摩西像尤为著名。那种原始的坚定的精神和勇猛的力量从眉目上，胡须上，胳膊上,手上,腿上,处处透露出来,教你觉得见着了一个伟大的人。又有个阿拉古里堂,中有圣婴像。这个圣婴自然便是耶稣基督;是十五世纪耶路撒冷一个教徒用橄榄木雕的。他带它到罗马,供养在这个堂里。四方来许愿的很多,据说非常灵验;它身上密层层地挂着许多金银饰器都是人家还愿的。还有好些信写给它,表示敬慕的意思。

罗马城西南角上,挨着古城墙,是英国坟场或叫做新教坟场。这里边葬的大都是艺术家与诗人,所以来参谒来凭吊的意大利人和别国的人终日不绝。就中最有名的自然是十九世纪英国浪漫诗人雪莱与济兹的墓。雪莱的心葬在英国,他的遗灰在这儿。墓在古城墙下斜坡上,盖有一块长方的白石;第一行刻着"心中心",下面两行是生卒年月,再下三行是莎士比亚《风暴》中的仙歌。

彼无毫毛损,
海涛变化之,
从此更神奇。

好在恰恰关合雪莱的死和他的为人。济兹墓相去不远,有墓碑,上面刻着道:

这座坟里是
英国一位少年诗人的遗体;
他临死时候,

想着他仇人们的恶势力，
痛心极了，叫将下面这一句话
刻在他的墓碑上：
“这儿躺着一个人，
他的名字是用水写的。”

末一行是速朽的意思；但他的名字正所谓“不废江河万古流”，又岂是当时人所料得到的。后来有人别作新解，根据这一行话做了一首诗，连济兹的小像一块儿刻铜嵌在他墓旁墙上。这首诗的原文是很有风趣的。

济兹名字好，
说是水写成；
一点一滴水，
后人的泪痕——
英雄枯万骨，
难如此感人。
安睡吧，
陈词虽挂漏，
高风自峥嵘。

这座坟场是罗马富有诗意的一角；有些爱罗马的人虽不死在意大利，也会遗嘱葬在这座“永远的城”的永远的一角里。

滂卑故城

滂卑(Pompei)故城在奈波里之南,意大利半岛的西南角上。维苏威火山在它的正东,像一座围屏。纪元七十九年,维苏威初次喷火。喷出的熔岩倒没有什么;可是那崩裂的灰土。山一般压下来,到底将一座繁华的滂卑城活活地埋在底下,不透一丝风儿。那时是半夜里。好在大多数人瞧着兆头不妙,早卷了细软走了;剩下的并不多,想来是些穷小子和傻瓜罢。城是埋下去了,年岁一久,谁也忘记了。只存下当时一个叫小勃里尼的人的两封信,里面叙述滂卑陷落的情形;但没有人能指出这座故城的遗址来。直到一七四八年大剧场与别的几座房子出土,才有了头绪;系统的发掘却迟到一八六〇年。到现在这座城大半都出来了;工作还继续着。

滂卑的文化很高,从道路,建筑,壁画,雕刻,器皿等都可看出。后三样大部分陈列在奈波里国家博物院中;去滂卑的人最好先到那里看看。但是这种文化大体从希腊输入,罗马人自己的极少。当时罗马的将领打过了好些个胜仗,闲着没事,便风雅起来,搜罗希腊的美术品,装饰自己的屋子。这些东西有的是打仗时抢来的,有的是买的。古语说得好:“上有好者,下必有甚焉者;”这种美术的嗜好渐渐成了风气。那时罗马人有的是钱；希腊人却穷了，乐得有这班好主顾。“物聚于所好”，滂卑还只是第三等的城市，大户人家陈设的美术品已经像一所不寒尘的博物院，别的大城可想而知。

滂卑沿海，当时与希腊交通，也是个商业的城市，人民是很富裕的。他们的生活非常奢靡，正合“饱暖思淫欲”一句话。滂卑的淫风似乎甚盛。他们崇拜男根，相信可以给人好运气，倒不像后世人作不净想。街上走，常见墙上横安着黑的男根；器具也常以此为饰。有一所大住宅，是两个姓魏提的单身男子住的，保存得最好；里面一间小屋子，墙上满是春画，据说他们常从外面叫了女人到这里。院子里本有一座喷泉，泉水以小石像的男根为出口；这座像现在也藏在那间小屋中。廊下还有一幅壁画，画着一架天秤；左盘里是钱袋，一个人以他的男根放在右盘中，左盘便高起来了。可见滂卑人所重在彼而不在此。另有妓院一所，入门中间是穿堂，两边有小屋五间，每间有一张土床，床以外隙地便不多。穿堂墙上是春画；小屋内墙上间或刻着人名，据说这是游客的题名保荐，让他的朋友们看了，也选他的相好。

从来酒色连文，滂卑人在酒上也是极放纵的。只看到处是酒店，人家里多有藏酒的地窖子便知道了。滂卑的酒店有些像杭州绍兴一带的，酒垆与柜台都在门口，里面没有多少地方；来者大约都是喝“柜台酒”的。现在还可以见许多残破的酒垆和大大小小的酒甏；人家地窖里堆着的酒甏也不少。这些酒甏是黄土做的，长颈细腹尖底，样子灵巧，可是放不稳，不知当时如何安置。

上面说起魏提的住宅，是很讲究的。宅子高大，屋子也多；一所空阔的院子，周围是深深的走廊。廊下悬着石雕的面具；院中也放着许多雕像，中间是喷泉和鱼池。屋后还有花园。滂卑中上人家大概都有喷泉，鱼池与花园，大小称家之有无；喷泉与鱼池往往是分开的。水从山上用铅管引下来，办理得似乎不坏。魏提家的壁画颇多，墙壁用红色，粉刷得光润无比，和大理石差不多。画也精工美妙。饭厅里画着些各行手艺，仿佛宋人《懋迁图》的味儿。但做手艺的都是带翅子的小爱神，便不全是写实了。在红墙上画出一条黑带儿，在这条道儿上面再用鲜明的蓝黄等颜色作画，映照起来最好看；蓝色中渗一点粉，用来画衣裳与爱神的翅膀等，真是飘飘欲举。这种画分明仿希腊的壁雕，所以结构亭匀不乱。膳厅中画最多；黑带子是在墙下端，上面是一幅幅的并列着，却没有甚大的。膳厅中如何布置，已不可知。曾见别两家的是这样：中间一座长方的小石灰台子，红色，这便是桌子。围着是马蹄形的坐位，也是石灰砌的，颜色相同。近台子那一圈低些阔些，是坐的，后面狭狭的矮矮的四五层斜着上去，像是靠背用的，最上层便又阔了。但那两家规模小，魏提家当然要阔些。至于地用嵌石铺，是在意中的。这些屋子里的银器铜器玻璃器等与壁画雕像大部分保存在奈波里；还有涂上石灰的尸首及已化炭的面包和谷类，都是城陷时的东西。

滂卑人是会享福的，他们的浴场造得很好。冷热浴蒸气浴都有；场中存衣柜，每个浴客一个，他们可以舒舒服服地放心洗澡去。场宽阔高大，墙上和圆顶上满是画。屋顶正中开一个大圆窗子，光从这里下来，雨也从这里下来；但他们不在乎雨，场里面反正是湿的。有一处浴场对门便是饭馆，洗完澡，就上这儿吃点儿喝点儿，真“美”啊。滂卑城并不算大，却有三个戏园子。大剧场为最，能容两万人，大约不常用，现在还算完好。常用的两个比较小些，已颓毁不堪；一个据说有顶，是夜晚用的，一个无顶，是白天用的。城中有好几个市场，是公众买卖与娱乐的地方；法庭庙宇都在其中；

现在却只见几片长方的荒场和一些破坛断柱而已。

街市中除酒店外，别种店铺的遗迹也还不少。曾走过一家药店，架子上还零乱地放着些玻璃瓶儿；又走过一家饼店，五个烘饼的小砖炉也还好好的。街旁常见水槽；槽里的水是给马喝的，上面另有一个管子，行人可以就着喝。喝时须以一只手按着槽边，翻过身仰起脸来。这个姿势也许好看，舒服是并不的。日子多了，槽边经人按手的地方凹了下去，磨得光滑滑的。街路用大石铺成，也还平整宽舒；中间常有三大块或两大块椭圆的平石分开放着，是为上下马车用的。车有两轮，恰好从石头空处过去。街道是直的，与后世取曲势的不同。虽然一望到头，可是衬着两旁一排排的距离相似高低相仿的颓垣断户，倒仿佛无穷无尽似的。从整齐划一中见伟大，正中古罗马人的长处。

瑞　士

瑞士有“欧洲的公园”之称。起初以为有些好风景而已；到了那里，才知无处不是好风景，而且除了好风景似乎就没有什么别的。这大半由于天然，小半也是人工。瑞士人似乎是靠游客活的，只看很小的地方也有若干若干的旅馆就知道。他们拚命地筑铁道通轮船，让爱逛山的爱游湖的都有落儿；而且车船两便，票在手里，爱怎么走就怎么走。瑞士是山国，铁道依山而筑，隧道极少；所以老是高高低低，有时像差得很远的。还有一种爬山铁道，这儿特别多。狭狭的双轨之间，另加一条特别轨：有时是一个个方格儿，有时是一个个钩子；车底下带一种齿轮似的东西，一步步咬着这些方格儿，这些钩子，慢慢地爬上爬下。这种铁道不用说工程大极了；有些简直是笔陡笔陡的。

逛山的味道实在比游湖好。瑞士的湖水一例是淡蓝的，真正平得像镜子一样。太阳照着的时候，那水在微风里摇晃着，宛然是西方小姑娘的眼。若遇着阴天或者下小雨，湖上迷迷蒙蒙的，水天混在一块儿，人如在睡里梦里。也有风大的时候；那时水上便皱起粼粼的细纹，有点像颦眉的西子。可是这些变幻的光景在岸上或山上才能整个儿看见，在湖里倒不能领略许多。况且轮船走得究竟慢些，常觉得看来看去还是湖，不免也腻味。逛山就不同，一会儿看见湖，一会儿不看见；本来湖在左边，不知怎么一转弯，忽然挪到右边了。湖上固然可以看山，山上还可看山，阿尔卑斯有的是重峦叠嶂，怎么看也不会穷。山上不但可以看山，还可以看谷；稀稀疏疏错错落落的房舍，仿佛有鸡鸣犬吠的声音，在山肚里，在山脚下。看风景能够流连低徊固然高雅，但目不暇接地过去，新境界层出不层，也未尝不淋漓痛快；坐火车逛山便是这个办法。

卢参（Luzerne）在瑞士中部，卢参湖的西北角上。出了车站，一眼就看见那汪汪的湖水和屏风般的青山，真有一股爽气扑到人的脸上。与湖连着的是劳思河，穿过卢参的中间。

河上低低的一座古水塔，从前当作灯塔用；这儿称灯塔为“卢采那”，有人猜“卢参”这名字就是由此而出。这座塔低得有意思；依傍着一架曲了又曲的旧木桥，倒配了对儿。这架桥带顶，像廊子；分两截，近塔的一截低而窄，那一截却突然高阔起来，仿佛彼此不相干，可是看来还只有一架桥。不远儿另是一架木桥，叫龛桥，因上有神龛得名，曲曲的，也古。许多对柱子支着桥顶，顶底下每一根横梁上两面各钉着一大幅三角形的木板画，总名“死神的跳舞”。每一幅配搭的人物和死神跳舞的姿态都不相同，意在表现社会上各种人的死法。画笔大约并不算顶好，但这样上百幅的死的图画，看了也就够劲儿。过了河往里去，可以看见城墙的遗迹。墙依山而筑，蜿蜒如蛇；现在却只见一段一段的嵌在住屋之间。但九座望楼还好好的，和水塔一样都是多角锥形；多年的风吹日晒雨淋，颜色是黯淡得很了。

冰河公园也在山上。古代有一个时期北半球全埋在冰雪里，瑞士自然在内。阿尔卑斯山上积雪老是不化，越堆越多。在底下的渐渐地结成冰，最底下的一层渐渐地滑下来，顺着山势，往谷里流去。这就是冰河。冰河移动的时候，遇着夏季，便大量地溶化。这样溶化下来的一股大水，力量无穷；石头上一个小缝儿，在一个夏天里，可以让冲成深深的大潭。这个叫磨穴。有时大石块被带进潭里去，出不来，便只在那儿跟着水转。初起有棱角，将潭壁上磨了许多道儿；日子多了，棱角慢慢光了，就成了一个大圆球，还是转着。这个叫磨石。冰河公园便以这类遗迹得名。大大小小的石潭，大大小小的石球，现在是安静了；但那粗糙的样子还能教你想见多少万年前大自然的气力。可是奇怪，这些不言不语的顽石，居然背着多少万年的历史，比我们人类还老得多多；要没人卓古证今地说，谁相信。这样讲，古诗人慨叹“磊磊涧中石”，似乎也很有些道理在里头了。这些遗迹本来一半埋在乱石堆里，一半埋在草地里，直到一八七二年秋天才偶然间被发现。还发现了两种化石：一种上是些蚌壳，足见阿尔卑斯脚下这一块土原来是滔滔的大海。另一种上是片棕叶，又足见此地本有热带的大森林。这两期都在冰河期前，日子虽然更杳茫，光景却还能在眼前描画得出，但我们人类与那种大自然一比，却未免太微细了。

立矶山(Rigi)在卢参之西，乘轮船去大约要一点钟。去时是个阴天，雨意很浓。四周陡峭的青山的影子冷冷地沉在水里。湖面儿光光的,像大理石一样。上岸的地方叫威兹老,山脚下一座小小的村落,疏疏散散遮遮掩掩的人家,静透了。上山坐火车,只一辆,走得可真慢,虽不像蜗牛,却像牛之至。一边是山,太近了,不好看。一边是湖,是湖上的山;从上面往下看,山像一片一片儿插着,湖也像只有一薄片儿。有时窗外一座大崖石来了,便什么都不见;有时一片树木来了,只好从枝叶的缝儿里张一下。山上和山下一样,静透了,常常听到牛铃儿叮儿当的。牛带着铃儿,为的是跑到那儿都好找。这些牛真有些"不知汉魏",有一回居然挡住了火车;开车的还有山上的人帮着,吆喝了半大,才将它们哄走。但是谁也没有着急,只微微一笑就算了。山高五千九百零五英尺,顶上一块不大的平场。据说在那儿可以看见周围九百里的湖山,至少可以看见九个湖和无数的山峰。可是我们的运气坏,上山后云便越浓起来;到了山顶,什么都裹在云里,几乎连我们自己也在内。在不分远近的白茫茫里闷坐了一点钟,下山的车才来了。

交湖(Interlaken)在卢参的东南。从卢参去,要坐六点钟的火车。车子走过勃吕尼山峡。这条山峡在瑞士是最低的,可是最有名。沿路的风景实在太奇了。车子老是挨着一边儿山脚下走,路很窄。那边儿起初也只是山,青青青青的。越往上走,那些山越高了,也越远了,中间豁然开朗,一片一片的谷,是从来没看见过的山水画。车窗里直望下去,却往往只见一丛丛的树顶,到处是深的绿,在风里微微波动着。路似乎颇弯曲的样子,一座大山峰老是看不完;瀑布左一条右一条的,多少让山顶上的云掩护着，清淡到像一些声音都没有，不知转了多少转，到勃吕尼了。这儿高三千二百九十六英尺，差不多到了这条峡的顶。从此下山，不远便是勃利安湖的东岸，北岸就是交湖了。车沿着湖走。太阳出来了，隔岸的高山青得出烟，湖水在我们脚下百多尺，闪闪的像珐琅一样。

交湖高一千八百六十六英尺，勃利安湖与森湖交会于此。地方小极了，只有一条大街；四周让阿尔卑斯的群峰严严地围着。其中少妇峰最为秀拔，积雪皑皑，高出云外。街北有两条小径。一条沿河，一条在山脚下，都以幽静胜。小径的一端，依着座小山的形势参差地安排着些别墅般的屋子。街南一块平原，只有稀稀的几个人家，显得空旷得不得了。早晨从旅馆的窗子看，一片清新的朝气冉冉地由远而近，仿佛在古时的村落里。街上满是旅馆和铺子；铺子不外卖些纪念品，咖啡，酒饭等等，都是为游客预备的；还有旅行社，更是的。这个地方简直是游客的地方，不像属于瑞士人。纪念品以刻木为最多，大概是些小玩意儿；是一种涂紫色的木头，虽然刻得粗略，却有气力。在一家铺子门前看见一个美国人在说，“你们这些东西都没有用处；我不欢喜玩意儿。”买点纪念品而还要考较用处。此君真美国得可以了。

从交湖可以乘车上少妇峰，路上要换两次车。在老台勃鲁能换爬山电车，就是下面带齿轮的。这儿到万根，景致最好看。车子慢慢爬上去，窗外展开一片高山与平陆，宽旷到一眼望不尽。坐在车中，不知道车子如何爬法；却看那边山上也有一条陡峻的轨道，也有车子在上面爬着，就像一只甲虫。到万格那尔勃可见冰川，在太阳里亮晶晶的。到小夏代格再换车，轨道中间装上一排铁钩子，与车底下的齿轮好咬得更紧些。这条路直通到少妇峰前头，差不多整个儿是隧道；因为山上满积着雪，不得不打山肚里穿过去。这条路是欧洲最高的铁路，费了十四年工夫才造好，要算近代顶伟大的工程了。

在隧道里走没有多少意思，可是哀格望车站值得看。那前面的看廊是从山岩里硬凿出来的。三个又高又大又粗的拱门般的窗洞，教你觉得自己藐小。望出去很远；五千九百零四英尺下的格林德瓦德也可见。少妇峰站的看廊却不及这里；一眼尽是雪山，雪水从檐上滴下来，别的什么都没有。虽在一万一千三百四十二英尺的高处，而不能放开眼界，未免令人有些怅怅。但是站里有一架电梯，可以到山顶上去。这是小小一片高原，在明西峰与少妇峰之间，三百二十英尺长，厚厚地堆着白雪。雪上虽只是淡淡的日光，乍看竟耀得人睁不开眼。这儿可望得远了。一层层的峰峦起伏着，有戴雪的，有不戴的；总之越远越淡下去。山缝里躲躲闪闪一些玩具般的屋子，据说便是交湖了。原上一头插着瑞士白十字国旗，在风里飒飒地响，颇有些气势。山上不时地雪崩，沙沙沙沙流下来像水一般，远看很好玩儿。脚下的雪滑极，不走惯的人寸步都得留神才行。少妇峰的顶还在二千三百二十五英尺之上，得凭着自己的手脚爬上去。

下山还在小夏代格换车，却打这儿另走一股道，过格林德瓦德直到交湖，路似乎平多了。车子绕明西峰走了好些时候。明西峰比少妇峰低些，可是大。少妇峰秀美得好，明西峰雄奇得好。车子紧挨着山脚转,陡陡的山势似乎要向窗子里直压下来,像传说中的巨人。这一路有几条瀑布;瀑布下的溪流快极了,翻着白沫,老像沸着的锅子。早九点多在交湖上车,回去是五点多。

司皮也兹(Spiez)是玲珑可爱的一个小地方:临着森湖,如浮在湖上。路依山而建,共有四五层,台阶似的。街上常看不见人。在旅馆楼上待着,远处偶然有人过去,说话声音听得清清楚楚的。傍晚从露台上望湖,山脚下的暮霭混在一抹轻蓝里,加上几星儿刚放的灯光,真有味。孟特罗(Mondtreux)的果子可可糖也真有味。日内瓦像上海,只湖中大喷水,高二百余英尺,还有卢梭岛及他出生的老屋,现在已开了古董铺的,可以看看。

1932年10月17日作。

荷 兰

一个在欧洲没住过夏天的中国人，在初夏的时候，上北国的荷兰去，他简直觉得是新秋的样子。淡淡的天色，寂寂的田野，火车走着，像没人理会一般。天尽头处偶尔看见一架半架风车，动也不动的，像向天揸开的铁手。在瑞士走，有时也是这样一劲儿的静；可是这儿的肃静，瑞士却没有。瑞士大半是山道，窄狭的，弯曲的，这儿是一片广原，气象自然不同。火车渐渐走近城市，一溜房子看见了。红的黄的颜色，在那灰灰的背景上，越显得鲜明照眼。那尖屋顶原是三角形的底子，但左右两边近底处各折了一折，便多出两个角来；机伶里透着老实，像个小胖子，又像个小老头儿。

荷兰人有名地会盖房子。近代谈建筑，数一数二是荷兰人。快到罗特丹的时候，有一家工厂，房屋是新样子。房子分两截，近处一截是一道内曲线，两大排玻璃窗子反射着强弱不同的光。接连着的一截是比较平正些的八层楼，窗子也是横排的。“楼梯间”满用玻璃，外面既好看，上楼又明亮好走，比旧式阴森森的楼梯间，只在墙上开着小窗户的自然好多了。整排不断的横窗户也是现代建筑的特色；靠着钢骨水泥，才能这样办。这家工厂的横窗户有两个式样，窗宽墙窄是一式，墙宽窗窄又是一式。有人说这种墙和窗子像面包夹火腿；但那是面包那是火腿却弄不明白。又有人说这种房子仿佛满支在玻璃上，老教人疑心要倒塌似的。可是我只觉得一条条连接不断的横线都有大气力，足以支撑这座大屋子而有余，而且一眼看下去，痛快极了。

海牙和平宫左近，也有不少新式房子，以铺面为多，与工厂又不同。颜色要鲜明些，装饰风也要重些，大致是清秀玲珑的调子。最精致的要数那一座“大厦”，是分租给人家住的。是不规则的几何形。约莫居中是高耸的通明的楼梯间，界划着黑钢的小方格子。一边是长条子，像伸着的一只胳膊；一边是方方的。每层楼都有栏干，长的那边用蓝色，方的那边用白色，衬着淡黄的窗子。人家说荷兰的新房子就像一只轮船，真不错。这些栏干正是轮船上的玩意儿。那梯子间就是烟囱了。大厦前还有一个狭长的池子，浅浅的，尽头处一座雕像。池旁种了些花草，散放着一两张椅子。屋子后面没有栏干，可是水泥墙上简单的几何形的界划，看了也非常爽目。那一带地方很宽阔，又清静，过午时大厦满在太阳光里，左近一些碧绿的树掩映着，教人舍不得走。亚姆斯特丹的新式房子更多。皇宫附近的电报局，样子打得巧，斜对面那家电气公司却一味地简朴；两两相形起来，倒有点意思。别的似乎都赶不上这两所好看。但“新开区”还有整大片的新式建筑，没有得去看，不知如何。

荷兰人又有名地会画画。十七世纪的时候，荷兰脱离了西班牙的羁绊，渐渐地兴盛，小康的人家多起来了。他们衣食既足，自然想着些风雅的玩意儿。那些大幅的神话画宗教画，本来专供装饰宫殿小教堂之用。他们是新国，用不着这些。他们只要小幅头画着本地风光的。人像也好，风俗也好，景物也好，只要“荷兰的”就行。在这些画里，他们亲亲切切地看见自己。要求既多，供给当然跟着。那时画是上市的，和皮鞋与蔬菜一样，价钱也差不多。就中风俗画最流行。直到现在，一提起荷兰画家，人总容易想起这种画。这种画的取材是极平凡的日常生活；而且限于室内，采的光往往是灰暗的。这种材料的生命在亲切有味或滑稽可喜。一个卖野味的铺子可以成功一幅画，一顿饭也可能成功一幅画。有些滑稽太过，便近乎低级趣味。譬如海牙毛利丘司画院所藏的莫兰那画的《五觉图》。《嗅觉》一幅，画一妇人捧着小孩，他正在拉矢。《触觉》一幅更奇，画一妇人坐着，一男人探手入她的衣底；妇人便举起一只鞋，要向他的头上打下去。这画院里的名画却真多。陀的《年轻的管家妇》，琐琐屑屑地画出来，没有一些地方不熨贴。鲍特的《牛》工极了，身上一个蝇子都没有放过，但是活极了，那牛简直要从墙上缓缓地走下来；布局也单纯得好。卫米尔画他本乡代夫脱的风景一幅，充分表现那静肃的味道。他是小风景画家，以善分光影和精于布局著名。风景画取材杂，要安排得停当是不容易的。荷兰画像，哈司是大师。但他的好东西都在他故乡哈来姆，别处见不着。亚姆斯特丹的力克士博物院中有他一幅《俳优》，是一个弹着琵琶的人，神气颇足。这些都是十七世纪的画家。

但是十七世纪荷兰最大的画家是冉伯让。他与一般人不同，创造了个性的艺术；将自己的思想感情，自己这个人放进他画里去。他画画不再伺候人，即使画人像，画宗教题目，也还分明地见出自己。十九世纪艺术的浪漫运动只承认表现艺术家的个性的作品有价值，便是他的影响。他领略到精神生活里神秘的地方，又有深厚的情感。最爱用一片黑做背景；但那黑是活的不是死的。黑里渐渐透出黄黄的光，像压着的火焰一般；在这种光里安排着他的人物。像这样的光影的对照是他的绝技；他的神秘与深厚也便从这里见出。这不仅是浮泛的幻想，也是贴切的观察；在他作品里梦和现实混在一块儿。有人说他从北国的烟云里悟出了画理，那也许是真的。他会看到氤氲的底里去。他的画像最能表现人的心理，也便是这个缘故。

毛利丘司里有他的名作《解剖班》《西面在圣殿中》。前一幅写出那站着在说话的大夫从容不迫的样子。一群学生围着解剖台，有些坐着，有些站着；毛着腰的，侧着身子的，直挺挺站着的，应有尽有。他们的头，或俯或仰，或偏或正，没有两个人相同。他们的眼看着尸体，看着说话的大夫，或无所属，但都在凝神听话。写那种专心致志的光景，维妙维肖。后一幅写殿宇的庄严，和参加的人的圣洁与和蔼，一种虔敬的空气弥漫在画面上，教人看了会沉静下去。他的另一杰作《夜巡》在力克士博物院里。这里一大群武士，都拿了兵器在守望着敌人。一位爵爷站在前排正中间，向着旁边的弁兵有所吩咐；别的人有的在眺望，有的在指点，有的在低低地谈论，右端一个打鼓的，人和鼓都只露了一半；他似乎焦急着，只想将槌子敲下去。左端一个人也在忙忙地伸着右手整理他的枪口。他的左胳膊底下钻出一个孩子，露着惊惶的脸。人物的安排，交互地用疏密与明暗；乍看不匀称，细看再匀称没有。这幅画里光的运用最巧妙；那些浓淡浑析的地方，便是全画的精神所在。冉伯让是雷登人，晚年住在亚姆斯特丹。他的房子还在，里面陈列着他的腐刻画与钢笔毛笔画。腐刻画是用药水在铜上刻出画来，他是大匠手；钢笔画毛笔画他也擅长。这里还有他的一座铜像，在用他的名字的广场上。

海牙是荷兰的京城，地方不大，可是清静。走在街上，在淡淡的太阳光里，觉得什么都可以忘记了的样子。城北尤其如此。新的和平宫就在这儿，这所屋是一个人捐了做国际法庭用的。屋不多，里面装饰得很好看。引导人如数家珍地指点着，告诉游客这些装饰品都是世界各国捐赠的。楼上正中一间大会议厅，他们称为日本厅；因为三面墙上都挂着日本的大幅的缂丝，而这几幅东西是日本用了多少多少人在不多的日子里特地赶做出来给这所和平宫用的。这几幅都是花鸟，颜色鲜明，织得也细致；那日本特有的清丽的画风整个儿表现着。中国送的两对景泰蓝的大壶（古礼器的壶）也安放在这间厅里。厅中间是会议席，每一张椅子背上有一个缎套子，绣着一国的国旗；那国的代表开会时便坐在这里。屋左屋后是花园；亭子，喷水，雕像，花木等等，错综地点缀着，明丽深曲兼而有之。也不十二分大，却老像走不尽的样子。从和平宫向北去，电车在稀疏的树林子里走。满车中绿荫荫的，斑驳的太阳光在车上在地下跳跃着过去。不多一会儿就到海边了。海边热闹得很，玩儿的人来往不绝。长长的一带沙滩上，满放着些藤篓子——实在是些轿式的藤椅子，预备洗完澡坐着晒太阳的。这种藤篓子的顶像一个瓢，又圆又胖，那拙劲儿真好。更衣的小木屋也多。大约天气还冷，沙滩上只看见零零落落的几个人。那北海的海水白白的展开去，没有一点风涛，像个顶听话的孩子。

亚姆斯特丹在海牙东北，是荷兰第一个大城。自然不及海牙清静。可是河道多，差不多有一道街就有一道河，是北国的水乡；所以有"北方威尼斯"之称。桥也有三百四十五座，和威尼斯简直差不多。河道宽阔干净，却比威尼斯好；站在桥上顺着河望过去，往往水木明瑟，引着你一直想见最远最远的地方。亚姆斯特丹东北有一个小岛，叫马铿岛，是个小村子。那边的风俗服装古里古怪的，你一脚踏上岸就会觉得回到中世纪去了。乘电车去，一路经过两三个村子。那是个阴天。漠漠的风烟，红黄相间的板屋，正在旋转着让船过去的轿，都教人耳目一新。到了一处，在街当中下了车，由人指点着找着了小汽轮。海上坦荡荡的，远处一架大风车在慢慢地转着。船在斜风细雨里走，渐渐从朦胧里看见马铿岛。这个岛真正"不满眼"，一道堤低低的环绕着。据说岛只高出海面几尺，就仗着这一点儿堤挡住了那茫茫的海水。岛上不过二三十份人家，都是尖顶的板屋；下面一律搭着架子，因为隔水太近了。板屋是红黄黑三色相间着，每所都如此。岛上男人未多见，也许打渔去了；女人穿着红黄白蓝黑各色相间的衣裳，和他们的屋子相配。总而言之，一到了岛上，虽在黯淡的北海上，眼前却亮起来了。岛上各家都预备着许多纪念品，争着将游客让进去；也有装了一大柳条筐，一手抱着孩子，一手挽着筐子在路上兜售的。自然做这些事的都是些女人。纪念品里有些玩意儿不坏：如小木鞋，像我们的毛窝的样子；如长的竹烟袋儿，烟袋锅的脖子上挂着一双顶小的木鞋，的里瓜拉的；如手绢儿，一角上绒绣着岛上的女人，一架大风车在她们头上。

回来另是一条路，电车经过另一个小村子叫伊丹。这儿的干酪四远驰名，但那一座挨着一座跨在一条小河上的高架吊桥更有味。望过去足有二三十座，架子像城门圈一般；走上去便微微摇晃着。河直而窄，两岸不多几层房屋，路上也少有人，所以仿佛只有那一串儿的桥轻轻地在风里摆着。这时候真有些觉得是回到中世纪去了。

1932年11月17日作。

柏　林

柏林的街道宽大，干净，伦敦巴黎都赶不上的；又因为不景气，来往的车辆也显得稀些。在这儿走路，尽可以从容自在地呼吸空气，不用张张望望躲躲闪闪。找路也顶容易，因为街道大概是纵横交切，少有“旁逸斜出”的。最大最阔的一条叫菩提树下，柏林大学，国家图书馆，新国家画院，国家歌剧院都在这条街上。东头接着博物院洲，大教堂，故宫；西边到著名的勃朗登堡门为止，长不到二里。过了那座门便是梯尔园，街道还是直伸下去——这一下可长了，三十七八里。勃朗登堡门和巴黎凯旋门一样，也是纪功的。建筑在十八世纪末年，有点仿雅典奈昔克里司门的式样。高六十六英尺，宽六十八码半；两边各有六根多力克式石柱子。顶上是站在驷马车里的胜利神像，雄伟庄严，表现出德意志国都的神采。那神像在一八零七年被拿破仑当作胜利品带走，但七年后便又让德国的队伍带回来了。

从菩提树下西去，一出这座门，立刻神气清爽，眼前别有天地；那空阔，那望不到头的绿树，便是梯尔园。这是柏林最大的公园，东西六里，南北约二里。地势天然生得好，加上树种得非常巧妙，小湖小溪，或隐或显，也安排的是地方。大道像轮子的辐,凑向轴心去。道旁齐齐地排着葱郁的高树;树下有时候排着些白石雕像,在深绿的背景上越显得洁白。小道像树叶上的脉络,不知有多少。跟着道走,总有好地方,不辜负你。园子里花坛也不少。罗森花坛是出名的一个,玫瑰最好。一座天然的围墙,圆圆地绕着,上面密密地厚厚地长着绿的小圆叶子;墙顶参差不齐。坛中有两个小方池,满飘着雪白的水莲花,玲珑地托在叶子上,像惺忪的星眼。两池之间是一个皇后的雕像;四周的花香花色好像她的供养。梯尔园人工胜于天然。真正的天然却又是一番境界。曾走过市外"新西区"的一座林子。稀疏的树,高而瘦的干子,树下随意弯曲的路,简直教人想到倪云林的画本。看着没有多大,但走了两点钟,却还没走柏林市内市外常看见运动员风的男人女人。女人大概都光着脚亮着胳膊,雄赳赳地走着,可是并不和男人一样。她们不像巴黎女人的苗条,也不像伦敦女人的拘谨,却是自然得好。有人说她们太粗,可是有股劲儿。司勃来河横贯柏林市,河上有不少划船的人。往往一男一女对坐着,男的只穿着游泳衣,也许赤着膊只穿短裤子。看的人绝不奇怪而且有喝彩的。曾亲见一个女大学生指着这样划着船的人说,"美啊!"赞美身体,赞美运动,已成了他们的道德。星期六星期日上水边野外看去,男男女女老老少少谁都带一点运动员风。再进一步,便是所谓"自然运动"。大家索性不要那捞什子衣服,那才真是自然生活了。这有一定地方,当然不会随处见着。但书籍杂志是容易买到的。也有这种电影。那些人运动的姿势很好看,很柔软,有点儿像太极拳。在长天大海的背景上来这一套，确是美的，和谐的。日前报上说德国当局要取缔他们，看来未免有些个多事。

柏林重要的博物院集中在司勃来河中一个小洲上。这就叫做博物院洲。虽然叫做洲，因为周围陆地太多，河道几乎挤得没有了，加上十六道桥，走上去毫不觉得身在洲中。洲上总共七个博物院，六个是通连着的。最奇伟的是勃嘉蒙(Pergamon)与近东古迹两个。勃嘉蒙在小亚细亚，是希腊的重要城市，就是现在的贝加玛。柏林博物院团在那儿发掘，掘出一座大享殿，是祭大神宙斯用的。这座殿是二千二百年前造的，规模宏壮，雕刻精美。掘出的时候已经残破；经学者苦心研究，知道原来是什么样子，便照着修补起来，安放在一间特建的大屋子里。屋子之大，让人要怎么看这座殿都成。屋顶满是玻璃，让光从上面来，最均匀不过；墙是淡蓝色，衬出这座白石的殿越发有神儿。殿是方锁形，周围都是爱翁匿克式石柱，像是个廊子。当锁口的地方，是若干层的台阶儿。两头也有几层，上面各有殿基；殿基上，柱子下，便是那著名的“壁雕”。壁雕(frieze)是希腊建筑里特别的装饰；在狭长的石条子上半深浅地雕刻着些故事，嵌在墙壁中间。这种壁雕颇有名作。如现存在不列颠博物院里的雅典巴昔农神殿的壁雕便是。这里的是一百三十二码长，有一部分已经移到殿对面的墙上去。所刻的故事是奥灵匹亚诸神与地之诸子巨人们的战争。其中人物精力饱满，历劫如生。另一间大屋里安放着罗马建筑的残迹。一是大三座门，上下两层，上层全为装饰用。两层各用六对哥林斯式的石柱，与门相间着，隔出略带曲折的廊子。上层三座门是实的，里面各安着一尊雕像，全体整齐秀美之至。一是小神殿。两样都在第二世纪的时候。

近东古迹院里的东西是十九世纪末二十世纪初年德国东方学会在巴比仑和亚述发掘出来的。中间巴比仑的以色他门(Ischtar Gateway)最为壮丽。门建筑在二千五百年前奈补卡德乃沙王第二的手里。门圈儿高三十九英尺，城垛儿四十九英尺，全用蓝色珐琅砖砌成。墙上浮雕着一对对的龙(与中国所谓龙不同)和牛，黄的白的相间着；上下两端和边上也是这两色的花纹。龙是巴比仑城隍马得的圣物，牛是大神亚达的圣物。这些动物的像稀疏地排列着，一面墙上只有两行，犄角上只有一行；形状也单纯划一。色彩在那蓝的地子上，却非常之鲜明。看上去真像大幅缂丝的图案似的。还有巴比仑王宫里正殿的面墙，是与以色他门同时做的，颜色鲜丽也一样，只不过以植物图案为主罢了。马得祭道两旁屈折的墙基也用蓝珐琅砖；上面却雕着向前走的狮子。这个祭道直通以色他门，现在也修补好了一小段，仍旧安在以色他门前面。另有一件模型，是整个儿的巴比仑城。这也可以慰情聊胜无了。亚述巴先宫的面墙放在以色他门的对面，当然也是修补起来的：周围正正的拱门，一层层又细又密的柱子，在许多直线里透出秀气。

新博物院第一层中央是一座厅。两道宽阔而华丽的楼梯仿佛占住了那间大屋子，但那间屋子还是照样地觉得大不可言。屋里什么都高大；迎着楼梯两座复制的大雕像，两边墙上大幅的历史壁画，一进门就让人觉得万千的气象。德意志人的魄力，真有他们的。楼上本是雕版陈列室，今年改作哥德展览会。有哥德和他朋友们的像，他的画，他的书的插图等等。《浮士德》的插图最多，同一件事各人画来趣味各别。楼下是埃及古物陈列室，大大小小的“木乃伊”都有；小孩的也有。有些在头部放着一块板，板上画着死者的面相；这是用熔蜡画的，画法已失传。这似乎是古人一件聪明的安排，让千秋万岁后，还能辨认他们的面影。另有人种学博物院在别一条街上，分两院。所藏既丰富，又多罕见的。第一院吐鲁番的壁画最多。那些完好的真是妙庄严相；那些零碎的也古色古香。中国日本的东西不少，陈列得有系统极了，中日人自己动手，怕也不过如此。第二院藏的日本的漆器与画很好。史前的材料都收在这院里。有三间屋专陈列一八七一到一八九零希利曼（Heinrich Schlieman）发掘特罗衣（Troy）城所得的遗物。

故宫在博物院洲之北，一九二一年改为博物院，分历史的工艺的两部分。历史的部分都是王族用过的公私屋子。这些屋子每间一个样子；屋顶，墙壁，地板，颜色，陈设，各有各的格调。但辉煌精致，是异曲同工的。有一间屋顶作穹隆形状，蓝地金星，俨然夜天的光景。又一间张着一大块伞形的绸子，像在遮着太阳。又一间用了“古络钱”纹做全室的装饰。壁上或画画，或挂画。地板用细木头嵌成种种花样，光滑无比。外国的宫殿外观常不如中国的宏丽，但里边装饰的精美，我们却断乎不及。故宫西头是皇储旧邸。一九一九年因为国家画院的画拥挤不堪，便将近代的作品挪到这儿，陈列在前边的屋子里。大部分是印象派表现派，也有立体派。表现派是德国自己的画派。原始的精神,狂热的色调,粗野模糊的构图,你像在大野里大风里大火里。有一件立体派的雕刻,是三个人像。虽然多是些三角形,直线,可是一个有一个的神气,彼此还互相照应,像真会说话一般。表现派的精神现在还多多少少存在:柏林魏坦公司六月间有所谓"民众艺术展览会",出售小件用具和玩物。玩物里如小动物孩子头之类,颇有些奇形怪状,别具风趣的。还有展览场六月间的展览里,有一部是剪贴画。用颜色纸或布拼凑成形,安排在一块地子上,一面加上些沙子等,教人有实体之感,一面却故意改变形体的比例与线条的曲直,力避写实的手法。有些现代人大约"是"要看了这种手艺才痛快的。

这一回展览里有好些小家屋的模型,有大有小。大概造起来省钱;屋子里空气,光,太阳都够现代人用。没有那些无用的装饰,只看见横竖的直线。用颜色,或用对照的颜色,教人看一所屋子是"整个儿",不零碎,不琐屑。小家屋如此,"大厦"也如此。德国的建筑与荷兰不同。他们注重实用,以简单为美,有时候未免太朴素些。近年来柏林这种新房子造得不少。这已不是少数艺术家的试验而是一般人的需要了。"新西区"一带便都是的。那一带住屋小而巧,里面的装饰干净利落,不显一点板滞。"大厦"多在东头亚历山大场,似乎美观的少。有些满用横线,像夹沙糕,有些满用直线,这自然说的是窗子。用直线的据说是美国影响。但美国房屋高入云霄,用直线合式;柏林的低多了,又向横里伸张,用直线便大大地不谐和了。"大厦"之外还有"广场",刚才说的展览场便是其一。

这个广场有八座大展览厅，连附属的屋子共占地十八万二千平方英尺；空场子合计起来共占地六十五万平方英尺。乍走进去的时候，摸不着头脑，仿佛连自己也会丢掉似的。建筑都是新式。整个的场子若在空中看，是一幅图案，轻灵而不板重。德意志体育场，中央飞机场，也都是这一类新造的广场。前两个在西，后一个在南，自然都在市外。此外电影院跳舞场往往得风气之先，也有些新式样。如铁他尼亚宫电影院，那台，那灯，那花楼，不是用圆，用弧线，便是用与弧线相近的曲线，要的也是一个干净利落罢了。台上一圈儿一圈儿有些像排箫的是管风琴。管风琴安排起来最累赘，这儿的布置却新鲜悦目，也许电影管风琴简单些，才可以这么办。颜色用白银与淡黄对照，教人常常清醒。祖国舞场也是新式，但多用直线形；颜色似乎多一种黑。这里面有许多咖啡室。日本室便按日本式陈设，土耳其室便按土耳其式。还有莱茵室，在壁上画着莱茵河的风景，用好些小电灯点缀在天蓝的背景上，看去略得河上的夜的意思——自然，屋里别处是不用灯的。还有雷电室，壁上画着雷电的情景，用电光运转；电射雷鸣，与音乐应和着。爱热闹的人都上那儿去。

柏林西南有个波次丹（Potsdam），是佛来德列大帝的城。城外有个无愁园，园里有个无愁宫，便是大帝常住的地方。大帝迷法国，这座宫，这座园子都仿凡尔赛的样子。但规模小多了，神儿差远了。大帝和伏尔泰是好朋友，他请伏尔泰在宫里住过好些日子，那间屋便在宫西头。宫西边有一架大风车。据说大帝不喜欢那风车日夜转动的声音，派人跟那产主说要买它。出乎意外，产主偏不肯。大帝恼了，又派人去说，不卖便要拆。产主也恼了，说，他会拆，我会告他。大帝想不到乡下人这么倔强，大加赏识，那风车只好由它响了。因此现在便叫它做“历史的风车”。隔无愁宫没多少路，有一座新宫，里面有一间“贝厅”，墙上地上满嵌着美丽的贝壳和宝石，虽然奇诡，却以素雅胜。

1933年12月22日作完。

德瑞司登

德瑞司登(Dresden)在柏林东南,是静静的一座都市。欧洲人说这里有一种礼拜日的味道,因为他们的礼拜日是安息的日子,静不过。这里只有一条热闹的大街;在街上走尽可从从容容,斯斯文文的。街尽处便是易北河。河穿全市而过,弯了两回,所以望不尽。河上有五座桥,彼此隔得远远的,显出玲珑的样子。临河一带高地,叫做勃吕儿原。站在原上,易北河的风光便都到了眼里。这是一个阴天,不时地下着小雨;望过去清淡极了,水与天亮闪闪的,山只剩一些轮廓,人家的屋子和田地都黑黑儿的。有人称这个原为"欧洲的露台",未免太过些,但是确也有些可赏玩的东西。从前有位著名的文人在这儿写信给他的未婚夫人,说他正从高岸上望下看,河上一处处的绿野与村落好像"绣在一张毯子上";"河水刚掉转脸亲了德瑞司登一下,马上又溜开去"。这儿说的是第一个弯子。他还说"绕着的山好像花箍子,响蓝的天好像在意大利似的"。在晴天这大约是真的。

德瑞司登有德国佛罗伦司之称,为的一些建筑和收藏的画。这些建筑多半在勃吕儿原西南一带。其中堡宫最有意思。堡宫因为邻近旧时的堡垒而得名,是十八世纪初年奥古斯都大力王（Augustus the Strong）吩咐他的建筑师裴佩莽(Poeppelmann)盖的。奥古斯都膂力过人，据说能拗断马蹄铁，又在西班牙斗牛，刺死了一头最凶猛的；所以称为大力王。他是这座都市的恩主；凡是好东西，美东西，都是他留下来的。他造这个堡宫，一来为面子，那时候一个亲王总得有一所讲究的宫房，才有威风，不让人小看。二来为展览美术货色如瓷器，花边等之用。他想在过年过节的时候，多招徕些外路客人，好让他的百姓多做些买卖，以繁荣这个地方。他生在“巴洛克”(Baroque)时代，虽然倾心法国文化，所造的房子却都是德国“巴洛克”式。“巴洛克”式重曲线，重装饰，以华丽炫目为佳。堡宫便是代表。宫中央是极大一个方院子。南面是正门，顶作冕形，叫冕门；分两层，像楼屋；雕刻精细，用许多小柱子。两边各有好些拱门，每门里安一座喷水，上面各放着雕像。现在虽是黯淡了，还可想见当年的繁华。西面有水仙出浴池。十四座龛子拥着一座大喷水，像一只马蹄，绕着小小的池子；每座龛子里站着一个女仙出浴的石像，姿态各不相同。龛外龛上另有繁细的雕饰。这是宫里最美的地方。

堡宫现在分作几个博物院，尽北头是国家画院。德国藏画，要算这里最精了。也创始于奥古斯都，而他的儿子继承其志。奥古斯都自己花钱派了好多人到欧洲各处搜求有价值的画。到他死的时候，院中已有好些不朽的名作。他的儿子奥古斯都第二在位三十年，教大臣勃吕儿伯爵主持收买名画。一七四五年在威尼斯买着百多张意大利重要的作品，为阿尔卑斯山以北所未曾有。一七五四年又从意大利得着拉飞尔的歇司陀的《圣母图》。这是他的杰作。图中间是“圣处女”与“圣婴”，左右是圣巴巴拉与教皇歇克司都第二，下面是两个小天使。有人说“这张画里‘圣处女’的脸，美而秀雅，几乎是女性美的最完全的表现，真动人，真出色”。最妙的，端庄与和蔼都够味，一个与耶稣教毫不相干的游客也会起多少敬爱的意思。图中各人的眼光奇极；从“圣处女”而圣巴巴拉而小天使而教皇，恰好可以钩一个椭圆圈儿。这样一来，那对称的安排才有活气。画院驰名世界，全靠勃吕儿伯爵手里买的这些画。现在院中差不多有画二千五百件，以意大利及荷兰的为最多。画排列得比那儿都整齐清楚，见出德国人的脾气。十八世纪意大利画家卡那来陀在这里住过，留下不少腐刻画，画着堡宫和街巷的景色。还有他的威尼斯风景画，这儿也多，色调构图，鲜明精巧，为别处收藏的所不及。

大街东有圣母堂，也是著名的古迹。一七三六年十二月奥古斯都第二在这里举行过一回管风琴比赛会。与赛的，大音乐家巴赫（Bach）和一个法国人叫马降的。那时巴赫还未大大出名，马降心高气傲，自以为能手。比赛的前一天，巴赫从来比锡来，看见管风琴好，不觉技痒，就坐下弹了一回。想不到马降在一旁窃听。这一听可够他受的。等不到第二天，他半夜里便溜出德瑞司登了。结果巴赫在奥古斯都第二和四千听众之前演了出独脚戏。一八四三年乐圣瓦格纳也在这里演奏过他的名曲《使徒宴》。哥德也站在这里的讲台上说过话，他赞美易北河上的景致，就是在他眼前的。这在一八一三年八月。教堂上有一座高塔顶，远远的就瞧见。相传一七六九年弗雷德力大帝攻打此地，想着这高顶上必有敌人的瞭望台，下令开炮轰。也不知怎样，轰了三天还没轰着。大帝又恨又恼，透着满瞧不起的神儿回头命令炮手道："由那老笨家伙去罢！"

德瑞司登瓷器最著名。大街上有好几家瓷器铺。看来看去，只有舞女的裙子做得实在好。裙子都是白色雕空了像纱一样，各色各样的折纹都有，自然不能像真的那样流动，但也难为他们了。中国瓷器没有如此精巧的，但有些东西却比较着有韵味。

1933 年 3 月 13 日作。

莱茵河

莱茵河发源于瑞士阿尔卑斯山中，穿过德国东部，流入北海，长约二千五百里。分上中下三部分。从马恩斯到哥龙算是“中莱茵”；游莱茵河的都走这一段儿。天然风景并不异乎寻常地好；古迹可异乎寻常地多。尤其是马恩斯与考勃伦兹之间，两岸山上布满了旧时的堡垒，高高下下的，错错落落的，斑斑驳驳的：有些已经残破，有些还完好无恙。这中间住过英雄，住过盗贼，或据险自豪，或纵横驰骤，也曾热闹过一番。现在却无精打采，任凭日晒风吹，一声儿不响。坐在轮船上两边看，那些古色古香各种各样的堡垒历历的从眼前过去；仿佛自己已经跳出了这个时代而在那些堡垒里过着无拘无束的日子。游这一段儿，火车却不如轮船：朝日不如残阳，晴天不如阴天，阴天不如月夜——月夜，再加上几点儿萤火，一闪一闪的在寻觅荒草里的幽灵似的。最好还得爬上山去，在堡垒内外徘徊徘徊。

这一带不但史迹多，传说也多。最凄艳的自然是脍炙人口的声闻岩头的仙女子。声闻岩在河东岸，高四百三十英尺，一大片暗淡的悬岩，嶙嶙峋峋的；河到岩南，向东拐个小湾，这里有顶大的回声，岩因此得名。相传往日岩头有个仙女美极，终日歌唱不绝。一个船夫傍晚行船，走过岩下。听见她的歌声，仰头一看，不觉忘其所以，连船带人都撞碎在岩上。后来又死了一位伯爵的儿子。这可闯下大祸来了。伯爵派兵遣将，给儿子报仇。他们打算捉住她，锁起来，从岩顶直摔下河里去。但是她不愿死在他们手里，她呼唤莱茵母亲来接她；河里果然白浪翻腾，她便跳到浪里。从此声闻岩下听不见歌声，看不见倩影，只剩晚霞在岩头明灭。德国大诗人海涅有诗咏此事；此事传播之广，这篇诗也有关系的。友人淦克超先生曾译第一章云：传闻旧低徊，我心何悒悒。两峰隐夕阳，莱茵流不息。峰际一美人，粲然金发明，清歌时一曲，余音响入云。凝听复凝望，舟子忘所向，怪石耿中流，人与舟俱丧。

这座岩现在是已穿了隧道通火车了。

哥龙在莱茵河西岸，是莱茵区最大的城，在全德国数第三。从甲板上看教堂的钟楼与尖塔这儿那儿都是的。虽然多么繁华一座商业城，却不大有俗尘扑到脸上。英国诗人柯勒列治说：人知莱茵河，洗净哥龙市；水仙你告我，今有何神力，洗净莱茵水？

那些楼与塔镇压着尘土，不让飞扬起来，与莱茵河的洗刷是异曲同工的。哥龙的大教堂是哥龙的荣耀；单凭这个，哥龙便不死了。这是戈昔式，是世界上最宏大的戈昔式教堂之一。建筑在一二四八年，到一八八零年才全部落成。欧洲教堂往往如此，大约总是钱不够之故。教堂门墙伟丽，尖拱和直棱，特意繁密，又雕了些小花，小动物，和《圣经》人物，零星点缀着；近前细看，其精工真令人惊叹。门墙上两尖塔，高五百十五英尺，直入云霄。戈昔式要的是高而灵巧，让灵魂容易上通于天。这也是月光里看好。淡蓝的天干干净净的，只有两条尖尖的影子映在上面；像是人天仅有的通路，又像是人类祈祷的一双胳膊。森严肃穆，不说一字，抵得千言万语。教堂里非常宽大，顶高一百六十英尺。大石柱一行行的，高的一百四十八英尺，低的也六十英尺，都可合抱；在里面走，就像在大森林里，和世界隔绝。尖塔可以上去，玲珑剔透，有凌云之势。塔下通回廊。廊中向下看教堂里，觉得别人小得可怜，自己高得可怪，真是颠倒梦想。

1933 年 3 月 14 日作。

巴　黎

塞纳河穿过巴黎城中，像一道圆弧。河南称为左岸，著名的拉丁区就在这里。河北称为右岸，地方有左岸两个大，巴黎的繁华全在这一带；说巴黎是“花都”，这一溜儿才真是的。右岸不是穷学生苦学生所能常去的，所以有一位中国朋友说他是左岸的人，抱“不过河”主义；区区一衣带水，却分开了两般人。但论到艺术，两岸可是各有胜场；我们不妨说整个儿巴黎是一座艺术城。从前人说“六朝”卖菜佣都有烟水气，巴黎人谁身上大概都长着一两根雅骨吧。你瞧公园里，大街上，有的是喷水，有的是雕像，博物院处处是，展览会常常开；他们几乎像呼吸空气一样呼吸着艺术气，自然而然就雅起来了。

右岸的中心是刚果方场。这方场很宽阔，四通八达，周围都是名胜。中间巍巍地矗立着埃及拉米塞司第二的纪功碑。碑是方锥形，高七十六英尺，上面刻着象形文字。一八三六年移到这里，转眼就是一百年了。左右各有一座铜喷水，大得很。水池边环列着些铜雕像，代表着法国各大城。其中有一座代表司太司堡。自从一八七零年那地方割归德国以后，法国人每年七月十四国庆日总在像上放些花圈和大草叶，终年地搁着让人惊醒。直到一九一八年十一月和约告成，司太司堡重归法国，这才停止。纪功碑与喷水每星期六晚用弧光灯照耀。那碑像从幽暗中颖脱而出；那水像山上崩腾下来的雪。这场子原是法国革命时候断头台的旧址。在“恐怖时代”，路易十六与王后，还有各党各派的人轮班在这儿低头受戮。但现在一点痕迹也没有了。

场东是砖厂花园。也有一个喷水池；白石雕像成行，与一丛丛绿树掩映着。在这里徘徊，可以一直徘徊下去，四围那些纷纷的车马，简直若有若无。花园是所谓法国式，将花草分成一畦畦的，各各排成精巧的花纹，互相对称着。又整洁，又玲珑，教人看着赏心悦目；可是没有野情，也没有蓬勃之气，像北平的叭儿狗。这里春天游人最多，挤挤挨挨的。有时有音乐会，在绿树荫中。乐韵悠扬，随风飘到场中每一个人的耳朵里。再东是加罗塞方场，只隔着一道不宽的马路。路易十四时代，这是一个校场。场中有一座小凯旋门，是拿破仑造来纪胜的，仿罗马某一座门的式样。拿破仑叫将从威尼斯圣马克堂抢来的驷马铜像安在门顶上。但到了一八一四年，那铜像终于回了老家。法国只好换上一个新的，光彩自然差得多。

刚果方场西是大名鼎鼎的仙街，直达凯旋门。有四里半长。凯旋门地势高，从刚果方场望过去像没多远似的，一走可就知道。街的东半截儿，两旁简直是园子，春天绿叶子密密地遮着；西半截儿才真是街。街道非常宽敞。夹道两行树，笔直笔直地向凯旋门奔凑上去。凯旋门巍峨爽朗地盘踞在街尽头，好像在半天上。欧洲名都街道的形势，怕再没有赶上这儿的；称为“仙街”，不算说大话。街上有戏院，舞场，饭店，够游客们玩儿乐的。凯旋门一八零六年开工，也是拿破仑造来纪功的。但他并没有看它的完成。门高一百六十英尺，宽一百六十四英尺，进身七十二英尺，是世界凯旋门中最大的。门上雕刻着一七九二至一八一五年间法国战事片段的景子，都出于名手。其中罗特的“出师”一景，慷慨激昂，至今还可以作我们的气。这座门更有一个特别的地方：在拿破仑周忌那一天，从仙街向上看，团团的落日恰好扣在门圈儿里。门圈儿底下是一个无名兵士的墓；他埋在这里，代表大战中死难的一百五十万法国兵。墓是平的，地上嵌着文字；中央有个纪念火，焰子粗粗的，红红的，在风里摇晃着。这个火每天由参战军人团团员来点。门顶可以上去，乘电梯或爬石梯都成；石梯是二百七十三级。上面看，周围不下十二条林荫路，都辐辏到门下，宛然一个大车轮子。

刚果方场东北有四道大街衔接着，是巴黎最繁华的地方。大铺子差不多都在这一带，珠宝市也在这儿。各店家陈列窗里五花八门，五光十色，珍奇精巧，兼而有之；管保你走一天两天看不完，也看不倦。步道上人挨挨凑凑，常要躲闪着过去。电灯一亮，更不容易走。街上“咖啡”东一处西一处的，沿街安着座儿，有点儿像北平中山公园里的茶座儿。客人慢慢地喝着咖啡或别的，慢慢地抽烟，看来往的人。“咖啡”本是法国的玩意儿；巴黎差不多每道街都有，怕是比那儿都多。巴黎人喝咖啡几乎成了癖，就像我国南方人爱上茶馆。“咖啡”里往往备有纸笔，许多人都在那儿写信；还有人让“咖啡”收信，简直当做自己的家。文人画家更爱坐“咖啡”；他们爱的是无拘无束，容易会朋友，高谈阔论。爱写信固然可以写信，爱做诗也可以做诗。大诗人魏尔仑的诗，据说少有不在“咖啡”里写的。坐“咖啡”也有派别。一来“咖啡”是熟的好，二来人是熟的好。久而久之，某派人坐某“咖啡”便成了自然之势。这所谓派，当然指文人艺术家而言。一个人独自去坐“咖啡”，偶尔一回，也许不是没有意思，常去却未免寂寞得慌；这也与我国南方人上茶馆一样。若是外国人而又不懂话，那就更可不必去。巴黎最大的“咖啡”有三个，却都在左岸。这三座“咖啡”名字里都含着“圆圆的”意思，都是文人艺术家荟萃的地方。里面装饰满是新派。其中一家，电灯壁画满是立体派，据说这些画全出于名家之手。另一家据说时常陈列着当代画家的作品，待善价而沽之。坐“咖啡”之外还有站“咖啡”，却有点像我国南方的喝柜台酒。这种“咖啡”大概小些。柜台长长的，客人围着要吃的喝的。吃喝都便宜些，为的是不用多伺候你，你吃喝也比较不舒服些。站“咖啡”的人脸向里，没有甚么看的，大概吃喝完了就走。但也有人用胳膊肘儿斜靠在柜台上，半边身子偏向外，写意地眺望，谈天儿。巴黎人吃早点，多半在“咖啡”里。普通是一杯咖啡，两三个月芽饼就够了，不像英国人吃得那么多。月芽饼是一种面包，月芽形，酥而软，趁热吃最香；法国人本会烘面包，这一种不但好吃，而且好看。

卢森堡花园也在左岸，因卢森堡宫而得名。宫建于十七世纪初年，曾用作监狱，现在是上议院。花园甚大。里面有两座大喷水，背对背紧挨着。其一是梅迭契喷水，雕刻的是亚西司与加拉台亚的故事。巨人波力非摩司爱加拉台亚。他晓得她喜欢亚西司，便向他头上扔下一块大石头，将他打死。加拉台亚无法使亚西司复活，只将他变成一道河水。这个故事用在一座喷水上，倒有些远意。园中绿树成行，浓荫满地，白石雕像极多，也有铜的。巴黎的雕像真如家常便饭。花园南头，自成一局，是一条荫道。最南头，天文台前面又是一座喷水，中央四个力士高高地扛着四限仪，下边环绕着四对奔马，气象雄伟得很。这是卡波所作。卡波与罗特同为写实派，所作以形线柔美著。

沿着塞纳河南的河墙，一带旧书摊儿，六七里长，也是左岸特有的风光。有点像北平东安市场里旧书摊儿。可是背景太好了。河水终日悠悠地流着，两头一眼望不尽；左边卢佛宫，右边圣母堂，古香古色的。书摊儿黯黯的，低低的，窄窄的一溜；一小格儿一小格儿，或连或断，可没有东安市场里的大。摊上放着些破书；旁边小凳子上坐着掌柜的。到时候将摊儿盖上，锁上小铁锁就走。这些情形也活像东安市场。

铁塔在巴黎西头，塞纳河东岸，高约一千英尺，算是世界上最高的塔。工程艰难浩大，建筑师名爱非尔，也称为爱非尔塔。全塔用铁骨造成，如网状，空处多于实处，轻便灵巧，亭亭直上，颇有戈昔式的余风。塔基占地十七亩，分三层。头层离地一百八十六英尺，二层三百七十七英尺，三层九百二十四英尺，连顶九百八十四英尺。头二层有“咖啡”，酒馆及小摊儿等。电梯步梯都有，电梯分上下两厢，一厢载直上直下的客人，一厢载在头层停留的客人。最上层却非用电梯不可。那梯口常常拥挤不堪。壁上贴着“小心扒手”的标语，收票人等嘴里还不住地唱道，“小心呀！”这一段儿走得可慢极，大约也是“小心”吧。最上层只有卖纪念品的摊儿和一些问心机。这种问心机欧洲各游戏场中常见；是些小铁箱，一箱管一事。放一个钱进去，便可得到回答；回答若干条是印好的，指针所停止的地方就是专答你。也有用电话回答的。譬如你要问流年，便向流年箱内投进钱去。这实在是一种开心的玩意儿。这层还专设一信箱；寄的信上盖铁塔形邮戳，好让亲友们留作纪念。塔上最宜远望，全巴黎都在眼下。但尽是密匝匝的房子，只觉应接不暇而无苍茫之感。塔上满缀着电灯，晚上便是种种广告；在暗夜里这种明妆倒值得一番领略。隔河是特罗卡代罗大厦，有道桥笔直地通着。这所大厦是为一八七八年的博览会造的。中央圆形，圆窗圆顶，两支高高的尖塔分列顶侧；左右翼是新月形的长房。下面许多级台阶，阶下一个大喷水池，也是圆的。大厦前是公园，铁塔下也是的；一片空阔，一片绿。所以大厦远看近看都显出雄巍巍的。大厦的正厅可容五千人。它的大在横里；铁塔的大在直里。一横一直，恰好称得住。

歌剧院在右岸的闹市中。门墙是威尼斯式，已经乌暗暗的，走近前细看，才见出上面精美的雕饰。下层一排七座门，门间都安着些小雕像。其中罗特的《舞群》，最有血有肉，有情有力。罗特是写实派作家，所以如此。但因为太生动了，当时有些人还见不惯；一八六九年这些雕像揭幕的时候，一个宗教狂的人，趁夜里悄悄地向这群像上倒了一瓶墨水。这件事传开了，然而罗特却因此成了一派。院里的楼梯以宏丽著名。全用大理石，又白，又滑，又宽；栏杆是低低儿的。加上罗马式圆拱门，一对对爱翁匿克式石柱，雕像上的电灯烛，真是堆花簇锦一般。那一片电灯光像海，又像月，照着你缓缓走上梯去。幕间休息的时候，大家都离开座儿各处走。这儿休息的时间特别长，法国人乐意趁这闲工夫在剧院里散散步，谈谈话，来一点吃的喝的。休息室里散步的人最多。这是一间顶长顶高的大厅，华丽的灯光淡淡地布满了一屋子。一边是成排的落地长窗，一边是几座高大的门；墙上略略有些装饰，地下铺着毯子。屋里空落落的，客人穿梭般来往。太太小姐们大多穿着各色各样的晚服，露着脖子和膀子。“衣香鬓影”，这里才真够味儿。歌剧院是国家的，只演古典的歌剧，间或也演队舞，总是堂皇富丽的玩艺儿。

国葬院在左岸。原是巴黎护城神圣也奈韦夫的教堂；大革命后，一般思想崇拜神圣不如崇拜伟人了，于是改为这个；后来又改回去两次，一八五五年才算定了。伏尔泰，卢梭，雨果，左拉，都葬在这里。院中很为宽宏，高大的圆拱门，架着些圆顶，都是罗马式。顶上都有装饰的图案和画。中央的穹隆顶高二百七十二英尺，可以上去。院中壁上画着法国与巴黎的历史故事，名笔颇多。沙畹的便不少。其中《圣也奈韦夫俯视着巴黎城》一幅，正是月圆人静的深夜，圣还独对着油盏火；她似乎有些倦了，慢慢踱出来，凭栏远望，全巴黎城在她保护之下安睡了；瞧她那慈祥和蔼一往情深的样子。圣也奈韦夫于五世纪初年，生在离巴黎二十四里的囊台儿村里。幼时听圣也曼讲道，深为感悟。圣也曼也说她根器好，着实勉励了一番。后来她到巴黎，尽力于救济事业。五世纪中叶，匈奴将来侵巴黎，全城震惊。她力劝人民镇静，依赖神明，颇能教人相信。匈奴到底也没有成。以后巴黎真经兵乱，她于救济事业加倍努力。她活了九十岁。晚年倡议在巴黎给圣彼得与圣保罗修一座教堂。动工的第二年，她就死了。等教堂落成，却发见她已葬在里头；此外还有许多奇异的传说。因此这座教堂只好作为奉祀她的了。这座教堂便是现在的国葬院。院的门墙是希腊式，三角楣下，一排哥林斯式的石柱。院旁有圣爱的昂堂，不大。现在是圣也奈韦夫埋灰之所。祭坛前的石刻花屏极华美，是十六世纪的东西。

左岸还有伤兵养老院。其中兵甲馆，收藏废弃的武器及战利品。有一间满悬着三色旗，屋顶上正悬着，两壁上斜插着，一面挨一面的。屋子很长，一进去但觉千层百层鲜明的彩色，静静地交映着。院有穹隆顶，高三百四十英尺，直径八十六英尺，造于十七世纪中，优美庄严，胜于国葬院的。顶下原是一个教堂，拿破仑墓就在这里。堂外有宽大的台阶儿，有多力克式与哥林斯式石柱。进门最叫你舒服的是那屋里的光。那是从染色玻璃窗射下来的淡淡的金光，软得像一股水。堂中央一个窨，圆的，深二十英尺，直径三十六英尺，花岗石柩居中，十二座雕像环绕着，代表拿破仑重要的战功；像间分六列插着五十四面旗子，是他的战利品。堂正面是祭坛；周围许多龛堂，埋着王公贵人。一律圆拱门；地上嵌花纹，窨中也这样。拿破仑死在圣海仑岛，遗嘱愿望将骨灰安顿在塞纳河旁，他所深爱的法国人民中间。待他死后十九年，一八四零，这愿望才达到了。

塞纳河里有两个小洲，小到不容易觉出。西头的叫城洲，洲上两所教堂是巴黎的名迹。洲东的圣母堂更为煊赫。堂成于十二世纪，中间经过许多变迁，到十九世纪中叶重修，才有现在的样子。这是“装饰的戈昔式”建筑的最好的代表。正面朝西，分三层。下层三座尖拱门。这种门很深，门圈儿是一棱套着一棱的，越望里越小；棱间与门上雕着许多大像小像，都是《圣经》中的人物。中层是窗子，两边的尖拱形，分雕着亚当夏娃像；中央的浑圆形，雕着“圣处女”像。上层是栏干。最上两座钟楼，各高二百二十七英尺；两楼间露出后面尖塔的尖儿，一个伶俐瘦劲的身影。这座塔是勒丢克所造，比钟楼还高五十八英尺；但从正面看，像一般高似的，这正是建筑师的妙用。朝南还有一个旁门，雕饰也繁密得很。从背后看，左右两排支墙像一对对的翅膀，作飞起的势子。支墙上虽也有些装饰，却不为装饰而有。原来戈昔式的房子高，窗子大，墙的力量支不住那些石头的拱顶，因此非从墙外想法不可。支墙便是这样来的。这是戈昔式的致命伤；许多戈昔式建筑容易圮毁，正是为此。堂里满是彩绘的高玻璃窗子，阴森森的，只看见石柱子，尖拱门，肋骨似的屋顶。中间神堂，两边四排廊路，周围三十七间龛堂，像另自成个世界。堂中的讲坛与管风琴都是名手所作。歌队座与牧师座上的动植物木刻，也以精工著。戈昔式教堂里雕绘最繁；其中取材于教堂所在地的花果的尤多。所雕绘的大抵以近真为主。这种一半为装饰，一半也为教导，让那些不识字的人多知道些事物，作用和百科全书差不多。堂中有宝库，收藏历来珍贵的东西，如金龛，金十字架之类，灿烂耀眼。拿破仑于一八零四年在这儿加冕，那时穿的长袍也陈列在这个库里。北钟楼许人上去，可以看见墙角上石刻的妖兽，奇丑怕人，俯视着下方，据说是吐溜水的。雨果写过《巴黎圣母堂》一部小说，所叙是四百年前的情形，有些还和现在一样。

圣龛堂在洲西头，是全巴黎戈昔式建筑中之最美丽者。罗斯金更说是“北欧洲最珍贵的一所戈昔式”。在一二三八那一年，“圣路易”王听说君士坦丁皇帝包尔温将“棘冠”押给威尼斯商人，无力取赎，“棘冠”已归商人们所有，急得什么似的。他要将这件无价之宝收回，便异想天开地在犹太人身上加了一种“苛捐杂税”。过了一年，“棘冠”果然弄回来，还得了些别的小宝贝，如“真十字架”的片段等等。他这一乐非同小可，命令某建筑师造一所教堂供奉这些宝物；要造得好，配得上。一二四五年起手，三年落成。名建筑家勒丢克说，“这所教堂内容如此复杂，花样如此繁多，活儿如此利落，材料如此美丽，真想不出在那样短的时期里如何成功的。”这样两个龛堂，一上一下，都是金碧辉煌的。下堂尖拱重叠，纵横交互；中央拱低而阔，所以地方并不大而极有开朗之势。堂中原供的“圣处女”像，传说灵迹甚多。上堂却高多了，有彩绘的玻璃窗子十五堵；窗下沿墙有龛，低得可怜相。柱上相间地安着十二使徒像；有两尊很古老，别的都是近世仿作。玻璃绘画似乎与戈昔艺术分不开；十三世纪后者最盛，前者也最盛。画法用许多颜色玻璃拼合而成，相连处以铅焊之，再用铁条夹住。着色有浓淡之别。淡色所以使日光柔和缥缈。但浓色的多，大概用深蓝作地子，加上点儿黄白与宝石红，取其衬托鲜明。这种窗子也兼有装饰与教导的好处；所画或为几何图案，或为人物故事。还有一堵“玫瑰窗”，是象征“圣处女”的；画是圆形，花纹都从中心分出。据说这堵窗是玫瑰窗中最亲切有味的，因为它的温暖的颜色比别的更接近看的人。但这种感想东方人不会有。这龛堂有一座金色的尖塔，是勒丢克造的。

毛得林堂在刚果方场之东北，造于近代。形式仿希腊神庙，四面五十二根哥林斯式石柱，围成一个廊子。壁上左右各有一排大龛子，安着群圣的像。堂里也是一行行同式的石柱；却使用各种颜色的大理石，华丽悦目。圣心院在巴黎市外东北方，也是近代造的，至今还未完成，堂在一座小山的顶上，山脚下有两道飞阶直通上去。也通索子铁路。堂的规模极宏伟，有四个穹隆顶，一个大的，带三个小的，都量卑赞廷式；另外一座方形高钟楼，里面的钟重二万九千斤。堂里能容八千人，但还没有加以装饰。房子是白色，台阶也是的，一种单纯的力量压得住人。堂高而大，巴黎周围若干里外便可看见。站在堂前的平场里，或爬上穹隆顶里，也可看个五六十里。造堂时工程浩大，单是打地基一项，就花掉约四百万元；因为土太松了，撑不住，根基要一直打到山脚下。所以有人半真半假地说，就是移了山，这教堂也不会倒的。

巴黎博物院之多，真可算甲于世界。就这一桩儿，便可教你流连忘返。但须徘徊玩索才有味，走马看花是不成的。一个行色匆匆的游客，在这种地方往往无可奈何。博物院以卢佛宫为最大；这是就全世界论，不单就巴黎论。卢佛宫在加罗塞方场之东；主要的建筑是口字形，南头向西伸出一长条儿。这里本是一座堡垒，后来改为王宫。大革命后，各处王宫里的画，宫苑里的雕刻，都保存在此；改为故宫博物院，自然是很顺当的。博物院成立后，历来的政府都尽力搜罗好东西放进去；拿破仑从各国“搬”来大宗的画，更为博物院生色不少。宫房占地极宽，站在那方院子里，颇有海阔天空的意味。院子里养着些鸽子，成群地孤单地仰着头挺着胸在地上一步步地走，一点不怕人。撒些饼干面包之类，它们便都向你身边来。房子造得秀雅而庄严，壁上安着许多王公的雕像。熟悉法国历史的人，到此一定会发思古之幽情的。

卢佛宫好像一座宝山，蕴藏的东西实在太多，教人不知从那儿说起好。画为最，还有雕刻，古物，装饰美术等等，真是琳琅满目。乍进去的人一时摸不着头脑，往往弄得糊里糊涂。就中最脍炙人口的有三件。一是达文齐[①]的《蒙那丽沙》像，大约作于一五零五年前后，是觉孔达夫人的画像。相传达文齐这幅像画了四个年头，因为要那甜美的微笑的样子，每回“临像”的时候，总请些乐人弹唱给她听，让她高高兴兴坐着。像画好了，他却爱上她了。这幅画是佛兰西司第一手里买的，他没有准儿许认识那女人。一九一一年画曾被人偷走，但两年之后，到底从意大利找回来了。十六世纪中叶，意大利已公认此画为不可有二的画像杰作，作者在与造化争巧。画的奇处就在那一丝儿微笑上。那微笑太飘忽了，太难捉摸了，好像常

---

① 今译名为：达芬奇。

常在变幻。这果然是个“奇迹”，不过也只是造形的“奇迹”罢了。这儿也有些理想在内；达文齐笔下夹带了一些他心目中的圣母的神气。近世讨论那微笑的可太多了。诗人，哲学家，有的是；他们都想找出点儿意义来。于是蒙那丽沙成为一个神秘的浪漫的人了；她那微笑成为“人狮的凝视”或“鄙薄的讽笑”了。这大概是她与达文齐都梦想不到的吧。二是米罗《爱神》像。一八二零年米罗岛一个农人发见这座像，卖给法国政府只卖了五千块钱。据近古家研究，这座像当作于纪元前一百年左右。那两只胳膊都没有了；它们是怎么个安法，却大大费了一班考古家的心思。这座像不但有生动的形态，而且有温暖的骨肉。她又强壮，又清明；单纯而伟大，朴真而不奇。所谓清明，是身心都健的表象，与麻木不同。这种作风颇与纪元前五世纪希腊巴昔农庙的监造人，雕刻家费铁亚司相近。因此法国学者雷那西在他的名著《亚波罗》（美术史）中相信这座像作于纪元前四世纪中。他并且相信这座像不是爱神微那司而是海女神安非特利特；因为它没有细腻，缥缈，娇羞，多情的样子。三是沙摩司雷司的《胜利女神像》。女神站在冲波而进的船头上，吹着一支喇叭。但是现在头和手都没有了，剩下翅膀与身子。这座像是还愿的。纪元前三零六年波立尔塞特司在塞勃勒司岛打败了埃及大将陶来买的水师，便在沙摩司雷司岛造了这座像。衣裳雕得最好；那是一件薄薄的软软的衣裳，光影的准确，衣褶的精细流动；加上那下半截儿被风吹得好像弗弗有声，上半截儿却紧紧地贴着身子，很有趣地对照着。因为衣裳雕得好，才显出那筋肉的力量；那身子在摇晃着，在挺进着，一团胜利的喜悦的劲儿。还有，海风呼呼地吹着，船尖儿嗤嗤地响着，将一片碧波分成两条长长的白道儿。

卢森堡博物院专藏近代艺术家的作品。他们或新故，或还生存。这里比卢佛宫明亮得多。进门去，宽大的甬道两旁，满陈列着雕像等；里面却多是画。雕刻里有彭彭的《狗熊》与《水禽》等，真是大巧若拙。彭彭现在大概有七八十岁了，天天上动物园去静观禽兽的形态。他熟悉它们，也亲爱它们，所以做出来的东西神气活现；可是形体并不像照相一样地真切，他在天然的曲线里加上些小小的棱角，便带着点“建筑”的味儿。于是我们才看见新东西。那《狗熊》和实物差不多大，是石头的；那《水禽》等却小得可以供在案头，是铜的。雕像本有两种手法，一是干脆地砍石头，二是先用泥塑，再浇铜。彭彭从小是石匠，石头到他手里就像豆腐。他是巧匠而兼艺术家。动物雕像盛于十九世纪的法国；那时候动物园发达起来，供给艺术家观察，研究，描摹的机会。动物素描之成为画的一支，也从这时候起。院里的画受后期印象派的影响，找寻人物的“本色”，大抵是鲜明的调子。不注重画面的“体积”而注重装饰的效用。也有细心分别光影的，但用意还在找寻颜色，与印象派之只重光影不一样。

砖场花园的南犄角上有网球场博物院，陈列外国近代的画与雕像。北犄角上有奥兰纪利博物院，陈列的东西颇杂，有马奈（Manet，九世纪法国印象派画家）的画与日本的浮世绘等。浮世绘的着色与构图给十九世纪后半法国画家极深的影响。摩奈[①](Monet)画院也在这里。他也是法国印象派巨子，一九二六年才过去。印象派兴于十九世纪中叶，正是照相机流行的时候。这派画家想赶上照相机，便专心致志地分别光影；他们还想赶过照相机，照相没有颜色而他们有。他们只用原色；所画的画近看但见一处处的颜色块儿，在相当的距离看，才看出光影分明的全境界。他们的看法是迅速的综合的，所以不重"本色"(人物固有的颜色，随光影而变化)，不重细节。摩奈以风景画著于世；他不但是印象派，并且是露天画派。露天画派反对画室里的画，因为都带着那黑影子；露天里就没有这种影子。这个画院里有摩奈八幅顶大的画，太大了，只好嵌在墙上。画院只有两间屋子，每幅画就是一堵墙，画的是荷花在水里。摩奈欢喜用蓝色，这几幅画也是如此。规模大，气魄厚，汪汪欲溢的池水，疏疏密密的乱荷，有些像在树荫下，有些像在太阳里。据内行说，这些画的章法，简直前无古人。

罗丹博物院在左岸。大战后罗丹的东西才收集在这里；已完成的不少，也有些未完成的。有群像，单像，胸像；有石膏仿本。还有画稿，塑稿。还有罗丹的遗物。罗丹是十九世纪雕刻大师；或称他为自然派，或称他为浪漫派。他有匠人的手艺，诗人的胸襟；他借雕刻来表现自己的情感。取材是不平常的，手法也是不平常的。常人以为美的，他觉得已无用武之地；他专找常人以为丑的，甚至于借重性交的姿势。又因为求表现的充分，不得不夸饰与变形。所以他的东西乍一看觉得

① 今译名为：莫奈。

“怪”，不是玩艺儿。从前的雕刻讲究光洁，正是“裁缝不露针线迹”的道理；而浪漫派艺术家恰相反，故意要显出笔触或刀痕，让人看见他们在工作中情感激动的光景。罗丹也常如此。他们又多喜欢用塑法，因为泥随意些，那凸凸凹凹的地方，那大块儿小条儿，都可以看得清楚。

克吕尼馆收藏罗马与中世纪的遗物颇多，也在左岸。罗马时代执政的宫在这儿。后来法兰族诸王也住在这宫里。十五世纪的时候，宫毁了，克吕尼寺僧改建现在这所房子，作他们的下院，是“后期戈昔”与“文艺复兴”的混合式。法国王族来到巴黎，在馆里暂住过的，也很有些人。这所房子后来又归了一个考古家。他搜集了好些古董；死后由政府收买，并添凑成一万件。画，雕刻，木刻，金银器，织物，中世纪上等家具，瓷器，玻璃器，应有尽有。房子还保存着原来的样子。入门就如活在几百年前的世界里，再加上陈列的零碎的东西，触鼻子满是古气。与这个馆毗连着的是罗马时代的浴室，原分冷浴热浴等，现在只看见些残门断柱（也有原在巴黎别处的），寂寞地安排着。浴室外是园子，树间草上也散布着古代及中世纪巴黎建筑的一鳞一爪，其中“圣处女门”最秀雅。

此外巴黎美术院（即小宫），装饰美术院都是杂拌儿。后者中有一间扇室，所藏都是十八世纪的扇面，是某太太的遗赠。十八世纪中国玩艺儿在欧洲颇风行，这也可见一斑。扇面满是西洋画，精工鲜丽；几百张中，只有一张中国人物，却板滞无生气。又有吉买博物院，收藏远东宗教及美术的资料。伯希和取去敦煌的佛画，多数在这里。日本小画也有些。还有蜡人馆。据说那些蜡人做得真像，可是没见过那些人或他们的照相的，就感不到多大兴味，所以不如画与雕像。不过“隧道”里阴惨惨的，人物也代表着些阴惨惨的故事，却还可看。楼上有镜宫，满是镜子，顶上与周围用各色电光照耀，宛然千门万户，像到了万花筒里。

一九三二年春季的官“沙龙”在大宫中，顶大的院子里罗列着雕像；楼上下八十几间屋子满是画，也有些装饰美术。内行说，画像太多，真有“官”气。其中有安南阮某一幅，奖银牌；中国人一看就明白那是阮氏祖宗的影像。记得有个笑话，说一个贼混入人家厅堂偷了一幅古画，卷起夹在腋下。跨出大门，恰好碰见主人。那贼情急智生，便将画卷儿一扬，问道，“影像，要买吧？”主人自然大怒，骂了一声走进去。贼于是从容溜之乎也。那位安南阮某与此贼可谓异曲同工。大宫里，同时还有一个装饰艺术的“沙龙”，陈列的是家具，灯，织物，建筑模型等等，大都是立体派的作风。立体派本是现代艺术的一派，意大利最盛。影响大极了，建筑，家具，布匹，织物，器皿，汽车，公路，广告，书籍装订，都有立体派的份儿。平静，干脆，是古典的精神，也是这时代重理智的表现。在这个“沙龙”里看，现代的屋子内外都俨然是些几何的图案，和从前华丽的藻饰全异。还有一个“沙龙”，专陈列幽默画。画下多有说明。各画或描摹世态，或用大小文野等对照法，以传出那幽默的情味。有一幅题为《长褂子》，画的是夜宴前后客室中的景子：女客全穿短褂子，只有一人穿长的，大家的眼睛都盯着她那长出来的一截儿。她正在和一个男客谈话，似乎不留意。看她的或偏着身子，或偏着头，或搡着手，或用手托着腮（表示惊讶），倚在丈夫的肩上，或打着看戏用的放大镜子，都是一副尴尬面孔。穿长褂子的女客在左首，左首共三个人；中央一对夫妇，右首三个女人，疏密向背都恰好；还点缀着些不在这一群里的客人。画也有不幽默的，也有太恶劣的；本来是幽默并不容易。

巴黎的坟场，东头以倍雷拉谢斯为最大，占地七百二十亩，有二里多长。中间名人的坟颇多，可是道路纵横，找起来真费劲儿。阿培拉德与哀绿绮思两坟并列，上有亭子盖着；这是重修过的。王尔德的坟本葬在别处；死后九年，也迁到此场。坟上雕着个大飞人，昂着头，直着脚，长翅膀，像是合埃及的"狮人"与亚述的翅儿牛而为一，雄伟飞动，与王尔德并不很称。这是英国当代大雕刻家爱勃司坦的巨作；钱是一位倾慕王尔德的无名太太捐的。场中有巴什罗米雕的一座纪念碑，题为《致死者》。碑分上下两层，上层中间是死门，进去的两个人倒也行无所事的；两侧向门走的人群却牵牵拉拉，哭哭啼啼，跌跌倒倒，不得开交似的。下层像是生者的哀伤。此外北头的蒙马特，南头的蒙巴那斯两坟场也算大。茶花女埋在蒙马特场，题曰一八二四年正月十五日生，一八四七年二月三日卒。小仲马，海涅也在那儿。蒙巴那斯场有圣白孚，莫泊桑，鲍特莱尔等；鲍特莱尔的坟与纪念碑不在一处，碑上坐着一个悲伤的女人的石像。

巴黎的夜也是老牌子。单说六个地方。非洲饭店带澡堂子，可以洗蒸气澡，听黑人浓烈的音乐；店员都穿着埃及式的衣服。三藩咖啡看“爵士舞”，小小的场子上一对对男女跟着那繁声促节直扭腰儿。最警动的是那小圆木筒儿，里面像装着豆子之类。不时地紧摇一阵子。圆屋听唱法国的古歌；一扇门背后的墙上油画着蹲着在小便的女人。红磨坊门前一架小红风车，用电灯做了轮廓线；里面看小戏与女人跳舞。这在蒙巴特区。蒙马特是流浪人的区域。十九世纪画家住在这一带的不少，画红磨坊的常有。塔巴林看女人跳舞，不穿衣服，意在显出好看的身子。里多在仙街，最大。看变戏法，听威尼斯夜曲。里多岛本是威尼斯娱乐的地方。这儿的里多特意砌了一个池子，也有一支“刚朵拉”，夜曲是男女对唱，不过意味到底有点儿两样。

巴黎的野色在波隆尼林与圣克罗园里才可看见。波隆尼林在西北角，恰好在塞因河河套中间，占地一万四千多亩，有公园，大路，小路，有两个湖，一大一小，都是长的；大湖里有两个洲，也是长的。要领略林子的好处，得闲闲地拣深僻的地儿走。圣克罗园还在西南，本有离宫，现在毁了，剩下些喷水和林子。林子里有两条道儿很好。一条渐渐高上去，从树里两眼望不尽；一条窄而长，漏下一线天光；远望路口，不知是云是水，茫茫一大片。但真有野味的还得数枫丹白露的林子。枫丹白露在巴黎东南，一点半钟的火车。这座林子有二十七万亩，周围一百九十里。坐着小马车在里面走，幽静如远古的时代。太阳光将树叶子照得透明，却只一圈儿一点儿地洒到地上。路两旁的树有时候太茂盛了，枝叶交错成一座拱门，低低的；远看去好像拱门那面另有一界。林子里下大雨，那一片沙沙沙沙的声音,像潮水,会把你心上的东西冲洗个干净。林中有好几处山峡,可以试腰脚,看野花野草,看旁逸斜出,稀奇古怪的石头,像枯骨,像刺猬。亚勃雷孟峡就是其一,地方大,石头多,又是忽高忽低,走起来好。

枫丹白露宫建于十六世纪,后经重修。拿破仑一八一四年临去爱而巴岛的时候,在此告别他的诸将。这座宫与法国历史关系甚多。宫房外观不美,里面却精致,家具等等也考究。就中侍从武官室与亨利第二厅最好看。前者的地板用嵌花的条子板;小小的一间屋,共用九百条之多。复壁板上也雕绘着繁细的花饰,炉壁上也满是花儿,挂灯也像花正开着。后者是一间长厅,其大少有。地板用了二万六千块,一色,嵌成规规矩矩的几何图案,光可照人。厅中间两行圆拱门。门柱下截镶复壁板,上截镶油画;楣上也画得满满的。天花板极意雕饰,金光耀眼。宫外有园子,池子,但赶不上凡尔赛宫的。

凡尔赛宫在巴黎西南,算是近郊。原是路易十三的猎宫,路易十四觉得这个地方好,便大加修饰。路易十四是所谓"上帝的代表",凡尔赛宫便是他的庙宇。那时法国贵人多一半住在宫里,伺候王上。他的侍从共一万四千人;五百人伺候他吃饭,一百个贵人伺候他起床,更多的贵人伺候他睡觉。那时法国艺术大盛,一切都成为御用的,集中在凡尔赛和巴黎两处。凡尔赛宫里装饰力求富丽奇巧,用钱无数。如金漆彩画的天花板,木刻,华美的家具,花饰,贝壳与多用错综交会的曲线纹等,用意全在教来客惊奇:这便是所谓"罗科科式"。宫中有镜厅,十七个大窗户,正对着十七面同样大小的镜子;厅长二百四十英尺，宽三十英尺，高四十二英尺。拱顶上和墙上画着路易十四打胜德国，荷兰，西班牙的情形，画着他是诸国的领袖，画着他是艺术与科学的广大教主。近十几年来成为世界祸根的那和约便是一九一九年六月二十八那一天在这座厅里签的字。宫旁一座大园子，也是路易十四手里布置起来的。看不到头的两行树，有万千的气象。有湖，有花园，有喷水。花园一畦一个花样，小松树一律修剪成圆锥形，集法国式花园之大成。喷水大约有四十多处，或铜雕，或石雕，处处都别出心裁，也是集大成。每年五月到九月，每月第一星期日，和别的节日，都有大水法。从下午四点起，到处银花飞舞，雾气沾人，衬着那齐斩斩的树，软茸茸的草，觉得立着看，走着看，不拘怎么看总成。海龙王喷水池，规模特别大；得等五点半钟大水法停后，让它单独来二十分钟。有时晚上大放花炮，就在这里。各色的电彩照耀着一道道喷水。花炮在喷水之间放上去，也是一道道的；同时放许多，便氤氲起一团雾。这时候电光换彩，红的忽然变蓝的，蓝的忽然变白的，真真是一眨眼。

卢梭园在爱尔莽浓镇，巴黎的东北；要坐一点钟火车，走两点钟的路。这是道地乡下，来的人不多。园子空旷得很，有种荒味。大树，怒草，小湖，清风，和中国的郊野差不多，真自然得不可言。湖里有个白杨洲，种着一排白杨树，卢梭坟就在那小洲上。日内瓦的卢梭洲在仿这个；可是上海式的街市旁来那么个洲子，总有些不伦不类。

一九三一年夏天，“殖民地博览会”开在巴黎之东的万散园里。那时每日人山人海。会中建筑都仿各地的式样，充满了异域的趣味。安南庙七塔参差，峥嵘肃穆，最为出色。这些都是用某种轻便材料造的，去年都拆了。各建筑中陈列着各处的出产，以及民俗。晚上人更多，来看灯光与喷水。每条路一种灯，都是立体派的图样。喷水有四五处，也是新图样；有一处叫"仙人球"喷水，就以仙人球做底样，野拙得好玩儿。这些自然都用电彩。还有一处水桥，河两岸各喷出十来道水，凑在一块儿，恰好是一座弧形的桥，教人想着走上一个水晶的世界去。

1933年6月30日作。

论诚意

诚伪是品性，却又是态度。从前论人的诚伪，大概就品性而言。诚实，诚笃，至诚，都是君子之德；不诚便是诈伪的小人。品性一半是生成，一半是教养；品性的表现出于自然，是整个儿的为人。说一个人是诚实的君子或诈伪的小人，是就他的行迹总算帐。君子大概总是君子，小人大概总是小人。虽然说气质可以变化，盖了棺才能论定人，那只是些特例。不过一个社会里，这种定型的君子和小人并不太多，一般常人都浮沉在这两界之间。所谓浮沉，是说这些人自己不能把握住自己，不免有诈伪的时候。这也是出于自然。

还有一层，这些人对人对事有时候自觉的加减他们的诚意，去适应那局势。这就是态度。态度不一定反映出品性来；一个诚实的朋友到了不得已的时候，也会撒个谎什么的。态度出于必要，出于处世的或社交的必要，常人是免不了这种必要的。这是“世故人情”的一个项目。有时可以原谅，有时甚至可以容许。态度的变化多，在现代多变的社会里也许更会使人感兴趣些。我们嘴里常说的，笔下常写的“诚恳”“诚意”和“虚伪”等词，大概都是就态度说的。

但是一般人用这几个词似乎太严格了一些。照他们的看法,不诚恳无诚意的人就未免太多。而年轻人看社会上的人和事,除了他们自己以外差不多尽是虚伪的。这样用“虚伪”那个词,又似乎太宽泛了一些。这些跟老先生们开口闭口说“人心不古,世风日下”同样犯了笼统的毛病。一般人似乎将品性和态度混为一谈,年轻人也如此,却又加上了“天真”“纯洁”种种幻想。

诚实的品性确是不可多得,但人孰无过,不论那方面,完人或圣贤总是很少的。我们恐怕只能宽大些,卑之无甚高论,从态度上着眼。不然无谓的烦恼和纠纷就太多了。至于天真纯洁,似乎只是儿童的本分——老气横秋的儿童实在不顺眼。可是一个人若总是那么天真纯洁下去,他自己也许还没有什么,给别人的麻烦却就太多。有人赞美“童心”“孩子气”,那也只限于无关大体的小节目,取其可以调剂调剂平板的氛围气。若是重要关头也如此,那时天真恐怕只是任性,纯洁恐怕只是无知罢了。

幸而不诚恳,无诚意,虚伪等等已经成了口头禅,一般人只是跟着大家信口说着,至多皱皱眉,冷笑笑,表示无可奈何的样子就过去了。自然也短不了认真的,那却苦了自己,甚至于苦了别人。年轻人容易认真,容易不满意,他们的不满意往往是社会改革的动力。可是他们也得留心,若是在诚伪的分别上认真得过了分,也许会成为虚无主义者。

人与人事与事之间各有分际,言行最难得恰如其分。诚意是少不得的,但是分际不同,无妨斟酌加减点儿。种种礼数或过场就是从这里来的。有人说礼是生活的艺术,礼的本意应该如此。日常生活里所谓客气，也是一种礼数或过场。有些人觉得客气太拘形迹，不见真心，不是诚恳的态度。这些人主张率性自然。率性自然未尝不可，但是得看人去。

若是一见生人就如此这般，就有点野了。即使熟人，毫无节制的率性自然也不成。夫妇算是熟透了的，有时还得“相敬如宾”，别人可想而知。总之，在不同的局势下，率性自然可以表示诚意，客气也可以表示诚意，不过诚意的程度不一样罢了。客气要大方，合身份，不然就是诚意太多；诚意太多，诚意就太贱了。

看人，请客，送礼，也都是些过场。有人说这些只是虚伪的俗套，无聊的玩意儿。但是这些其实也是表示诚意的。总得心里有这个人，才会去看他，请他，送他礼，这就有诚意了。至于看望的次数，时间的长短，请作主客或陪客，送礼的情形，只是诚意多少的分别，不是有无的分别。看人又有回看，请客有回请，送礼有回礼，也只是回答诚意。古语说得好，“来而不往非礼也”，无论古今，人情总是一样的。

有一个人送年礼，转来转去，自己送出去的礼物，有一件竟又回到自己手里。他觉得虚伪无聊，当作笑谈。笑谈确乎是的，但是诚意还是有的。又一个人路上遇见一个本不大熟的朋友向他说，“我要来看你。”这个人告诉别人说，“他用不着来看我，我也知道他不会来看我，你瞧这句话才没意思哪！”那个朋友的诚意似乎是太多了。

凌叔华女士写过一个短篇小说，叫做《外国规矩》，说一位青年留学生陪着一位旧家小姐上公园，尽招呼她这样那样的。她以为让他爱上了，哪里知道他行的只是“外国规矩”！这喜剧由于那位旧家小姐不明白新礼数，新过场，多估量了那位留学生的诚意。可见诚意确是有分量的。

人为自己活着，也为别人活着。在不伤害自己身份的条件下顾全别人的情感，都得算是诚恳，有诚意。这样宽大的看法也许可以使一些人活得更有兴趣些。西方有句话，“人生是做戏。”做戏也无妨，只要有心往好里做就成。客气等等一定有人觉得是做戏，可是只要为了大家好，这种戏也值得做的。另一方面，诚恳，诚意也未必不是戏。现在人常说，“我很诚恳的告诉你”，“我是很有诚意的”，自己标榜自己的诚恳，诚意，大有卖瓜的说瓜甜的神气，诚实的君子大概不会如此。

不过一般人也已习惯自然，知道这只是为了增加诚意的分量，强调自己的态度，跟买卖人的吆喝到底不是一回事儿。常人到底是常人，得跟着局势斟酌加减他们的诚意，变化他们的态度；这就不免沾上了些戏味。西方还有句话，“诚实是最好的政策”，“诚实”也只是态度；这似乎也是一句戏词儿。

论无话可说

十年前我写过诗；后来不写诗了，写散文；入中年以后，散文也不大写得出了——现在是，比散文还要"散"的无话可说！许多人苦于有话说不出，另有许多人苦于有话无处说；他们的苦还在话中，我这无话可说的苦却在话外。我觉得自己是一张枯叶，一张烂纸，在这个大时代里。

在别处说过，我的"忆的路"是"平如砥""直如矢"的；我永远不曾有过惊心动魄的生活，即使在别人想来最风华的少年时代。我的颜色永远是灰的。我的职业是三个教书；我的朋友永远是那么几个，我的女人永远是那么一个。有些人生活太丰富了，太复杂了，会忘记自己，看不清楚自己，我是什么时候都"了了玲玲地"知道，记住，自己是怎样简单的一个人。

但是为什么还会写出诗文呢？——虽然都是些废话。这是时代为之！十年前正是五四运动的时期，大伙儿蓬蓬勃勃的朝气，紧逼着我这个年轻的学生；于是乎跟着人家的脚印，也说说什么自然，什么人生。但这只是些范畴而已。我是个懒人，平心而论，又不曾遭过怎样了不得的逆境；既不深思力索，又未亲自体验，范畴终于只是范畴，此处也只是廉价的，新瓶里装旧酒的感伤。当时芝麻黄豆大的事，都不惜郑重地写出来,现在看看,苦笑而已。

先驱者告诉我们说自己的话。不幸这些自己往往是简单的,说来说去是那一套;终于说的听的都腻了。——我便是其中的一个。这些人自己其实并没有什么话,只是说些中外贤哲说过的和并世少年将说的话。真正有自己的话要说的是不多的几个人;因为真正一面生活一面吟味那生活的只有不多的几个人。一般人只是生活,按着不同的程度照例生活。

这点简单的意思也还是到中年才觉出的;少年时多少有些热气,想不到这里。中年人无论怎样不好,但看事看得清楚,看得开,却是可取的。这时候眼前没有雾,顶上没有云彩,有的只是自己的路。他负着经验的担子,一步步踏上这条无尽的然而实在的路。他回看少年人那些情感的玩意,觉得一种轻松的意味。他乐意分析他背上的经验,不止是少年时的那些;他不愿远远地捉摸,而愿剥开来细细地看。也知道剥开后便没了那跳跃着的力量,但他不在乎这个,他明白在冷静中有他所需要的。这时候他若偶然说话,决不会是感伤的或印象的,他要告诉你怎样走着他的路,不然就是,所剥开的是些什么玩意。但中年人是很胆小的;他听别人的话渐渐多了,说了的他不说,说得好的他不说。所以终于往往无话可说——特别是一个寻常的人像我。但沉默又是寻常的人所难堪的,我说苦在话外,以此。

中年人若还打着少年人的调子,——姑不论调子的好坏——原也未尝不可,只总觉"像煞有介事"。他要用很大的力量去写出那冒着热气或流着眼泪的话;一个神经敏锐的人对于这个是不容易忍耐的，无论在自己在别人。这好比上了年纪的太太小姐们还涂脂抹粉地到大庭广众里去卖弄一般，是殊可不必的了。

其实这些都可以说是废话，只要想一想咱们这年头。这年头要的是“代言人”，而且将一切说话的都看作“代言人”；压根儿就无所谓自己的话。这样一来，如我辈者，倒可以将从前狂妄之罪减轻，而现在是更无话可说了。

但近来在戴译《唯物史观的文学论》里看到，法国俗语“无话可说”竟与“一切皆好”同意。呜呼，这是多么损的一句话，对于我，对于我的时代！

论说话的多少

圣经贤传都教我们少说话，怕的是惹祸，你记得金人铭开头就是“古之慎言人也。戒之哉！戒之哉！无多言！多言多败。”岂不森森然有点可怕的样子。再说，多言即使不惹祸，也不过颠倒是非，决非好事。所以孔子称“仁者，其言也讱”，又说“恶夫佞者”。苏秦张仪之流以及后世小说里所谓“掉三寸不烂之舌”的辩士，在正统派看来，也许比佞者更下一等。所以“沉默寡言”“寡言笑”，简直就成了我们的美德。

圣贤的话自然有道理，但也不可一概而论。假如你身居高位，一个字一句话都可影响大局，那自然以少说话，多点头为是。可是反过来，你如去见身居高位的人，那可就没有准儿。前几年南京有一位著名会说话的和一位著名不说话的都做了不小的官。许多人踌躇起来，还是说话好呢？还是不说话好呢？这是要看情形的：有些人喜欢说话的人，有些人不。有些事必得会说话的人去干，譬如宣传员；有些事必得少说话的人去干，譬如机要秘书。

至于我们这些平人，在访问，见客，聚会的时候，若只是死心眼儿，一个劲儿少说话，虽合于圣贤之道，却未见得就顺非圣贤人的眼。要是熟人，处得久了，彼此心照，倒也可以原谅的；要是生人或半生半熟的人，那就有种种看法。他也许觉得你神秘，仿佛天上眨眼的星星；也许觉得你老实，所谓“仁者其言也讱”；也许觉得你懒，不愿意卖力气；也许觉得你利害，专等着别人的话（我们家乡称这种人为“等口”）；也许觉得你冷淡，不容易亲近；也许觉得你骄傲，看不起他，甚至讨厌他。这自然也看你和他的关系，以及你的相貌神气而定，不全在少说话；不过少说话是个大原因。这么着，他对你当然敬而远之，或不敬而远之。若是你真如他所想，那倒是“求仁得仁”；若是不然，就未免有点冤哉枉也。民国十六年的时候，北平有人到汉口去回来，一个同事问他汉口怎么样。他说，“很好哇，没有什么。”话是完了，那位同事只好点点头走开。他满想知道一点汉口的实在情形，但是什么也没有得着；失望之余，很觉得人家是瞧不起他哪。但是女人少说话，却当别论；因为一般女人总比男人害臊，一害臊自然说不出什么了。再说，传统的压迫也太利害；你想男人好说话，还不算好男人，女人好说话还了得！（王熙凤算是会说话的，可是在《红楼梦》里，她并不算是个好女人）可是——现在若有会说话的女人，特别是压倒男人的会说话的女人，恭维的人就一定多；因为西方动的文明已经取东方静的文明而代之，“沉默寡言”虽有时还用得着，但是究竟不如“议论风生”的难能可贵了。

说起“议论风生”，在传统里原来也是褒辞。不过只是美才，而不是美德；若是以德论，这个怕也不足重轻罢。现在人也还是看作美才，只不过看得重些罢了。

“议论风生”并不只是口才好；得有材料，有见识，有机智才成——口才不过机智，那是不够的。这个并不容易办到；我们平人所能做的只是在普通情形之下，多说几句话，不要太冷落场面就是。——许多人喝下酒时生气时爱说话，但那是往往多谬误的。说话也有两路，一是游击式，一是包围式。有一回去看新从欧洲归国的两位先生，他们都说了许多话。甲先生从客人的话里选择题目，每个题目说不上几句话就牵引到别的上去。当时觉得也还有趣，过后却什么也想不出。乙先生也从客人的话里选题目，可是他却粘在一个题目上，只叙说在欧洲的情形。他并不用什么机智，可是说得很切实，让客人觉着有所得而去。他的殷勤，客人在口头在心上，都表示着谢意。

普通说话大概都用游击式；包围式组织最难，多人不能够，也不愿意去尝试。再说游击式可发可收，爱听就多说些，不爱听就少说些；我们这些人许犯贫嘴到底还不至于的。要说像“哑妻”那样，不过是法朗士的牢骚，事实上大致不会有。倒是有像老太太的，一句话重三倒四地说，也不管人家耳朵里长茧不长。这一层最难，你得记住哪些话在哪些人面前说过，才不至于说重了。有时候最难为情的是，你刚开头儿，人家就客客气气地问，“啊，后来是不是怎样怎样的？”包围式可麻烦得多。最麻烦的是人多的时候，说得半半拉拉的，大家或者交头接耳说他们自己的私话，或者打盹儿，或者东看看西看看，轻轻敲着指头想别的，或者勉强打起精神对付着你。这时候你一个人霸占着全场，说下去太无聊，不说呢，又收不住，真是骑虎之势。大概这种说话，人越多，时候越不宜长；各人的趣味不同，决不能老听你的——换题目另说倒成。说得也不宜太慢，太慢了怎么也显得长。曾经听过两位著名会说话的人说故事，大约因为唤起注意的缘故罢，加了好些个助词，慢慢地叙过去，足有十多分钟，算是完了；大家虽不至疲倦，却已暗中着急。声音也不宜太平，太平了就单调；但又丝毫不能做作。这种说话只宜叙说或申说，不能掺一些教导气或劝导气。长于演说的人往往免不了这两种气味。有个朋友说某先生口才太好，教人有戒心，就是这个意思。所以包围式说话要靠天才，我们平人只能学学游击式，至多规模较大而已。——我们在普通情形之下，只不要像林之孝家两口子“一锥子扎不出话来”，也就行了。

论东西

中国读书人向来不大在乎东西。“家徒四壁”不失为书生本色，做了官得“两袖清风”才算好官；爱积聚东西的只是俗人和贪吏，大家是看不起的。这种不在乎东西可以叫做清德。至于像《世说新语》里记的：

> 王恭从会稽还，王大看之，见其坐六尺簟，因语恭，“卿东来，故应有此物。可以一领及我。”恭无言。大去后，即举所坐者送之。既无余席，便坐荐上。后大闻之，甚惊曰，“吾本谓卿多，故求耳。”
>
> 对曰，“丈人不悉恭，恭作人无长物。”

“作人无长物”也是不在乎东西，不过这却是达观了。后来人常说“身外之物，何足计较！”一类话，也是这种达观的表现，只是在另一角度下。不为物累，才是自由人，“清”是从道德方面看，“达”是从哲学方面看，清是不浊，达是不俗，是雅。

读书人也有在乎东西的时候，他们有的有收藏癖。收藏的可只是书籍，字画，古玩，邮票之类。这些人爱逛逛书店，逛逛旧货铺，地摊儿，积少也可成多，但是不能成为大收藏家。大收藏家总得沾点官气或商气才成。大收藏家可认真的在乎东西，书生的爱美的收藏家多少带点儿游戏三昧。——他们随时将收藏的东西公诸同好，有时也送给知音的人，并不严封密裹，留着“子孙永宝用”。这些东西都不是实用品，这些爱美的收藏家也还不失为雅癖。日常的实用品，读书人是向来不在乎也不屑在乎的。事实上他们倒也短不了什么，一般的说，吃的穿的总有的。吃的穿的有了，别的短点儿也就没什么了。这些人可老是舍不得添置日用品，因此常跟太太们闹别扭。而在搬家或上路的时候，太太们老是要多带东西，他们老是要多丢东西，更会大费唇舌——虽然事实上是太太胜利的多。

现在读书人可也认真的在乎东西了，而且连实用品都一视同仁了。这两年东西实在涨得太快，电兔儿都追不上，一般读书人吃的穿的渐渐没把握；他们虽然还在勉力保持清德，但是那种达观却只好暂时搁在一边儿了。于是乎谈烟，谈酒，更开始谈柴米油盐布。这儿是第一回，先生们和太太们谈到一路上去了。酒不喝了，烟越抽越坏，越抽越少，而且在打主意戒了——将来收藏起烟斗烟嘴儿当古玩看。柴米油盐布老在想法子多收藏点儿，少消费点儿。什么都爱惜着，真做到了“一粥一饭当思来处不易”。这些人不但不再是痴聋的阿家翁，而且简直变成克家的令子了。那爱美的雅癖，不用说也得暂时的搁在一边儿。这些人除了职业的努力以外，就只在柴米油盐布里兜圈子，好像可怜见儿的。其实倒也不然。他们有那一把清骨头，够自己骄傲的。再说柴米油盐布里也未尝没趣味，特别是在现在这时候。例如今天忽然知道了油盐有公卖处，便宜那么多；今天知道了王老板家的花生油比张老板的每斤少五毛钱；今天知道柴涨了，幸而昨天买了三百斤收藏着。这些消息都可以教人带着胜利的微笑回家。这是挣扎，可也是消遣不是？能够在柴米油盐布里找着消遣的是有福的。在另一角度下，这也是达观或雅癖哪。

读书人大概不乐意也没本事改行，他们很少会摇身一变成为囤积居奇的买卖人的。他们现在虽然也爱惜东西，可是更爱惜自己；他们爱惜东西，其实也只能爱惜自己的。他们不用说爱惜自己需要的柴米油盐布，还有就只是自己箱儿笼儿里一些旧东西，书籍呀，衣服呀，什么的。这些东西跟着他们在自己的中国里流转了好多地方，几个年头，可是他们本人一向也许并不怎样在意这些旧东西，更不会跟它们亲热过一下子。可是东西越来越贵了，而且有的越来越少了，他们这才打开自己的箱笼细看，嘿！多么可爱呀，还存着这么多东西哪！于是乎一样样拿起来端详，越端详越有意思，越有劲儿，像多年不见的老朋友似的，不知道怎样亲热才好。有了这些，得闲儿就去摩挲一番，尽抵得上逛旧货铺，地摊儿，也尽抵得上喝一回好酒，抽几支好烟的。再说自己看自己原也跟别人看自己一般，压根儿是穷光蛋一个；这一来且不管别人如何，自己确是觉得富有了。瞧，寄售所，拍卖行，有的是，暴发户的买主有的是，今天拿去卖点儿，明天拿去卖点儿，总该可以贴补点儿吃的穿的。等卖光了，抗战胜利的日子也就到了，那时候这些读书人该是老脾气了，那时候他们会这样想，“一些身外之物算什么哪，又都是破烂儿！咱们还是等着逛书店，旧货铺，地摊儿罢。”

论自己

翻开辞典,“自”字下排列着数目可观的成语,这些“自”字多指自己而言。这中间包括着一大堆哲学,一大堆道德,一大堆诗文和废话,一大堆人,一大堆我,一大堆悲喜剧。自己“真乃天下第一英雄好汉”,有这么些可说的,值得说值不得说的! 难怪纽约电话公司研究电话里最常用的字,在五百次通话中会发现三千九百九十次的“我”。这“我”字便是自己称自己的声音,自己给自己的名儿。

自爱自怜! 真是天下第一英雄好汉也难免的,何况区区寻常人!冷眼看去,也许只觉得那托自尊大狂妄得可笑;可是这只见了真理的一半儿。掉过脸儿来,自爱自怜确也有不得不自爱自怜的。幼小时候有父母爱怜你,特别是有母亲爱怜你。到了长大成人,“娶了媳妇儿忘了娘”,娘这样看时就不必再爱怜你,至少不必再像当年那样爱怜你。——女的呢,“嫁出门的女儿,泼出门的水”;做母亲的虽然未必这样看,可是形格势禁而且鞭长莫及,就是爱怜得着,也只算找补点罢了。爱人该爱怜你?然而爱人们的嘴一例是甜蜜的,谁能说“你泥中有我,我泥中有你!”真有那么回事儿?赶到爱人变了太太,再生了孩子,你算成了家,太太得管家管孩子,更不能一心儿爱怜你。你有时候会病,"久病床前无孝子", 太太怕也够倦的,够烦的。住医院?好,假如有运气住到像当年北平协和医院样的医院里去,倒是比家里强得多。但是护士们看护你,是服务,是工作;也许夹上点儿爱怜在里头,那是"好生之德",不是爱怜你,是爱怜"人类"。——你又不能老呆在家里,一离开家,怎么着也算"作客";那时候更没有爱怜你的。可以有朋友招呼你;但朋友有朋友的事儿,那能教他将心常放在你身上?可以有属员或仆役伺候你,那——说得上是爱怜么?总而言之,天下第一爱怜自己的,只有自己;自爱自怜的道理就在这儿。

再说,"大丈夫不受人怜。"穷有穷干,苦有苦干;世界那么大,凭自己的身手,哪儿就打不开一条路?何必老是向人愁眉苦脸唉声叹气的!愁眉苦脸不顺耳,别人会来爱怜你?自己免不了伤心的事儿,咬紧牙关忍着,等些日子,等些年月,会平静下去的。说说也无妨,只别不拣时候不看地方老是向人叨叨,叨叨得谁也不耐烦的岔开你或者躲开你。也别怨天怨地将一大堆感叹的句子向人身上扔过去。你怨的是天地,倒碍不着别人,只怕别人奇怪你的火气怎么这样大。——自己也免不了吃别人的亏。值不得计较的,不做声吞下肚去。出入大的想法子复仇,力量不够,卧薪尝胆的准备着。可别这儿那儿尽嚷嚷——嚷嚷完了一扔开,倒便宜了那欺负你的人。"好汉胳膊折了往袖子里藏",为的是不在人面前露怯相,要人爱怜这"苦人儿"似的,这是要强,不是装。说也怪,不受人怜的人倒是能得人怜的人;要强的人总是最能自爱自怜的人。

大丈夫也罢，小丈夫也罢，自己其实是渺乎其小的，整个儿人类只是一个小圆球上一些碳水化合物，像现代一位哲学家说的，别提一个人的自己了。庄子所谓马体一毛，其实还是放大了看的。英国有一家报纸登过一幅漫画，画着一个人，仿佛在一间铺子里，周遭陈列着从他身体里分析出来的各种原素，每种标明分量和价目，总数是五先令——那时合七元钱。现在物价涨了，怕要合国币一千元了罢？然而，个人的自己也就值区区这一千元儿！自己这般渺小，不自爱自怜着点又怎么着！然而，“顶天立地”的是自己，“天地与我并生，万物与我为一”的也是自己；有你说这些大处只是好听的话语，好看的文句？你能愣说这样的自己没有！有这么的自己，岂不更值得自爱自怜的？再说自己的扩大，在一个寻常人的生活里也可见出。且先从小处看。小孩子就爱搜集各国的邮票，正是在扩大自己的世界。从前有人劝学世界语，说是可以和各国人通信。你觉得这话幼稚可笑？可是这未尝不是扩大自己的一个方向。再说这回抗战，许多人都走过了若干地方，增长了若干阅历。特别是青年人身上，你一眼就看出来，他们是和抗战前不同了，他们的自己扩大了。——这样看，自己的小，自己的大，自己的由小而大。在自己都是好的。

自己都觉得自己好，不错；可是自己的确也都爱好。做官的都爱做好官，不过往往只知道爱做自己家里人的好官，自己亲戚朋友的好官；这种好官往往是自己国家的贪官污吏。做盗贼的也都爱做好盗贼——好喽啰，好伙伴，好头儿，可都只在贼窝里。有大好，有小好，有好得这样坏。自己关闭在自己的丁点大的世界里，往往越爱好越坏。所以非扩大自己不可。但是扩大自己得一圈儿一圈儿的，得充实，得踏实。别像肥皂泡儿，一大就裂。“大丈夫能屈能伸”，该屈的得屈点儿，别只顾伸出自己去。也得估计自己的力量。力量不够的话，“人一能之，己百之，人十能之，己千之”；得寸是寸，得尺是尺。总之路是有的。看得远，想得开，把得稳；自己是世界的时代的一环，别脱了节才真算好。力量怎样微弱，可是是自己的。相信自己，靠自己，随时随地尽自己的一份儿往最好里做去，让自己活得有意思，一时一刻一分一秒都有意思。这么着，自爱自怜才真是有道理的。

1942年9月1日作。

论别人

有自己才有别人，也有别人才有自己。人人都懂这个道理，可是许多人不能行这个道理。本来自己以外都是别人，可是有相干的，有不相干的。可以说是"我的"那些，如我的父母妻子，我的朋友等，是相干的别人，其余的是不相干的别人。相干的别人和自己合成家族亲友；不相干的别人和自己合成社会国家。自己也许愿意只顾自己，但是自己和别人是相对的存在，离开别人就无所谓自己，所以他得顾到家族亲友，而社会国家更要他顾到那些不相干的别人。所以"自了汉"不是好汉，"自顾自"不是好话，"自私自利"，"不顾别人死活"，"只知有己，不知有人"的，更都不是好人。所以孔子之道只是个忠恕：忠是己之所欲，以施于人，恕是"己所不欲，勿施于人"。这是一件事的两面，所以说"一以贯之"。孔子之道，只是教人为别人着想。

可是儒家有"亲亲之杀"的话，为别人着想也有个层次。家族第一，亲戚第二，朋友第三，不相干的别人挨边儿。几千年来顾家族是义务，顾别人多多少少只是义气；义务是分内，义气是分外。可是义务似乎太重了，别人压住了自己。这才来了五四时代。这是个自我解放的时代，个人从家族的压迫下挣出来，开始独立在社会上。于是乎自己第一，高于一切，对于别人，几乎什么义务也没有了似的。可是又都要改造社会，改造国家，甚至于改造世界，说这些是自己的责任。虽然是责任，却是无限的责任，爱尽不尽，爱尽多少尽多少；反正社会国家世界都可以只是些抽象名词，不像一家老小在张着嘴等着你。所以自己顾自己，在实际上第一，兼顾社会国家世界，在名义上第一。这算是义务。顾到别人，无论相干的不相干的，都只是义气，而且是客气。这些解放了的，以及生得晚没有赶上那种压迫的人，既然自己高于一切，别人自当不在眼下，而居然顾到别人，自当算是客气。其实在这些天子骄子各自的眼里，别人都似乎为自己活着，都得来供养自己才是道理。“我爱我”成为风气，处处为自己着想，说是“真”；为别人着想倒说是“假”，是“虚伪”。可是这儿“假”倒有些可爱，“真”倒有些可怕似的。

为别人着想其实也只是从自己推到别人，或将自己当作别人，和为自己着想并无根本的差异。不过推己及人，设身处地，确需要相当的勉强，不像“我爱我”那样出于自然。所谓“假”和“真”大概是这种意思。这种“真”未必就好，这种“假”也未必就是不好。读小说看戏，往往会为书中人戏中人捏一把汗，掉眼泪，所谓替古人担忧。这也是推己及人，设身处地；可是因为人和地只在书中戏中，并非实有，没有利害可计较，失去相干的和不相干的那分别，所以“推”“设”起来，也觉自然而然。作小说的演戏的就不能如此，得观察，揣摩，体贴别人的口气，身份，心理，才能达到“逼真”的地步。特别是演戏,若不能忘记自己,那非糟不可。这个得勉强自己,训练自己;训练越好,越"逼真",越美,越能感染读者和观众。如果"真"是"自然",小说的读者,戏剧的观众那样为别人着想,似乎不能说是"假"。小说的作者,戏剧的演员的观察,揣摩,体贴,似乎"假",可是他们能以达到"逼真"的地步,所求的还是"真"。在文艺里为别人着想是"真",在实生活里却说是"假","虚伪",似乎是利害的计较使然;利害的计较是骨子,"真","假","虚伪"只是好看的门面罢了。计较利害过了分,真是像法朗士说的"关闭在自己的牢狱里";老那么关闭着,非死不可。这些人幸而还能读小说看戏,该仔细吟味,从那里学习学习怎样为别人着想。

五四以来,集团生活发展。这个那个集团和家族一样是具体的,不像社会国家有时可以只是些抽象名词。集团生活将原不相干的别人变成相干的别人,要求你也训练你顾到别人,至少是那广大的相干的别人。集团的约束力似乎一直在增强中,自己不得不为别人着想。那自己第一,自己高于一切的信念似乎渐渐低下头去了。可是来了抗战的大时代。抗战的力量无疑的出于二十年来集团生活的发展。可是抗战以来,集团生活发展的太快了,这儿那儿不免有多少还不能够得着均衡的地方。个人就又出了头,自己就又可以高于一切;现在却不说什么"真"和"假"了,只凭着神圣的抗战的名字做那些自私自利的事,名义上是顾别人,实际上只顾自己。自己高于一切,自己的集团或机关也就高于一切;自己肥,自己机关肥,别人瘦,别人机关瘦,乐自己的,管不着!——瘦瘪了,饿死了,活该!相信最后的胜利到来的时候,别人总会压下那些猖獗的卑污的自己的。这些年自己实在太猖獗了,总盼望压下它的头去。自然,一个劲儿顾别人也不一定好。仗义忘身,急人之急,确是英雄好汉,但是难得见。常见的不是敷衍妥协的乡愿,就是卑屈甚至谄媚的可怜虫,这些人只是将自己丢进了垃圾堆里!可是,有人说得好,人生是个比例问题。目下自己正在张牙舞爪的,且头痛医头,脚痛医脚,先来多想想别人罢!

论做作

做作就是"佯"，就是"乔"，也就是"装"。苏北方言有"装佯"的话，"乔装"更是人人皆知。旧小说里女扮男装是乔装，那需要许多做作。难在装得像。只看坤角儿扮须生的，像的有几个？何况做戏还只在戏台上装，一到后台就可以照自己的样儿，而女扮男装却得成天儿到处那么看！侦探小说里的侦探也常在乔装，装得像也不易，可是自在得多。不过——难也罢，易也罢，人反正有时候得装。其实你细看，不但"有时候"，人简直就爱点儿装。"三分模样七分装"是说女人，男人也短不了装，不过不大在模样上罢了。装得像难，装得可爱更难；一番努力往往只落得个"矫揉造作！"所以"装"常常不是一个好名儿。

"一个做好，一个做歹"，小呢逼你出些码头钱，大呢就得让你去做那些不体面的尴尬事儿。这已成了老套子，随处可以看见。那做好的是装做好，那做歹的也装得格外歹些；一松一紧的拉住你，会弄得你啼笑皆非。这一套儿做作够受的。贫和富也可以装。贫寒人怕人小看他，家里尽管有一顿没一顿的，还得穿起好衣服在街上走，说话也满装着阔气，什么都不在乎似的。——所谓"苏空头"。其实"空头"也不止苏州有。

——有钱人却又怕人家打他的主意，开口闭口说穷，他能特地去当点儿什么，拿当票给人家看。这都怪可怜见的。还有一些人，人面前老爱论诗文，谈学问，仿佛天生他一副雅骨头。装斯文其实不能算坏，只是未免“雅得这样俗”罢了。

有能耐的人，有权位的人有时不免“装模作样”，“装腔作势”。马上可以答应的，却得“考虑考虑”；直接可以答应的，却让你绕上几个大弯儿。论地位也只是“上不在天，下不在田”，而见客就不起身，只点点头儿，答话只喉咙里哼一两声儿。谁教你求他，他就是这么着！——“笑骂由他笑骂，好官儿什么的我自为之！”话说回来，拿身份，摆架子有时也并非全无道理。老爷太太在仆人面前打情骂俏，总不大像样，可不是得装着点儿？可是，得恰到分际，“过犹不及”。总之别忘了自己是谁！别尽拣高枝爬，一失脚会摔下来的。老想着些自己，谁都装着点儿，也就不觉得谁在装。所谓“装模做样”，“装腔作势”。却是特别在装别人的模样，别人的腔和势！为了抬举自己，装别人；装不像别人，又不成其为自己，也怪可怜见的。

“不痴不聋，不作阿姑阿翁”，有些事大概还是装聋作哑的好。倒不是怕担责任，更不是存着什么坏心眼儿。有些事是阿姑阿翁该问的，值得问的，自然得问；有些是无需他们问的，或值不得他们问的，若不痴不聋，事必躬亲，阿姑阿翁会做不成，至少也会不成其为阿姑阿翁。记得那儿说过美国一家大公司经理，面前八个电话，每天忙累不堪，另一家经理，室内没有电话，倒是从容不迫的。这后一位经理该是能够装聋作哑的人。“不闻不问”，有时候该是一句好话；“充耳不闻”，“闭目无睹”，也许可以作“无为而治”的一个注脚。其实无为多半也是装出来的。至于装作不知，那更是现代政治家外交家的惯技，报纸上随时看得见。——他们却还得勾心斗角的“做姿态”，大概不装不成其为政治家外交家罢？

装欢笑，装悲泣，装嗔，装恨，装惊慌，装镇静，都很难；固然难在像，有时还难在不像而不失自然。“小心陪笑”也许能得当局的青睐，但是旁观者在恶心。可是“强颜为欢”，有心人却领会那欢颜里的一丝苦味。假意虚情的哭泣，像旧小说里妓女向客人那样，尽管一把眼泪一把鼻涕的，也只能引起读者的微笑。——倒是那“忍泪佯低面”，教人老大不忍。佯嗔薄怒是女人的“作态”，作得恰好是爱娇，所以《乔醋》是一折好戏。爱极翻成恨，尽管“恨得人牙痒痒的”，可是还不失为爱到极处。“假意惊慌”似乎是旧小说的常语，事实上那“假意”往往露出马脚。镇静更不易，秦舞阳心上有气脸就铁青，怎么也装不成，荆轲的事，一半儿败在他的脸上。淝水之战谢安装得够镇静的，可是不觉得意忘形摔折了屐齿。所以一个人喜怒不形于色，真够一辈子半辈子装的。《乔醋》是戏，其实凡装，凡做作，多少都带点儿戏味——有喜剧，有悲剧。孩子们爱说“假装”这个，“假装”那个，戏味儿最厚。他们认真“假装”，可是悲喜一场，到头儿无所为。成人也都认真的装，戏味儿却淡薄得多；戏是无所为的，至少扮戏中人的可以说是无所为，而人们的做作常常是有所为的。所以戏台上装得像的多，人世间装得像的少。戏台上装得像就有叫好儿的，人世间即使装得像，逗人爱也难。逗人爱的大概是比较的少有所为或只消极的有所为的。前面那些例子，值得我们吟味，而装痴装傻也许是值得重提的一个例子。

作阿姑阿翁得装几分痴，这装是消极的有所为；“金殿装疯”也有所为，就是积极的。历来才人名士和学者，往往带几分傻气。那傻气多少有点儿装，而从一方面看，那装似乎不大有所为，至多也只是消极的有所为。陶渊明的“我醉欲眠卿且去”说是率真，是自然；可是看魏晋人的行径，能说他不带着几分装？不过装得像，装得自然罢了。阮嗣宗大醉六十日，逃脱了和司马昭做亲家，可不也一半儿醉一半儿装？他正是“喜怒不形于色”的人，而有一向当时人多说他痴，他大概是颇能做作的罢？

装睡装醉都只是装糊涂。睡了自然不说话，醉了也多半不说话——就是说话，也尽可以装疯装傻的，给他个驴头不对马嘴。郑板桥最能懂得装糊涂，他那“难得糊涂”一个警句，真喝破了千古聪明人的秘密。还有善忘也往往是装傻，装糊涂；省麻烦最好自然是多忘记，而“忘怀”又正是一件雅事儿。到此为止，装傻，装糊涂似乎是能以逗人爱的；才人名士和学者之所以成为才人名士和学者，至少有几分就仗着他们那不大在乎的装劲儿能以逗人爱好。可是这些人也良莠不齐，魏晋名士颇有仗着装糊涂自私自利的。这就“在乎”了，有所为了，这就不再可爱了。在四川话里装糊涂称为“装疯迷窍”，北平话却带笑带骂的说“装蒜”，“装孙子”，可见民众是不大赏识这一套的——他们倒是下的稳着儿。

1942年10月31日—11月2日作。

论青年

冯友兰先生在《新事论·赞中华》篇里第一次指出现在一般人对于青年的估价超过老年之上。这扼要的说明了我们的时代。这是青年时代，而这时代该从五四运动开始。从那时起，青年人才抬起了头，发现了自己，不再仅仅的做祖父母的孙子，父母的儿子，社会的小孩子。他们发现了自己，发现了自己的群，发现了自己和自己的群的力量。他们跟传统斗争，跟社会斗争，不断的在争取自己领导权甚至社会领导权，要名副其实的做新中国的主人。但是，像一切时代一切社会一样，中国的领导权掌握在老年人和中年人的手里，特别是中年人的手里。于是乎来了青年的反抗，在学校里反抗师长，在社会上反抗统治者。他们反抗传统和纪律，用怠工，有时也用挺击。中年统治者记得五四以前青年的沉静，觉着现在青年爱捣乱，惹麻烦，第一步打算压制下去。可是不成。于是乎敷衍下去。敷衍到了难以收拾的地步，来了集体训练，开出新局面，可是还得等着瞧呢。

青年反抗传统，反抗社会，自古已然，只是一向他们低头受压，使不出大力气，见得沉静罢了。家庭里父代和子代闹别扭是常见的，正是压制与反抗的征象。政治上也有老少两代的斗争，汉朝的贾谊到戊戌六君子，例子并不少。中年人总是在统治的地位，老年人势力足以影响他们的地位时，就是老年时代，青年人势力足以影响他们的地位时，就是青年时代。老年和青年的势力互为消长，中年人却总是在位，因此无所谓中年时代。老年人的衰朽，是过去，青年人还幼稚，是将来，占有现在的只是中年人。他们一面得安慰老年人，培植青年人，一面也在讥笑前者，烦厌后者。安慰还是顺的，培植却常是逆的，所以更难。培植是凭中年人的学识经验做标准，大致要养成有为有守爱人爱物的中国人。青年却恨这种切近的典型的标准妨碍他们飞跃的理想。他们不甘心在理想还未疲倦的时候就被压进典型里去，所以总是挣扎着，在憧憬那海阔天空的境界。中年人不能了解青年人为什么总爱旁逸斜出不走正路，说是时代病。其实这倒是成德达材的大路；压迫的，挣扎着，材德的达成就在这两种力的平衡里。这两种力永恒的一步步平衡着，自古已然，不过现在更其表面化罢了。

青年人爱说自己是“天真的”，“纯洁的”。但是看看这时代，老练的青年可真不少。老练却只是工于自谋，到了临大事，决大疑，似乎又见得幼稚了。青年要求进步，要求改革，自然很好，他们有的是奋斗的力量。不过大处着眼难，小处下手易，他们的饱满的精力也许终于只用在自己的物质的改革跟进步上；于是骄奢淫佚，无所不为，有利无义，有我无人。中年里原也不缺少这种人，效率却赶不上青年的大。眼光小还可以有一步路，便是做自了汉，得过且过的活下去；或者更退一步，遇事消极，马马虎虎对付着，一点不认真。中年人这两种也够多的。可是青年时就染上这些习气，未老先衰，不免更教人毛骨悚然。所幸青年人容易回头，“浪子回头金不换”，不像中年人往往将错就错，一直沉到底里去。

青年人容易脱胎换骨改样子，是真可以自负之处；精力足，岁月长，前路宽，也是真可以自负之处。总之可能多。可能多倚仗就大，所以青年人狂。人说青年时候不狂，什么时候才狂？不错。但是这狂气到时候也得收拾一下，不然会忘其所以的。青年人爱讽刺，冷嘲热骂，一学就成，挥之不去；但是这只足以取快一时，久了也会无聊起来的。青年人骂中年人逃避现实，圆通，不奋斗，妥协，自有他们的道理。不过青年人有时候让现实笼罩住，伸不出头，张不开眼，只模糊的看到面前一段儿路，真是“前不见古人，后不见来者”。这又是小处。若是能够偶然到所谓“世界外之世界”里歇一下脚，也许可以将自己放大些。青年也有时候偏执不回，过去一度以为读书就不能救国就是的。那时蔡孑民先生却指出“读书不忘救国，救国不忘读书”。这不是妥协，而是一种权衡轻重的圆通观。懂得这种圆通，就可以将自己放平些。能够放大自己，放平自己，才有真正的“工作与严肃”，这里就需要奋斗了。

蔡孑民先生不愧人师，青年还是需要人师。用不着满口仁义道德，道貌岸然，也用不着一手摊经，一手握剑，只要认真而亲切的服务，就是人师。但是这些人得组织起来，通力合作。讲情理，可是不敷衍，重诱导，可还归到守法上。不靠婆婆妈妈气去乞怜青年人，不靠甜言蜜语去买好青年人，也不靠刀子手枪去示威青年人。只言行一致后先一致的按着应该做的放胆放手做去。不过基础得打在学校里；学校不妨尽量社会化，青年训练却还是得在学校里。学校好像实验室，可以严格的计划着进行一切；可不是温室，除非让它堕落到那地步。训练该注重集体的，集体训练好，个体也会改样子。人说教师只消传授知识就好，学生做人，该自己磨练去。但是得先有集体训练，教青年有胆量帮助人，制裁人，然后才可以让他们自己磨练去。这种集体训练的大任，得教师担当起来。现行的导师制注重个别指导，琐碎而难实践，不如缓办，让大家集中力量到集体训练上。学校以外倒是先有了集中训练，从集中军训起头，跟着来了各种训练班。前者似乎太单纯了，效果和预期差得多，后者好像还差不多。不过训练班至多只是百尺竿头更进一步，培植根基还得在学校里。在青年时代，学校的使命更重大了，中年教师的责任也更重大了，他们得任劳任怨的领导一群群青年人走上那成德达材的大路。

1944 年 6 月 9 日作。

南行通信

在北平整整待了三年半,除去年冬天丢了一个亲人是一件不可弥补的损失外,别的一切,感谢——照例应该说感谢上苍或上帝,但现在都不知应该说谁好了,只好姑且从阙吧——总算平平安安过去了。这三年半是中国多事的时候,但是我始终没离开北平一步,也总算是幸福了,虽然我只想到了个人。

在我,也许可以说在我们这一些人吧,北平实在是意想中中国唯一的好地方。几年前周启明先生就写过,北平是中国最好的居住的地方,孙春台先生也有《北平乎》一文,称颂北平的好处:这几年时代是大变了,但是我的意见还是和他们一样。一个地方的好处,也和一个人一件东西的相同,平时不大觉得,到离开或丢失时,便一桩桩一件件分明起来了。我现在来说几句北平的好话,在你们北平住着的,或者觉得可笑,说我多此一举吧?

北平第一好在大。从宫殿到住宅的院子,到槐树柳树下的道路。一个北方朋友到南方去了回来,说他的感想:“那样天井我受不了!”其实南方许多地方的逼得人喘不出气儿的街道,也是北平生人受不了的。至于树木,不但大得好,而且也多得好；有人从飞机上看，说北平只是一片绿。一个人到北平来住，不知不觉中眼光会宽起来，心胸就会广起来；我常想小孩子最宜在北平养大，便是为此。北平之所以大，因为它做了几百年的首都；它的怀抱里拥有各地各国的人，各色各样的人，更因为这些人合力创造或输入的文化。上海也是五方杂处的都会，但它仅有工商业，我们便只觉得繁嚣，恶浊了。上海人有的是聪明，狡猾；但宽大是他们不懂得的。

北平第二好在深。我们都知道北平书多。但是书以外，好东西还多着。如书画，铜器，石刻，拓片，乃至瓷器，玉器等，公家收藏固已很丰富，私人搜集，也各有专长；而内阁大库档案，是极珍贵的近代史料，也是尽人皆知的。中国历史，语言，文学，美术的文物荟萃于北平；这几项的人才也大部分集中在这里。北平的深，在最近的将来，是还不可测的。胡适之先生说过，北平的图书馆有这么多，上海却只有一个，还不是公立的。这也是北平上海重要的不同。

北平第三好在闲。假如上海可说是代表近代的，北平便是代表中古的。北平的一切总有一种悠然不迫的味儿。即如电车吧，在上海是何等地风驰电掣，有许多人上下车都是跳的。北平的车子在宽阔的路上走着，似乎一点也不忙。晚九点以后，确是走得快起来了；但车上已只剩疏朗朗的几个人，像是乘汽车兜风一般，也还是一点不觉忙的——有时从东长安街槐林旁驰过，茂树疏灯相掩映着，还有些飘飘然之感呢。北平真正的闲人其实也很少，但大家骨子里总有些闲味儿。我也喜欢近代的忙，对于中古的闲却似乎更亲近些。但这也许就因为待在北平大久的缘故吧。

写到这里看看，觉得自己似乎将时代忘记了。我所称赞的似乎只是封建的遗存，是“布尔”或小“布尔”的玩意儿；而现在据说非“普罗”起来不可，这可有点儿为难。我实在爱北平，我所爱的北平是如上面说的。我没有或不能“获得”“普罗”的“意识形态”，我也不能“克服”我自己；结果怕只该不说话或不说真话。不说话本来没有什么不可以，不过说话大约在现在也还不能就算罪过吧；至于撒谎，则我可以宛转地说，“我还没有那种艺术”，或干脆地说，“我还没有那种勇气！”好在我这通信是写给一些朋友的，让他们看我的真话，大约是还不要紧的。

我现在是一个人在北平，这回是回到老家去。但我一点不觉着是回家，一切都像出门作客似的。北平已成了我精神上的家，没有走就想着回来；预定去五个礼拜，但想着南方的天井，潮湿，和蚊子，也许一个月就回来了。说到潮湿，我在动身这一天，却有些恨北平。每年夏季，北平照例是要有几回大雨的，往往连下几天不止。前些日子在一个宴会里，有人问我到什么地方避暑去；我回答说要到上海去；他知道上海不是避暑的地方。我却知道他是需要避暑的，就问，是北戴河么？他答应了之后，说：北平太热了，而且照例的雨快要来了，没有意思！我当时大约说了“是”，但实在并不知道北平夏天的雨究竟怎样没有意思！我去年曾坐在一间大屋中看玻璃帘外的夏雨，又走到廊下看院中的流水，觉得也还有些意思的。但这回却苦坏了我。不先不后，今夏的雨期恰在我动身这天早晨起头！那种滂沱不止的雨，对于坐在大屋中的我也许不坏，但对于正要开始已生疏了的旅行生活的我，却未免是一种虐政了。我这样从西郊淋进了北平城，在恨恨中睡了一觉。醒来时雨到住了，我便带着这些阴郁的心情搭早车上天津来了。

七月十日，天津九中。

某君南去时，我请他写点通信来，现在以付此“草”，希望“源源”而来。他赶大暑中往江南去，将以受了热而怪张怪李，却难说。此文对于北平，虽怀恋的成分多，颇有相当的平允的。惟末段引需要避暑的某君的话，咒诅北平的雨，却未必尽然。我以为不如咒诅香炉灰式的道路。

七月十九日平记。